# TRANZLATY

## Language is for everyone

### Språk är till för alla

# Folk Tales of Bengal

## Folksagor från Bengal

## Part One
### Del ett

## 1 / 2

## Lal Behari Day

## English / Svenska

**Folk Tales of Bengal**
Folksagor från Bengal

# Life's Secret
## Livets hemlighet

**Once upon a time there was a king.**
Det var en gång en kung.
**This King had married two Queens.**
Denne kung hade gift sig med två drottningar.
**The two queens were called Duo and Suo.**
De två drottningarna hette Duo och Suo.
**Both of the queens were childless.**
Båda drottningarna var barnlösa.
**One day a Faquir came to the palace gate.**
En dag kom en fakir till palatsporten.
**The Faquir had come to ask for alms.**
Faquiren hade kommit för att be om allmosor.
**Queen Suo went to the door.**
Drottning Suo gick till dörren.
**And she gave him a handful of rice.**
Och hon gav honom en näve ris.
**The mendicant asked her a question.**
Tiggaren ställde henne en fråga.
**"Do you have any children?"**
"Har du några barn?"
**The queen had no children.**
Drottningen hade inga barn.
**"I wish had children, but I have none"**
"Jag önskar att jag hade barn, men jag har inga"
**The holy man refused to take alms from her.**
Den helige mannen vägrade att ta emot allmosor från henne.
**In these times there were different traditions.**
På den tiden fanns det olika traditioner.
**And the people believed many different things.**
Och folket trodde på många olika saker.
**Don't take charity from the hands of a childless woman.**
Ta inte emot välgörenhet från en barnlös kvinnas händer.
**Such hands were ceremonially unclean.**
Sådana händer var ceremoniellt orena.

**The mendicant offered her a medicine.**
Tiggaren erbjöd henne en medicin.
**This medicine was to remove her barrenness.**
Denna medicin skulle ta bort hennes ofruktsamhet.
**She expressed her willingness to take the medicine.**
Hon uttryckte sin villighet att ta medicinen.
**The mendicant told her how to take the medicine.**
Tiggaren berättade för henne hur hon skulle ta medicinen.
**"This is the potion you must swallow"**
"Det här är drycken du måste svälja"
**"Prepare the juice of a pomegranate flower"**
"Gör saften från en granatäppleblomma"
**"Swallow the medicine with the juice"**
"Svälj medicinen med saften"
**"If you do this, you will soon have a son"**
"Om du gör det här, kommer du snart att få en son"
**"Your son will be exceedingly handsome"**
"Din son kommer att bli oerhört vacker"
**"His complexion will be beautiful"**
"Hans hy kommer att bli vacker"
**"He will have the colour of pomegranate flowers"**
"Han kommer att ha färgen av granatäppleblommor"
**"And you shall call him Dalim Kumar"**
"Och du ska kalla honom Dalim Kumar"
**"But he will also have enemies"**
"Men han kommer också att ha fiender"
**"They will try to take your son's life"**
"De kommer att försöka ta din sons liv"
**"But there is a secret to his life"**
"Men det finns en hemlighet i hans liv"
**"And I will tell you this secret"**
"Och jag ska berätta den här hemligheten för dig"
**"In front of your palace is a pond"**
"Framför ditt palats finns en damm"
**"In that pond there is a big Boal fish"**
"I den dammen finns en stor boalfisk"
**"Your son's life is connected to that fish"**

"Din sons liv är kopplat till den där fisken"
**"In the heart of the fish is a small box"**
"I fiskens hjärta finns en liten ask"
**"This small box is made of wood"**
"Den här lilla lådan är gjord av trä"
**"In the box of wood is a necklace of gold"**
"I trälådan finns ett halsband av guld"
**"That necklace is the life of your son"**
"Det där halsbandet är din sons liv"
**The mendicant gave her the medicine.**
Tiggaren gav henne medicinen.
**And they said their farewells.**
Och de tog farväl.

**Soon all in the palace whispered of an heir.**
Snart viskade alla i palatset om en arvinge.
**Great was the joy of the King.**
Stor var kungens glädje.
**He had visions of an heir to the throne.**
Han hade syner av en tronarvinge.
**A never-ending succession of powerful monarchs.**
En oändlig följd av mäktiga monarker.
**He dreamt of how they perpetuated his dynasty.**
Han drömde om hur de skulle föreviga hans dynasti.
**These ideas floated before his mind.**
Dessa idéer flöt för hans huvud.
**It made him the happiest he had ever been.**
Det gjorde honom den lyckligaste han någonsin varit.
**Many ceremonies were performed for the occasion.**
Många ceremonier utfördes för tillfället.
**The people of the kingdom played loud music.**
Folket i kungariket spelade hög musik.
**The birth of a prince was a truly special event.**
En prins födelse var en verkligt speciell händelse.
**Soon queen Suo gave birth to a son.**
Snart födde drottning Suo en son.
**He was more beautiful than anyone had imagined.**

Han var vackrare än någon hade föreställt sig.
**The King saw his son's face.**
Kungen såg sin sons ansikte.
**And his heart leaped with joy.**
Och hans hjärta hoppade av glädje.
**Soon the child ate his first rice.**
Snart åt barnet sitt första ris.
**Mukhe bhaat was celebrated with great joy.**
Mukhe bhaat firades med stor glädje.
**And the whole kingdom was filled with gladness.**
Och hela riket fylldes av glädje.

**Dalim Kumar grew up to be a fine boy.**
Dalim Kumar växte upp och blev en fin pojke.
**There was one activity he particularly liked.**
Det fanns en aktivitet han gillade särskilt mycket.
**He loved playing with the pigeons.**
Han älskade att leka med duvorna.
**However, the pigeons often flew to Queen Duo.**
Duvorna flög dock ofta till Queen Duo.
**Nobody knows why they did this.**
Ingen vet varför de gjorde detta.
**And they flew into her apartment.**
Och de flög in i hennes lägenhet.
**So Dalim Kumar often met Queen Duo.**
Så Dalim Kumar träffade ofta Queen Duo.
**At first, she happily gave the pigeons back.**
Till en början gav hon glatt tillbaka duvorna.
**But later she wasn't as willing to return the pigeons.**
Men senare var hon inte lika villig att lämna tillbaka duvorna.
**She gave the pigeons up with some reluctance.**
Hon gav upp duvorna med en viss motvilja.
**She felt she could use this to her advantage.**
Hon kände att hon kunde använda detta till sin fördel.
**She naturally hated the child.**
Hon hatade naturligtvis barnet.
**Since Dalim's birth the king had neglected her.**

Sedan Dalims födelse hade kungen försummat henne.
**And the King idolized the mother of Dalim.**
Och kungen avgudade Dalims mor.
**Somehow, she had heard of the mendicant.**
På något sätt hade hon hört talas om tiggaren.
**She heard he had given queen Suo a medicine.**
Hon hörde att han hade gett drottning Suo en medicin.
**She had also heard about what he had said.**
Hon hade också hört talas om vad han hade sagt.
**There was a secret to the prince's life.**
Det fanns en hemlighet i prinsens liv.
**She had heard his life was bound to something.**
Hon hade hört att hans liv var bundet till något.
**But she did not know what his life was bound to.**
Men hon visste inte vad hans liv var ämnat till.
**She was determined to get the secret.**
Hon var fast besluten att få hemligheten.

**Of course, the pigeons came back to her.**
Naturligtvis kom duvorna tillbaka till henne.
**And the pigeons flew into her room again.**
Och duvorna flög in i hennes rum igen.
**This time she refused to give the pigeons back.**
Den här gången vägrade hon att ge tillbaka duvorna.
**"I won't just give you your pigeon back"**
"Jag ger dig inte bara tillbaka din duva"
**"First, you have to tell me something"**
"Först måste du berätta något för mig"
**"What do you want, aunty?" the boy asked.**
"Vad vill du, moster?" frågade pojken.
**"Oh, my darling, do not worry"**
"Åh, min älskling, oroa dig inte"
**"It's just a small thing I want"**
"Det är bara en liten sak jag vill ha"
**"I want to know where your life is hidden"**
"Jag vill veta var ditt liv är gömt"
**The boy was very confused by this.**

Pojken blev mycket förvirrad av detta.
**"What is that, aunty?"**
"Vad är det där, moster?"
**"Where can my life be, except in me?"**
"Var kan mitt liv vara, om inte i mig själv?"
**"No, child, that is not what I meant"**
"Nej, barn, det var inte så jag menade"
**"A holy mendicant told your mother a secret"**
"En helig tiggare berättade en hemlighet för din mor"
**"Your life is bound up with something"**
"Ditt liv är sammankopplat med något"
**"I wish to know what that thing is"**
"Jag vill veta vad det där är för något "
**The boy was confused by what she said.**
Pojken blev förvirrad av vad hon sa.
**"I never heard of any such thing"**
"Jag har aldrig hört talas om något sådant"
**But Queen Duo insisted it was true.**
Men drottning Duo insisterade på att det var sant.
**"Promise to find out from your mother"**
"Lova att ta reda på det från din mamma"
**"Ask her where your life is hidden"**
"Fråga henne var ditt liv är gömt"
**"Then I will let you have the pigeons"**
"Då ska jag låta dig få duvorna"
**"Otherwise, I will keep the pigeons"**
"Annars behåller jag duvorna"
**The boy wanted his pigeons back.**
Pojken ville ha tillbaka sina duvor.
**So he agreed to get the information.**
Så gick han med på att få informationen.
**But first she made him promise.**
Men först fick hon honom att lova.
**"Promise me you won't tell your mother"**
"Lova mig att du inte berättar det för din mamma"
**And the boy promised not to tell her.**
Och pojken lovade att inte berätta det för henne.

**"I promise I won't tell my mum"**
"Jag lovar att jag inte ska berätta det för min mamma"
**Queen Duo freed the prince's pigeons.**
Drottning Duo befriade prinsens duvor.
**Dalim was overjoyed to have his birds again.**
Dalim var överlycklig över att ha sina fåglar igen.
**And he forgot the entire conversation.**
Och han glömde hela samtalet.

**The next day Dalim was playing again.**
Nästa dag spelade Dalim igen.
**You can imagine what happened again.**
Du kan föreställa dig vad som hände igen.
**The pigeons flew to Queen Duo's apartment.**
Duvorna flög till drottning Duos lägenhet.
**And they flew into her room again.**
Och de flög in i hennes rum igen.
**Dalim went in to his stepmother's apartment.**
Dalim gick in i sin styvmors lägenhet.
**And he asked her for the pigeons.**
Och han bad henne om duvorna.
**Of course she asked him for the information.**
Självklart bad hon honom om informationen.
**Dalim could not tell her where his life was hidden.**
Dalim kunde inte berätta för henne var hans liv var gömt.
**"I promise I will ask her today"**
"Jag lovar att jag ska fråga henne idag"
**"But please can I have my pigeons"**
"Men snälla, kan jag få mina duvor?"
**She didn't give the pigeons back so quickly.**
Hon gav inte tillbaka duvorna så snabbt.
**But, in the end, he got his pigeons again.**
Men till slut fick han tillbaka sina duvor.

**After playing, Dalim went to his mother.**
Efter att ha lekt gick Dalim till sin mamma.
**"Mamma, please tell me where my life is hidden"**

"Mamma, snälla säg mig var mitt liv är gömt"
**"What do you mean, child?" asked the mother.**
"Vad menar du, barn?" frågade mamman.
**She was astonished at the question.**
Hon blev förvånad över frågan.
**Why would her child ask her this?**
Varför skulle hennes barn fråga henne detta?
**"Yes, mamma," replied the child.**
"Ja, mamma", svarade barnet.
**"I have heard of a holy mendicant"**
"Jag har hört talas om en helig tiggare"
**"He told you something about my life"**
"Han berättade något om mitt liv"
**"He said my life is hidden in something"**
"Han sa att mitt liv är dolt i något"
**"Tell me what that thing is"**
"Säg mig vad det där är"
**"My child, my darling, my treasure"**
"Mitt barn, min älskling, min skatt"
**"My golden moon," his mother pleaded.**
"Min gyllene måne", vädjade hans mor.
**"Do not ask such a question"**
"Ställ inte en sådan fråga"
**"Cover my enemies' mouths with ashes"**
"Täck mina fienders munnar med aska"
**"Let my Dalim live forever," she begged.**
"Må min Dalim leva för evigt", bad hon.
**But the child insisted on knowing the secret.**
Men barnet insisterade på att få veta hemligheten.
**He refused to eat or drink until he knew.**
Han vägrade att äta eller dricka förrän han visste.
**Queen Suo had no choice but to tell him.**
Drottning Suo hade inget annat val än att berätta det för honom.
**Eventually she told him the secret of his life.**
Så småningom berättade hon hans livs hemlighet.

The next day Dalim was playing again.
Nästa dag spelade Dalim igen.
You can imagine where the pigeons flew.
Du kan föreställa dig vart duvorna flög.
Dalim chased after the birds into the apartment.
Dalim jagade efter fåglarna in i lägenheten.
His stepmother told him many sweet words.
Hans styvmor sade honom många söta ord.
And finally, she got his secret from him.
Och slutligen fick hon hans hemlighet från honom.
She wasted no time to start her wicked plan.
Hon slösade ingen tid på att påbörja sin onda plan.
And she gave orders to her servants.
Och hon gav sina tjänare befallningar.
"Get some dried stalk from the hemp plant"
"Ta lite torkad stjälk från hampaplantan"
"Make sure the stalks are very brittle"
"Se till att stjälkarna är väldigt spröda"
Brittle hemp stalks make a cracking sound.
Spröda hampa stjälkar ger ifrån sig ett knakande ljud.
The sound is similar to the cracking of joints.
Ljudet liknar knakande leder.
And it sounds like the bones of old people.
Och det låter som benen från gamla människor.
She put the brittle hemp stalks under her bed.
Hon lade de spröda hampastjälkarna under sin säng.
And then she lied on her bed.
Och sedan låg hon i sin säng.
She wanted to test the hemp stalks.
Hon ville testa hampastjälkarna.
The stalks cracked just as much as she wanted.
Stjälkarna sprack precis så mycket som hon ville.
She was satisfied with how her plan was going.
Hon var nöjd med hur hennes plan gick.
She gave more orders to her servants.
Hon gav fler order till sina tjänare.
"Tell the King I am very ill"

"Säg till kungen att jag är väldigt sjuk"
**"He must come to see me immediately"**
"Han måste komma och träffa mig omedelbart"
**The king did not love this queen.**
Kungen älskade inte denna drottning.
**But he still had a duty to care for her.**
Men han hade fortfarande en skyldighet att ta hand om henne.
**If she was ill, he had to look after her.**
Om hon var sjuk var han tvungen att ta hand om henne.
**The King came to her bedroom.**
Kungen kom till hennes sovrum.
**She rolled on the bed in pain.**
Hon rullade runt på sängen av smärta.
**The King heard the cracking of her bones.**
Kungen hörde knakandet av hennes ben.
**He ordered his best physician to attend her.**
Han beordrade sin bästa läkare att ta hand om henne.
**But the queen had thought of this.**
Men drottningen hade tänkt på detta.
**She had already spoken with the physician.**
Hon hade redan pratat med läkaren.
**"There is only one remedy," he told the king.**
"Det finns bara ett botemedel", sa han till kungen.
**"There's a pond in front of the palace"**
"Det finns en damm framför palatset"
**"In the pond there's a large Boal fish"**
"I dammen finns en stor Boal-fisk"
**"The remedy is in that fish"**
"Botemedlet finns i den fisken"
**So the king let the physician catch the fish.**
Så lät kungen läkaren fånga fisken.
**Meanwhile Dalim was busy playing.**
Under tiden var Dalim upptagen med att spela.
**He knew nothing of his aunt's illness.**
Han visste ingenting om sin mosters sjukdom.
**The fish was taken out the water.**
Fisken togs upp ur vattnet.

**Dalim fell to the ground immediately.**
omedelbart till marken .
**He flopped around on the floor.**
Han fladdrade runt på golvet.
**And he could not breathe.**
Och han kunde inte andas.
**The guards immediately noticed.**
Vakterna märkte det omedelbart.
**Dalim was taken to his mother's room.**
Dalim fördes till sin mors rum.
**And the King was informed of his son.**
Och kungen fick veta om sin son.
**He couldn't believe his son's illness.**
Han kunde inte tro att hans son var sjuk.
**The fish was taken to Queen Duo.**
Fisken togs till Queen Duo.
**Queen Duo was being saved.**
Drottning Duo höll på att räddas.
**At the same time Dalim was dying.**
Samtidigt var Dalim döende.
**The fish was cut open.**
Fisken var uppskuren.
**And they found the wooden box.**
Och de hittade trälådan.
**In the box lay a necklace of gold.**
I asken låg ett halsband av guld.
**Queen Duo put on the necklace.**
Drottningduon satte på sig halsbandet.
**And Dalim died at the very same moment.**
Och Dalim dog i samma ögonblick.

**News of the tragedy reached the king.**
Nyheten om tragedin nådde kungen.
**He was plunged into an ocean of grief.**
Han kastades ner i ett hav av sorg.
**News of Queen Duo's recovery did not help.**
Nyheten om Queen Duos tillfrisknande hjälpte inte.

**He wept painful and bitter tears.**
Han grät smärtsamma och bittra tårar.
**No one thought he would recover.**
Ingen trodde att han skulle återhämta sig.
**He could not bear to bury his son.**
Han orkade inte begrava sin son.
**Nor did he allow his body to be burned.**
Inte heller lät han sin kropp brännas.
**He could not accept that his son had died.**
Han kunde inte acceptera att hans son hade dött.
**His death was so sudden and senseless.**
Hans död var så plötslig och meningslös.
**He had the dead body moved to a garden-houses.**
Han lät flytta den döda kroppen till ett trädgårdshus.
**This garden-house was in the suburbs.**
Detta trädgårdshus låg i förorten.
**Here his son was laid in state.**
Här begravdes hans son.
**All sorts of provisions were put there.**
Alla möjliga slags provianter placerades där.
**Although everyone knew it was unnecessary.**
Även om alla visste att det var onödigt.
**The young boy did not need food anymore.**
Den unge pojken behövde inte längre mat.
**The house was kept locked day and night.**
Huset hölls låst dag och natt.
**Dalim had had one very close friend.**
Dalim hade haft en mycket nära vän.
**Only this friend was allowed to visit.**
Endast den här vännen fick komma på besök.
**He was the son of the prime minister.**
Han var son till premiärministern.
**He was entrusted with the key of the house.**
Han anförtroddes husets nyckel.
**Once a day he could visit his dead friend.**
En gång om dagen kunde han besöka sin döde vän.

**Queen Suo retired after the loss of her son.**
Drottning Suo gick i pension efter förlusten av sin son.
**Now the King spent the nights with Queen Duo.**
Nu tillbringade kungen nätterna hos drottning Duo.
**The Queen wanted to avoid suspicion.**
Drottningen ville undvika misstankar.
**So she took the necklace off at night.**
Så tog hon av sig halsbandet på natten.
**But Dalim's life was tied to the necklace.**
Men Dalims liv var knutet till halsbandet.
**And his death was not so simple.**
Och hans död var inte så enkel.
**He was dead when the queen wore the necklace.**
Han var död när drottningen bar halsbandet.
**But when she took the necklace off, he returned to life.**
Men när hon tog av sig halsbandet återvände han till livet.
**And so he returned to life every night.**
Och så återvände han till livet varje natt.
**Every morning she put the necklace on again.**
Varje morgon satte hon på sig halsbandet igen.
**And so, he died again every morning.**
Och så dog han igen varje morgon.
**At night he ate whatever food he liked.**
På kvällen åt han vad han ville ha.
**Because there was plenty of food for him.**
För det fanns gott om mat åt honom.
**He walked around in the premises.**
Han gick omkring i lokalerna.
**And he meditated on the strangeness of his life.**
Och han mediterade över sitt livs märkligheter.
**Dalim's friend only visited him during the day.**
Dalims vän besökte honom bara under dagen.
**So he always saw him as a lifeless corpse.**
Så såg han honom alltid som ett livlöst lik.
**But his body never seemed to change.**
Men hans kropp verkade aldrig förändras.
**There was no sign of putrefaction.**

Det fanns inga tecken på förruttnelse.
**The body was lifeless and pale.**
Kroppen var livlös och blek.
**But there were no symptoms of death.**
Men det fanns inga dödssymptom.
**It all seemed too strange for him.**
Allt verkade för konstigt för honom.
**So he decided to watch the corpse more closely.**
Så han bestämde sig för att iaktta liket närmare.
**And he visited his friend at night.**
Och han besökte sin vän på natten.
**He was astonished at what he saw that night.**
Han blev förvånad över vad han såg den natten.
**His dead friend was walking about in the garden.**
Hans döde vän gick omkring i trädgården.
**At first, he thought Dalim might be a ghost.**
Först trodde han att Dalim kanske var ett spöke.
**So he went to see if he could touch him.**
Så gick han för att se om han kunde röra honom.
**And then he saw it was really his friend.**
Och då såg han att det verkligen var hans vän.
**Dalim told his friend everything that had happened.**
Dalim berättade för sin vän allt som hade hänt.
**He told him all the circumstances of his death.**
Han berättade för honom alla omständigheterna kring hans död.
**And soon they solved the mystery.**
Och snart löste de mysteriet.
**They understood why he revived only at night.**
De förstod varför han bara återupplivades på natten.
**Every night the king came to see Queen Duo.**
Varje kväll kom kungen för att träffa drottning Duo.
**When the King visited, she took off her necklace.**
När kungen besökte henne tog hon av sig halsbandet.
**The life of the prince depended on the necklace.**
Prinsens liv hängde på halsbandet.
**So the two friends worked on a plan.**

Så de två vännerna arbetade ut en plan.
**Night after night they consulted together.**
Natt efter natt rådfrågade de varandra.
**But they could not think of any feasible scheme.**
Men de kunde inte komma på någon genomförbar plan.

**Eventually the Gods must have taken pity.**
Till slut måste gudarna ha tyckt medlidande.
**And they decided to free Dalim.**
Och de beslutade att befria Dalim.
**But we must understand how the Gods work.**
Men vi måste förstå hur gudarna fungerar.
**These things are planned long before.**
Dessa saker planeras långt i förväg.
**The sister of Bidhata-Purusha had had a daughter.**
Bidhata-Purushas syster hade fått en dotter.
**Bidhata-Purusha was a great fortune teller.**
Bidhata-Purusha var en stor spåkvinna.
**He had written something on the child's forehead.**
Han hade skrivit något på barnets panna.
**"This child will marry the dead bridegroom"**
"Detta barn ska gifta sig med den döde brudgummen"
**Her mother was very saddened by this.**
Hennes mamma blev mycket ledsen över detta.
**She did not want this destiny for her daughter.**
Hon ville inte att sin dotter skulle få detta öde.
**But she could not argue with him.**
Men hon kunde inte argumentera med honom.
**He never changed what he had written.**
Han ändrade aldrig vad han hade skrivit.
**The child became exceedingly beautiful.**
Barnet blev oerhört vackert.
**But the mother could not take any pleasure in this.**
Men modern kunde inte finna någon glädje i detta.
**Because she knew the destiny of her child.**
För att hon visste sitt barns öde.
**Eventually the girl came to marriageable age.**

Så småningom nådde flickan giftbar ålder.
**She had to find a way to avoid her fate.**
Hon var tvungen att hitta ett sätt att undvika sitt öde.
**So the mother fled the country with her child.**
Så flydde mamman landet med sitt barn.
**Perhaps she could avoid her dreadful destiny.**
Kanske kunde hon undvika sitt fruktansvärda öde.
**But what was written was written.**
Men det som skrevs, det skrevs.
**And fate cannot be overruled like this.**
Och ödet kan inte åsidosättas på det här sättet.
**Together they journeyed through the land.**
Tillsammans färdades de genom landet.
**You can imagine how fate was working.**
Ni kan föreställa er hur ödet verkade.
**They wandered past Dalim's resting place.**
De vandrade förbi Dalims viloplats.
**The shade of the evening was approaching.**
Kvällens skugga närmade sig.
**"Mother, I am thirsty," said her child.**
"Mamma, jag är törstig", sa hennes barn.
**"Sit at this gate," replied her mother.**
"Sitt vid den här grinden", svarade hennes mor.
**"I will search for water in the village"**
"Jag ska leta efter vatten i byn"
**The girl was curious about the garden.**
Flickan var nyfiken på trädgården.
**And in the garden she saw strange house.**
Och i trädgården såg hon ett konstigt hus.
**She pushed the gate, which opened itself.**
Hon tryckte på grinden, som öppnade sig själv.
**When she went in, she saw a beautiful palace.**
När hon gick in såg hon ett vackert palats.
**But she had an uneasy feeling about the palace.**
Men hon hade en orolig känsla inför palatset.
**However, the door had shut itself.**
Dörren hade dock stängts av sig själv.

So she had no way of getting out.
Så hon hade inget sätt att ta sig ut.


When night came the prince revived.
När natten kom återupplivades prinsen.
As usual, he walked around in the garden.
Som vanligt promenerade han runt i trädgården.
But this time he saw a female figure.
Men den här gången såg han en kvinnlig figur.
The figure was standing near the gate.
Figuren stod nära grinden.
Soon he saw that it was a girl.
Snart såg han att det var en flicka.
And he saw she was of unsurpassed beauty.
Och han såg att hon var av oöverträffad skönhet.
"Who are you?" he asked her.
"Vem är du?" frågade han henne.
She told Dalim everything that had happened.
Hon berättade för Dalim allt som hade hänt.
All the details of her little history.
Alla detaljer i hennes lilla historia.
"My uncle is the divine Bidhata-Purusha"
"Min farbror är den gudomliga Bidhata-Purusha"
"He wrote on my forehead at birth"
"Han skrev på min panna vid födseln"
"This child will marry the dead bridegroom"
"Detta barn ska gifta sig med den döde brudgummen"
"My mother did not want that life for me"
"Min mamma ville inte att jag skulle leva det livet"
"So we left our house and city"
"Så vi lämnade vårt hus och vår stad"
"And we wandered through the country"
"Och vi vandrade genom landet"
"We had come to the gate of your palace"
"Vi hade kommit till porten till ditt palats"
"After our journey I was thirsty"
"Efter vår resa var jag törstig"

"So my mother went to look for water"
"Så min mamma gick för att leta efter vatten"
"And now I am standing here before you"
"Och nu står jag här framför dig"
**Dalim Kumar knew the meaning of the story.**
Dalim Kumar förstod innebörden av historien.
**"I am the dead bridegroom," he told the girl.**
"Jag är den döde brudgummen", sa han till flickan.
**"It is me who you will marry"**
"Det är mig du ska gifta dig med"
**"Come with me to the house," he asked of her.**
"Kom med mig hem", bad han henne.
**But the girl wasn't so easily persuaded.**
Men flickan var inte så lättövertalad.
**"You are standing and speaking to me"**
"Du står och talar till mig"
**"How can you be the dead bridegroom?"**
"Hur kan du vara den döde brudgummen?"
**The prince understood her objection.**
Prinsen förstod hennes invändning.
**"You will understand it afterwards"**
"Du kommer att förstå det efteråt"
**The girl followed the prince into the house.**
Flickan följde prinsen in i huset.
**She had been fasting the whole day.**
Hon hade fastat hela dagen.
**So the prince gave her wonderful food.**
Så prinsen gav henne underbar mat.
**Meanwhile, the girl's mother had come back.**
Under tiden hade flickans mamma kommit tillbaka.
**She was standing at the gates of the garden.**
Hon stod vid trädgårdens portar.
**But her daughter was not there anymore.**
Men hennes dotter var inte där längre.
**She cried out for her daughter.**
Hon ropade efter sin dotter.
**But she got no reply from her daughter.**

Men hon fick inget svar från sin dotter.
**So she went looking for her in the village.**
Så hon gick och letade efter henne i byn.

**As usual, Dalim's friend came that night.**
Som vanligt kom Dalims vän den natten.
**Dalim was still entertaining his guest.**
Dalim underhöll fortfarande sin gäst.
**He was not expecting to see a stranger.**
Han förväntade sig inte att se en främling.
**And the girl retold him her story.**
Och flickan återberättade sin historia för honom.
**You can imagine his surprise when she told him.**
Du kan föreställa dig hans förvåning när hon berättade det för honom.
**He was able to confirm Dalim's story.**
Han kunde bekräfta Dalims berättelse.
**Soon they had all accepted destiny.**
Snart hade de alla accepterat ödet.
**That night they fulfilled their fates.**
Den natten uppfyllde de sina öden.
**They decided to unite the couple in matrimony.**
De beslutade att förena paret i äktenskap.
**It was going to be impossible to get a priest.**
Det skulle bli omöjligt att få tag på en präst.
**So Dalim's friend performed the hymeneal rites.**
Så utförde Dalims vän hymenealriterna.
**The friend of the bridegroom left the palace.**
Brudgummens vän lämnade palatset.
**The newly-weds had the palace to themselves.**
De nygifta hade palatset för sig själva.
**The happy couple did not sleep much that night.**
Det lyckliga paret sov inte mycket den natten.
**So it was long after sunrise that they woke up.**
Så det var långt efter soluppgången som de vaknade.
**Of course it was only the young wife that woke up.**
Naturligtvis var det bara den unga hustrun som vaknade.

**The prince had become a cold corpse again.**

Prinsen hade återigen blivit ett kallt lik.

**The queen had put on her necklace.**

Drottningen hade satt på sig sitt halsband.

**And life had departed from him again.**

Och livet hade lämnat honom igen.

**You can imagine how the young wife felt.**

Du kan föreställa dig hur den unga hustrun kände sig.

**She shook her husband to try and wake him.**

Hon skakade sin man för att försöka väcka honom.

**She kissed him on his cold lips.**

Hon kysste honom på hans kalla läppar.

**But all her efforts were in vain.**

Men alla hennes ansträngningar var förgäves.

**He was as lifeless as a marble statue.**

Han var livlös som en marmorstaty.

**The young wife was stricken with horror.**

Den unga hustrun blev slagen av fasa.

**She smote her breast with her fists.**

Hon slog sig för bröstet med nävarna.

**She struck her forehead with her palms.**

Hon slog sig i pannan med handflatorna.

**And she tore her hair from her head.**

Och hon slet håret från huvudet.

**She ran through the garden like a mad woman.**

Hon sprang genom trädgården som en galning.

**Dalim's friend did not come during the day.**

Dalims vän kom inte under dagen.

**He did not want to see his friend this way.**

Han ville inte se sin vän på det här sättet.

**The poor girl did not know what to do.**

Den stackars flickan visste inte vad hon skulle göra.

**Time could not pass quickly enough.**

Tiden kunde inte gå tillräckligt fort.

**The day seemed as long as a year.**

Dagen kändes lång som ett år.

**But the even longest day has its end.**

Men även den längsta dagen har sitt slut.
**The shades of evening were descending.**
Kvällens skuggor föll.
**Her dead husband was awakened into consciousness.**
Hennes döde make väcktes till medvetande.
**He rose up from his bed again.**
Han reste sig upp ur sin säng igen.
**And he embraced his new wife.**
Och han omfamnade sin nya fru.
**Again they ate, drank, and became merry.**
Återigen åt och drack de och blev glada.
**His friend made his usual appearance.**
Hans vän gjorde sitt vanliga framträdande.
**And the whole night was spent celebrating.**
Och hela kvällen spenderades med firande.

**They spent the next seven years this way.**
De tillbringade de kommande sju åren på detta sätt.
**During the day Dalim was lifeless.**
Under dagen var Dalim livlös.
**But at night he came to life.**
Men på natten vaknade han till liv.
**And their life was quite usual.**
Och deras liv var ganska vanligt.
**The princess gave her husband two lovely boys.**
Prinsessan gav sin man två underbara pojkar.
**They were the exact image of their father.**
De var den exakta bilden av sin far.
**Of course the king and Queens did not know.**
Naturligtvis visste inte kungen och drottningarna.
**They did not know they were grandparents.**
De visste inte att de var mor- och farföräldrar.
**And they did not know Dalim was alive.**
Och de visste inte att Dalim levde.
**To be precise I should say he was alive at night.**
För att vara exakt borde jag säga att han levde på natten.
**They all thought he had long been dead.**

De trodde alla att han länge hade varit död.
**They assumed his corpse would now be gone.**
De antog att hans lik nu skulle vara borta.
**But the heart of Dalim s wife was yearning.**
Men Dalims hustrus hjärta längtade.
**She wanted nothing more than her mother-in-law.**
Hon ville inget hellre än sin svärmor.
**Over the years she had come up with a plan.**
Under årens lopp hade hon kommit på en plan.
**Perhaps she could see her mother-in-law.**
Kanske kunde hon få träffa sin svärmor.
**Maybe they could get hold of the necklace.**
Kanske de kunde få tag på halsbandet.
**She asked for the consent of her husband.**
Hon bad om sin mans samtycke.
**And he allowed her to disguise herself.**
Och han lät henne förklä sig.
**She took on the appearance of a female barber.**
Hon antog utseendet av en kvinnlig barberare.
**Like every female barber, she needed equipment.**
Liksom alla kvinnliga barberare behövde hon utrustning.
**She took the following tools;**
Hon tog följande verktyg;
**An iron instrument for preparing finger nails.**
Ett järninstrument för att förbereda fingernaglar.
**Another iron instrument for scraping the feet.**
Ett annat järninstrument för att skrapa fötterna.
**A piece of burnt jhama brick.**
En bit bränd jhama-tegelsten.
**For rubbing the soles of the feet.**
För att gnugga fotsulorna.
**And paint for the edges of the feet.**
Och måla kanterna på fötterna.
**She took all her tools with her.**
Hon tog med sig alla sina verktyg.
**And she stood at the gate of the King's palace.**
Och hon stod vid porten till kungens palats.

I forgot something else she brought.
Jag glömde något annat hon hade med sig.
She had come with her two sons.
Hon hade kommit med sina två söner.
She spoke with the guards.
Hon pratade med vakterna.
**"I work as a barber"**
"Jag jobbar som barberare"
**"I have come to offer my services"**
"Jag har kommit för att erbjuda mina tjänster"
**"I desire to see Queen Suo"**
"Jag önskar att träffa drottning Suo"
Queen Suo quickly gave her an interview.
Drottning Suo gav henne snabbt en intervju.
The queen was quite fond of the two little boys.
Drottningen tyckte mycket om de två små pojkarna.
They strangely reminded her of her own son.
De påminde henne märkligt nog om hennes egen son.
And she remembered her lost treasure.
Och hon kom ihåg sin förlorade skatt.
Tears fell profusely from her eyes.
Tårar föll ymnigt från hennes ögon.
She had not the remotest idea who they were.
Hon hade inte den blekaste aning om vilka de var.
Of course we know who they are.
Självklart vet vi vilka de är.
The two little boys are her grandsons.
De två små pojkarna är hennes barnbarn.
She spoke to the barber.
Hon pratade med barberaren.
**"My son died when he was young"**
"Min son dog när han var liten"
**"I have given up these vanities"**
"Jag har övergett dessa fåfängligheter"
**"I stopped having my feet ceremoniously dyed"**
"Jag slutade färga fötterna ceremoniellt"
**"But I would be glad to see your two fine boys"**

"Men jag skulle bli glad att se dina två fina pojkar"
**The barber agreed to let Queen Suo see her boys.**
Barberaren gick med på att låta drottning Suo träffa sina pojkar.
**But she had one question before she went.**
Men hon hade en fråga innan hon gick.
**"Are there other ladies in the palace?**
"Finns det andra damer i palatset?"
**"Someone else I could provide my service to"**
"Någon annan jag skulle kunna erbjuda mina tjänster till"
**She was told there was another queen.**
Hon fick veta att det fanns en annan drottning.
**And she was also allowed to go to that queen.**
Och hon fick också gå till den drottningen.
**Queen Duo allowed her to prepare her nails.**
Drottning Duo lät henne förbereda sina naglar.
**And she was allowed to scrape her feet.**
Och hon fick skrapa sina fötter.
**She painted her feet with alakta.**
Hon målade sina fötter med alakta.
**And the queen was very pleased with her skill.**
Och drottningen var mycket nöjd med hennes skicklighet.
**She also enjoyed the sweetness of her disposition.**
Hon njöt också av sitt ljuva sinnelag.
**So she booked to have more of her services.**
Så bokade hon in fler av hennes tjänster.
**The female barber had come for something else.**
Den kvinnliga barberaren hade kommit för något annat.
**And she quickly noticed the necklace.**
Och hon lade snabbt märke till halsbandet.
**The necklace was around the Queen's neck.**
Halsbandet hängde runt drottningens hals.

**The day of her second visit had come.**
Dagen för hennes andra besök var kommen.
**She gave her eldest son the instructions.**
Hon gav sin äldste son instruktionerna.

"We are going into the palace again"
"Vi går in i palatset igen"
"When in the palace you have to cry"
"När man är i palatset måste man gråta"
"Say you would like the queen's necklace"
"Säg att du skulle vilja ha drottningens halsband"
"Don't stop crying until you have her necklace"
"Sluta inte gråta förrän du har hennes halsband"
The female barber went to queen Duo's apartment.
Den kvinnliga barberaren gick till drottning Duos lägenhet.
Soon the elder boy started to cry.
Snart började den äldre pojken gråta.
The boy acted his role well.
Pojken spelade sin roll bra.
Nothing would console the boy.
Ingenting skulle trösta pojken.
"What is wrong?" Queen Duo asked.
"Vad är det som är fel ?" frågade drottning Duo.
They boy could hardly speak.
Pojken kunde knappt tala.
"Your necklace is so beautiful"
"Ditt halsband är så vackert"
And he continued to sob.
Och han fortsatte att gråta.
"Can I please hold the necklace?"
"Kan jag snälla hålla halsbandet?"
Queen Duo did not want to let him.
Drottning Duo ville inte låta honom.
"I cannot part with my necklace"
"Jag kan inte skiljas från mitt halsband"
"It is my most valuable jewel"
"Det är min mest värdefulla juvel"
But the boy did not stop crying.
Men pojken slutade inte gråta.
So she took the necklace off her neck.
Så tog hon av halsbandet.
And she put the necklace into the boy's hand.

Och hon lade halsbandet i pojkens hand.
**The boy quickly stopped crying.**
Pojken slutade snabbt gråta.
**And he held the necklace in his hand.**
Och han höll halsbandet i handen.
**The female barber had finished her work.**
Den kvinnliga barberaren hade avslutat sitt arbete.
**She was packing up her tools.**
Hon packade ihop sina verktyg.
**And she was about to leave the palace.**
Och hon var på väg att lämna palatset.
**So the queen wanted the necklace back.**
Så drottningen ville ha tillbaka halsbandet.
**But the boy would not let her have the necklace.**
Men pojken ville inte låta henne få halsbandet.
**His mother attempted to snatch the necklace from him.**
Hans mamma försökte rycka halsbandet ifrån honom.
**But he wept bitterly when she tried.**
Men han grät bittert när hon försökte.
**And he cried as if his heart would break.**
Och han grät som om hans hjärta skulle brista.
**The female barber politely asked the queen;**
Den kvinnliga barberaren frågade artigt drottningen;
**"Please let the boy take the necklace home"**
"Snälla låt pojken ta med sig halsbandet hem"
**"He will fall asleep after drinking his milk"**
"Han kommer att somna efter att ha druckit sin mjölk"
**"And then I will bring your necklace back"**
"Och sedan ska jag ta tillbaka ditt halsband"
**She could see she had no choice.**
Hon kunde se att hon inte hade något val.
**The boy would not allow her to take the necklace.**
Pojken lät henne inte ta halsbandet.
**So she agreed to the proposal.**
Så hon gick med på förslaget.
**"Dalim must now be long dead," she thought.**
"Dalim måste vara död sedan länge", tänkte hon.

**And she had nothing to worry about.**
Och hon hade inget att oroa sig för.


**The princess had the prized necklace.**
Prinsessan hade det värdefulla halsbandet.
**The treasure bound to her husband's life.**
Skatten bunden till hennes mans liv.
**She rushed back to the garden-house.**
Hon skyndade tillbaka till trädgårdshuset.
**And she gave the necklace to Dalim.**
Och hon gav halsbandet till Dalim.
**Dalim had been alive all morning.**
Dalim hade varit vid liv hela morgonen.
**It was the first time he saw the sun again.**
Det var första gången han såg solen igen.
**Their joy of his life knew no bounds.**
Deras glädje över hans liv kände inga gränser.
**Their friend advised them to go to the palace.**
Deras vän rådde dem att gå till palatset.
**"Go to the palace tomorrow"**
"Gå till palatset imorgon"
**"Present yourselves to the King and Queen"**
"Framställ er för kungen och drottningen"
**"Let them know you're alive and well"**
"Låt dem veta att du lever och mår bra"
**The couple accepted their friend's advice.**
Paret accepterade sin väns råd.
**And they prepared everything for their arrival.**
Och de förberedde allt för sin ankomst.
**An elephant was brought for the prince.**
En elefant fördes till prinsen.
**A pair of ponies were brought for the boys.**
Ett par ponnyer togs med till pojkarna.
**And there was a grand chaturdala.**
Och det fanns en storslagen chaturdala.
**It was furnished with curtains of gold lace.**
Den var möblerad med gardiner av gyllene spets.

Word was sent to the king and Queen Suo.
Besked skickades till kungen och drottning Suo.
**"Prince Dalim Kumar is alive and well"**
"Prins Dalim Kumar lever och mår bra"
**"And he is coming to visit you"**
"Och han kommer och besöker dig"
**"Now he has a wife and two sons"**
"Nu har han en fru och två söner "
**The King and Queen Suo could hardly believe it.**
Kungen och drottning Suo kunde knappt tro det.
**But they were assured that it was all true.**
Men de försäkrades om att allt var sant.
**Queen Duo quickly realized her predicament.**
Drottning Duo insåg snabbt sin prediktionssituation.
**And she became overwhelmed with grief.**
Och hon blev överväldigad av sorg.
**A band of musicians followed the prince.**
En grupp musiker följde prinsen.
**Prince Dalim Kumar approached the palace-gate.**
Prins Dalim Kumar närmade sig palatsporten.
**The King and Queen Suo went to the gates.**
Kungen och drottning Suo gick till portarna.
**And they welcomed their long-lost son.**
Och de välkomnade sin sedan länge förlorade son.
**You can imagine how happy they were.**
Du kan föreställa dig hur lyckliga de var.
**Dalim told his parents of his death.**
Dalim berättade för sina föräldrar om sin död.
**He told them of the pond by the palace.**
Han berättade för dem om dammen vid palatset.
**And he told them of the fish in the pond.**
Och han berättade för dem om fiskarna i dammen.
**He told them of the wooden box in the fish.**
Han berättade för dem om trälådan i fisken.
**He told them of the necklace in the wooden box.**
Han berättade för dem om halsbandet i träasken.
**And he told them the secret of his life.**

Och han berättade för dem sitt livs hemlighet.
**He told them how he died each night.**
Han berättade för dem hur han dog varje natt.
**Of course he also mentioned his new wife.**
Självklart nämnde han även sin nya fru.
**The king was inflamed with rage at the news.**
Kungen blev upptänd av ilska över nyheten.
**He ordered Queen Duo into his presence.**
Han beordrade drottning Duo att komma in i hans närvaro.
**A large hole was dug in the ground.**
Ett stort hål grävdes i marken.
**The hole was as deep as the height of a man.**
Hålet var lika djupt som en mans längd.
**Queen Duo was made to stand in the hole.**
Drottning Duo fick stå i hålet.
**Prickly thorns were heaped around her.**
Taggiga törnen låg staplade runt henne.
**The thorns went up to the crown of her head.**
Törnen nådde upp till hjässan på hennes huvud.
**And in this manner she was buried alive.**
Och på detta sätt blev hon levande begravd.

# Phakir Chand
Phakir Chand

**There was once a king, who had a son.**
Det var en gång en kung, som hade en son.
**The king's minister also had a son.**
Kungens minister hade också en son.
**The two sons loved each other dearly.**
De två sönerna älskade varandra innerligt.
**And they did everything together.**
Och de gjorde allt tillsammans.
**The two sons sat and stood up together.**
De två sönerna satt och stod upp tillsammans.
**They walked together to the same places.**
De gick tillsammans till samma platser.
**They ate their meals together.**
De åt sina måltider tillsammans.
**They slept and got up together.**
De sov och vaknade tillsammans.
**They spent years in each other's company.**
De tillbringade år i varandras sällskap.
**One day they both felt a new desire.**
En dag kände de båda en ny längtan.
**They wanted to see foreign lands.**
De ville se främmande länder.
**And so they set out on their journey.**
Och så gav de sig av på sin resa.
**One of them was the son of a king.**
En av dem var son till en kung.
**One of them was the son of his chief minister.**
En av dem var son till hans chefsminister.
**So of course they were both quite rich.**
Så klart var de båda ganska rika.
**But they did not take any servants with them.**
Men de tog inga tjänare med sig.
**They went by themselves, on horseback.**
De åkte själva, till häst.

The horses were beautiful to look at.

Hästarna var vackra att titta på.

They were Pakshirajes horses.

De var Pakshirajes hästar.

Such horses are known as the kings of birds.

Sådana hästar är kända som fåglarnas kungar.

The two sons rode together for many days.

De två sönerna red tillsammans i många dagar.

They passed through extensive plains.

De passerade genom vidsträckta slätter.

And the plains were covered with paddy.

Och slätterna var täckta av risfält.

And they passed through strange cities.

Och de passerade genom främmande städer.

And they passed through towns, and villages.

Och de passerade genom städer och byar.

They passed through treeless deserts.

De passerade genom trädlösa öknar.

And they passed through forests.

Och de passerade genom skogar.

And the forests were dense with trees.

Och skogarna var täta av träd.

These forests were the abode of the tiger.

Dessa skogar var tigerns hemvist.

And the bear also lived in these forests.

Och björnen levde också i dessa skogar.

One evening they were overtaken by the night.

En kväll blev de omhändertagna av natten.

They had not seen any human habitations.

De hade inte sett några mänskliga boplatser.

But it was getting darker and darker.

Men det blev mörkare och mörkare.

So they dismounted beneath a lofty tree.

Så steg de av under ett högt träd.

They tied their horses to the tree.

De band fast sina hästar vid trädet.

And then they climbed up the tree.

Och sedan klättrade de upp i trädet.
**They covered the branches with thick foliage.**
De täckte grenarna med tjockt lövverk.
**So that they could sit on the branches.**
Så att de kunde sitta på grenarna.
**The tree had grown near a large body of water.**
Trädet hade vuxit nära ett stort vattendrag.
**The water was as clear as the eye of a crow.**
Vattnet var klart som en kråkas öga.
**The two friends made themselves comfortable.**
De två vännerna gjorde det bekvämt för sig.
**Of course it wasn't very comfortable in a tree.**
Det var förstås inte särskilt bekvämt i ett träd.
**But it wasn't uncomfortable in the tree either.**
Men det var inte heller obekvämt i trädet.
**They had decided to spend the night there.**
De hade bestämt sig för att tillbringa natten där.
**They sometimes chatted together in whispers.**
Ibland pratade de viskande med varandra.
**They felt whispering was better than talking.**
De tyckte att det var bättre att viska än att prata.
**Because the region seemed very strange to them.**
Eftersom regionen verkade mycket främmande för dem.
**And soon they were falling into a doze.**
Och snart somnade de.
**But their attention was suddenly jolted.**
Men deras uppmärksamhet rycktes plötsligt till.
**From the water they heard a noise.**
Från vattnet hörde de ett ljud.
**It sounded like the rushing of water.**
Det lät som forsande vatten.
**In front of them was a terrible sight!**
Framför dem var en fruktansvärd syn!
**A huge serpent came from under the water.**
En enorm orm kom fram från under vattnet.
**The snake swam ashore and slithered around.**
Ormen simmade i land och slingrade sig omkring.

**But something else attracted their attention.**
Men något annat drog till sig deras uppmärksamhet.
**The crested hood of the serpent was shining.**
Ormens krönta huva glänste.
**The snake had a brilliant manikya embedded.**
Ormen hade en lysande manikya inbäddad.
**The jewel shone like a thousand diamonds.**
Juvelen glänste som tusen diamanter.
**The crystal lit up the water in the tank.**
Kristallen lyste upp vattnet i tanken.
**The embankments and trees were irradiated.**
Vallarna och träden bestrålades.
**The serpent doffed the jewel from its crest.**
Ormen tog juvelen från sin vapensköld.
**And the serpent threw the jewel on the ground.**
Och ormen kastade juvelen på marken.
**And then the serpent went in search of food.**
Och sedan gick ormen iväg för att leta efter mat.
**They could not believe what they had seen.**
De kunde inte tro vad de hade sett.
**They stayed in the safety of the tree.**
De stannade i trädets trygghet.
**But they greatly admired the jewel.**
Men de beundrade juvelen mycket.
**The ruby shed an ineffable luster.**
Rubinen utstrålade en outsäglig glans.
**Everything had a magical glow around it.**
Allt hade en magisk glöd omkring sig.
**They had never seen anything like it.**
De hade aldrig sett något liknande.
**Although, they had heard of this treasure.**
Även om de hade hört talas om denna skatt.
**The jewel equaled the treasures of seven kings.**
Juvelen motsvarade sju kungars skatter.
**But their admiration soon changed to fear.**
Men deras beundran förvandlades snart till rädsla.
**The serpent came to the foot of their tree.**

Ormen kom till foten av deras träd.

**The serpent had found their horses!**

Ormen hade hittat deras hästar!

**The poor horses had been tied to the tree.**

De stackars hästarna hade varit bundna vid trädet.

**The animals had no way of escaping.**

Djuren hade ingen möjlighet att fly.

**One by one the serpent ate their horses.**

En efter en åt ormen upp deras hästar.

**But the serpent's appetite did not seem satisfied.**

Men ormens aptit verkade inte tillfredsställd.

**They feared they would be the next victims.**

De fruktade att de skulle bli nästa offer.

**But their fears were soon relieved.**

Men deras farhågor lättade snart.

**The gigantic cobra had not seen them.**

Den gigantiska kobran hade inte sett dem.

**And eventually the snake left again.**

Och så småningom försvann ormen igen.

**The minister's son saw an opportunity.**

Ministerns son såg en möjlighet.

**This was his chance to take the gem.**

Detta var hans chans att ta ädelstenen.

**But there was one problem they had.**

Men det fanns ett problem de hade.

**The jewel shone incredibly bright.**

Juvelen glänste otroligt starkt.

**The serpent would know what had happened.**

Ormen skulle veta vad som hade hänt.

**But there was a way to overcome this problem.**

Men det fanns ett sätt att övervinna detta problem.

**And the minister's son knew the solution.**

Och ministerns son visste lösningen.

**He had to cover the stone with horse-dung.**

Han var tvungen att täcka stenen med hästgödsel.

**And there was some horse-dung by the tree.**

Och det låg lite hästgödsel vid trädet.

He quietly came down from the tree.
Han kom tyst ner från trädet.
He picked up the horse-dung off the floor.
Han plockade upp hästspillningen från golvet.
And he threw the dung upon the precious stone.
Och han kastade dyngan på den ädelstenen.
And then he climbed up into the tree again.
Och sedan klättrade han upp i trädet igen.
The serpent noticed something had happened.
Ormen märkte att något hade hänt.
The light of the jewel had vanished.
Juvelens ljus hade försvunnit.
The serpent rushed back with great fury.
Ormen rusade tillbaka med stor ilska.
The serpent returned to where it had left the stone.
Ormen återvände till där den hade lämnat stenen.
The serpent let out a frightful hiss at the night.
Ormen lät ett fruktansvärt väsa om natten.
The snake's groans and convulsions were terrible.
Ormens stönanden och kramper var fruktansvärda.
The snake went round and round the jewel.
Ormen gick runt, runt juvelen.
But the stone was covered with horse-dung.
Men stenen var täckt med hästgödsel.
This way the serpent could not see its treasure.
På så sätt kunde ormen inte se sin skatt.
Finally, the serpent breathed its last breath.
Till slut andades ormen sitt sista andetag.

The two friends did not sleep much that night.
De två vännerna sov inte mycket den natten.
In the morning they came down from the tree.
På morgonen kom de ner från trädet.
They went to where the crest-jewel was.
De gick till där vapenskölden var.
The mighty serpent was still laying there.
Den mäktiga ormen låg fortfarande där.

But now the snake's body was perfectly lifeless.
Men nu var ormens kropp helt livlös.
The friend of the prince stepped over the dead snake.
Prinsens vän klev över den döda ormen.
And he picked up the dung covered jewel.
Och han plockade upp den dyngtäckta juvelen.
Both of them went to the bank of the water.
Båda gick till vattenstranden.
And they washed the precious stone.
Och de tvättade den dyrbara stenen.
Finally, all the dung had been washed off.
Till slut var all dynga borttvättad.
And the jewel shone as brilliantly as before.
Och juvelen glänste lika starkt som förut.
The jewel lit up the entire bed of the tank of water.
Juvelen lyste upp hela botten av vattentanken.
Now they could see the innumerable fishes.
Nu kunde de se de otaliga fiskarna.
But the light also revealed something else.
Men ljuset avslöjade också något annat.
This astonished them more than all the fishes.
Detta förvånade dem mer än alla fiskarna.
In the bottom of the water there was something.
På botten av vattnet fanns något.
They could see there were lofty walls.
De kunde se att det fanns höga murar.
The walls were from a magnificent palace.
Murarna var från ett magnifikt palats.
The prince's friend was feeling venturesome.
Prinsens vän kände sig våghalsig.
He convinced the king's son to follow him.
Han övertygade kungens son att följa honom.
And then they wanted to swim to the palace below.
Och sedan ville de simma till palatset nedanför.
The prince's friend took the jewel in his hand.
Prinsens vän tog juvelen i sin hand.
And they both dived into the waters.

Och de dök båda ner i vattnet.
**Soon they stood at the gate of the palace.**
Snart stod de vid palatsets portar.
**To their surprise the gate was open.**
Till deras förvåning stod porten öppen.
**They saw no being, human or superhuman.**
De såg ingen varelse, vare sig mänsklig eller övermänsklig.
**So they decided to venture inside the gate.**
Så de bestämde sig för att gå innanför porten.
**Inside the walls there was a beautiful garden.**
Innanför murarna fanns en vacker trädgård.
**In the middle of the garden was a house.**
Mitt i trädgården låg ett hus.
**No one had ever seen so many flowers.**
Ingen hade någonsin sett så många blommor.
**There were roses of all imaginable varieties.**
Det fanns rosor av alla tänkbara sorter.
**There were endless numbers of yellow jessamine.**
Det fanns oändligt många gula jessaminer.
**And there were numerous white bell flowers.**
Och det fanns många vita klockblommor.
**These flowers were the king of smells.**
Dessa blommor var dofternas kung.
**The most scented lily of the valley.**
Den mest doftande liljekonvaljen.
**There were the flowers from the champaka tree.**
Där fanns blommorna från champakaträdet.
**And a thousand other sweet-scented flowers.**
Och tusen andra ljuvligt doftande blommor.
**Acres covered with the delicious jessamine.**
Tunnland täckta med den läckra jessaminen.
**All the plants were gemmed with flowers.**
Alla växter var prydda med blommor.
**And all the flowers were in full bloom.**
Och alla blommorna stod i full blom.
**So the air was loaded with rich perfume.**
Så luften var fylld med rik doft.

A wilderness of sweet scents everywhere.
En vildmark av ljuva dofter överallt.
They went through this paradise of perfumery.
De gick genom detta parfymernas paradis.
And eventually they reached the house.
Och så småningom kom de fram till huset.
The house was surrounded by lofty trees.
Huset var omgivet av höga träd.
Soon they stood at the door of the house.
Snart stod de vid husdörren.
Now they could see it was a fairy palace.
Nu kunde de se att det var ett älvpalats.
The walls were of burnished gold.
Väggarna var av polerat guld.
Here and there shone diamonds of dazzling hue.
Här och där glänste diamanter av bländande nyans.
But they did not see any beings.
Men de såg inga varelser.
So they went inside the palace.
Så gick de in i palatset.
The palace was richly furnished.
Palatset var rikt möblerat.
They went from room to room.
De gick från rum till rum.
But they did not see anyone.
Men de såg ingen.
It seemed to be a deserted house.
Det verkade vara ett öde hus.
At last, however, they found a special room.
Till slut hittade de dock ett särskilt rum.
In this room there was a young lady.
I det här rummet fanns en ung dam.
She was sleeping on a golden bed.
Hon sov på en gyllene säng.
The young lady was of exquisite beauty.
Den unga damen var av utsökt skönhet.
Her complexion was a mixture of red and white.

Hennes hy var en blandning av rött och vitt.
**She seemed to be about sixteen years of age.**
Hon verkade vara omkring sexton år gammal.
**The two friends gazed upon her.**
De två vännerna tittade på henne.
**They were enchanted by her beauty.**
De var förtrollade av hennes skönhet.
**But they could not admire her for long.**
Men de kunde inte beundra henne länge.
**Because the young lady opened her eyes.**
För den unga damen öppnade ögonen.
**Her eyes seemed like the eyes of a gazelle.**
Hennes ögon liknade en gasells ögon.
**On seeing the strangers she said;**
När hon såg främlingarna sa hon;
**"How have you come here, ye unfortunate men?"**
"Hur har ni kommit hit, ni olyckliga män?"
**"Be gone, be gone! I beg of you two"**
"Gå, gå! Jag ber er två"
**"This is the abode of a mighty serpent"**
"Detta är en mäktig orms boning "
**"The serpent which has devoured my parents"**
"Ormen som har slukat mina föräldrar"
**"And my brothers, and all my relatives"**
"Och mina bröder och alla mina släktingar"
**"I am the only one that he has spared"**
"Jag är den enda som han har skonat"
**"Flee for your lives while you still can"**
"Fly för era liv medan ni fortfarande kan"
**"Or else the serpent will eat you both"**
"Annars äter ormen upp er båda"
**The prince's friend told her what had happened.**
Prinsens vän berättade för henne vad som hade hänt.
**"The serpent has breathed his last breath"**
"Ormen har andats sitt sista andetag"
**"The snake's body lies lifeless on the floor"**
"Ormens kropp ligger livlös på golvet"

"We took the head-jewel of the serpent"
"Vi tog ormens huvudjuvel"
"The jewel's light showed us to the palace.
"Juvelens ljus visade oss palatset."
She thanked the strangers for their bravery.
Hon tackade främlingarna för deras mod.
"You have freed me from the infernal serpent"
"Du har befriat mig från den infernaliska ormen"
"Please live with me in my palace"
"Var snäll och bo hos mig i mitt palats"
"But please promise never to desert me"
"Men snälla, lova att aldrig överge mig"
They gladly accepted the invitation.
De accepterade gärna inbjudan.
The king's son was smitten with the princess.
Kungens son var förälskad i prinsessan.
He adored the charms of the peerless princess.
Han avgudade den oöverträffade prinsessans charm.
And he married her after a short time.
Och han gifte sig med henne efter en kort tid.
There was no priest at the palace.
Det fanns ingen präst på palatset.
So the hymeneal knot was tied by other means.
Så knöts hymeneknuten på andra sätt.
A simple exchange of garlands of flowers.
Ett enkelt utbyte av blomgirlanger.
The king's son became inexpressibly happy.
Kungens son blev outsägligt lycklig.
He delighted in the company of the princess.
Han njöt av prinsessans sällskap.
The prince's friend also had a wife.
Prinsens vän hade också en fru.
Of course she was living in the upper world.
Självklart levde hon i den övre världen.
But he participated in his friend's happiness.
Men han deltog i sin väns lycka.
The time they spent together passed merrily.

Tiden de tillbringade tillsammans förflöt glatt.
**But they could not live here forever.**
Men de kunde inte bo här för alltid.
**The prince had to return to his kingdom.**
Prinsen var tvungen att återvända till sitt rike.
**But he knew the return would require some planning.**
Men han visste att återkomsten skulle kräva en del planering.
**The occasion would come with a lot of pomp.**
Tillfället skulle komma med mycket pompa och ståt.
**There were going to be many ceremonies.**
Det skulle bli många ceremonier.
**Because there was a lot to be celebrated.**
För det fanns mycket att fira.
**First the prince's friend was going to go.**
Först skulle prinsens vän åka.
**And then he was going to return with the attendants.**
Och sedan skulle han återvända med vaktmästarna.
**Horses, and elephants for the happy pair.**
Hästar och elefanter för det lyckliga paret.
**The prince accompanied his friend.**
Prinsen följde med sin vän.
**Together they went back to the surface.**
Tillsammans gick de tillbaka till ytan.
**And they saw the upper world again.**
Och de såg den övre världen igen.
**The two friends bid each other adieu.**
De två vännerna tog farväl av varandra.
**The prince returned to his lovely wife.**
Prinsen återvände till sin älskade hustru.
**Before leaving everything had been organized.**
Innan avfärden var allt organiserat.
**The prince's friend arranged his return.**
Prinsens vän ordnade hans återkomst.
**He said when he was going to go to the embankment.**
Han sa när han skulle gå till vallen.
**He was going to have the horses that they needed.**
Han skulle ha de hästar som de behövde.

**Elephants were going to be there too, and attendants.**
Elefanter skulle också vara där, och skötare.
**They were going to wait upon the prince and princess.**
De skulle vänta på prinsen och prinsessan.
**The snake-jewel gave them the rights to this.**
Ormjuvelen gav dem rätten till detta.
**The prince's friend went back to his country.**
Prinsens vän återvände till sitt land.
**To prepare for the return of his friend.**
För att förbereda sig för sin väns återkomst.

**One day the prince was sleeping.**
En dag sov prinsen.
**He had just had his midday meal.**
Han hade precis ätit sin middag.
**The princess had never seen the upper regions.**
Prinsessan hade aldrig sett de övre regionerna.
**She felt the desire to see the upper world.**
Hon kände en längtan att se den övre världen.
**For this she needed the snake-jewel.**
För detta behövde hon ormjuvelen.
**Only this could help her through the water.**
Bara detta kunde hjälpa henne genom vattnet.
**The jewel was shining its bright light in the room.**
Juvelen sken sitt starka ljus i rummet.
**She took the snake-jewel into her hand.**
Hon tog ormjuvelen i sin hand.
**And then she left the palace and the garden.**
Och sedan lämnade hon palatset och trädgården.
**She successfully swam to the upper world.**
Hon simmade framgångsrikt till den övre världen.
**No mortal had caught sight of her.**
Ingen dödlig hade fått syn på henne.
**At the edge of the water were some steps.**
Vid vattenbrynet fanns några trappsteg.
**The steps were for the convenience of bathers.**
Trappstegen var till för att underlätta för badgästerna.

And this is also where she sat.
Och det var också här hon satt.
She scrubbed her body with the sand.
Hon skrubbade sin kropp med sanden.
She washed her hair with the fresh water.
Hon tvättade håret med färskt vatten.
And she played with the water for fun.
Och hon lekte med vattnet för skojs skull.
She walked about on the water's edge.
Hon gick omkring vid vattenbrynet.
And she admired all the scenery around.
Och hon beundrade hela landskapet runt omkring.
But finally she returned back to her palace.
Men slutligen återvände hon till sitt palats.
Her husband was still deep in sleep.
Hennes man sov fortfarande djupt.
But eventually he had slept enough.
Men till slut hade han sovit tillräckligt.
She did not tell him about her adventures.
Hon berättade inte för honom om sina äventyr.
The next day her husband fell asleep again.
Nästa dag somnade hennes man om.
And again she paid a visit to the upper world.
Och återigen besökte hon den övre världen.
And she remained unnoticed by mortal man.
Och hon förblev obemärkt av den dödliga människan.
Her success was starting to give her courage.
Hennes framgång började ge henne mod.
So she repeated her adventure a third time.
Så upprepade hon sitt äventyr en tredje gång.
The rajah's son was out hunting that day.
Rajahs son var ute och jagade den dagen.
He had his tent not far from the water.
Han hade sitt tält inte långt från vattnet.
His attendants were cooking his meal.
Hans tjänare lagade hans mat.
So, he wandered about along the water.

Så vandrade han omkring längs vattnet.
**Nearby an old woman was gathering sticks.**
I närheten samlade en gammal kvinna kvistar.
**She was collecting dried branches of trees.**
Hon samlade torkade grenar från träd.
**She needed the sticks for kindling wood.**
Hon behövde pinnarna för att tända ved.
**This was when the princess came out the water.**
Det var då prinsessan kom upp ur vattnet.
**She gazed around and she saw a man.**
Hon tittade sig omkring och såg en man.
**And then she saw there was also a woman.**
Och då såg hon att det också fanns en kvinna.
**The princess knew she didn't want to be seen.**
Prinsessan visste att hon inte ville synas.
**So she went back down to her palace.**
Så gick hon tillbaka ner till sitt palats.
**But the rajah's son had caught a glimpse of her.**
Men rajahs son hade fått en glimt av henne.
**And the old woman gathering sticks saw her too.**
Och den gamla kvinnan som samlade kvistar såg henne också.
**The rajah's son stood gazing on the waters.**
Rajahs son stod och tittade på vattnet.
**He had never seen such a beautiful woman.**
Han hade aldrig sett en så vacker kvinna.
**She seemed to him to be a deva-kanyas Goddess.**
Hon verkade för honom vara en deva-kanyas gudinna.
**Heavenly goddesses he had read of in old books.**
Himmelska gudinnor som han hade läst om i gamla böcker.
**They are said to visit the upper world.**
De sägs besöka den övre världen.
**And the upper world is honored to have them.**
Och den övre världen är hedrad över att ha dem.
**But it is said to happen only rarely.**
Men det sägs hända bara sällan.
**The way that angels only visit rarely.**
Så som änglar bara sällan besöker oss.

He had seen the princess' unearthly beauty.
Han hade sett prinsessans övernaturliga skönhet.
She had made a deep impression on his heart.
Hon hade gjort ett djupt intryck på hans hjärta.
Although he had seen her only for a moment.
Även om han bara hade sett henne ett ögonblick.
But her beauty distracted his mind.
Men hennes skönhet distraherade hans tankar.
He stood there like a statue, for hours.
Han stod där som en staty, i timmar.
All he could do was gaze into the waters.
Allt han kunde göra var att titta ner i vattnet.
In the hope of seeing the lovely figure again.
I hopp om att få se den vackra gestalten igen.
But all his time was spent in vain.
Men all hans tid gick förgäves.
The princess did not appear again.
Prinsessan dök inte upp igen.
The rajah's son became mad with love.
Rajahs son blev galen av kärlek.
He kept muttering, "now here, now gone!"
Han mumlade hela tiden: "Nu här, nu borta!"
He refused to leave the water's edge.
Han vägrade att lämna vattenbrynet.
His attendants had to forcibly remove him.
Hans medhjälpare var tvungna att med våld avlägsna honom.
They took him to his father's palace.
De tog honom till hans fars palats.
But he was in a state of hopeless insanity.
Men han befann sig i ett tillstånd av hopplös vansinne.
He couldn't be made to speak to anyone.
Han kunde inte tvingas att prata med någon.
And he spent his days sobbing heavily.
Och han tillbringade sina dagar med att gråta djupt.
No others words came out of his mouth.
Inga andra ord kom ut ur hans mun.
"Now here, now gone!"

"Nu här, nu borta!"
**"Now here, now gone!"**
"Nu här, nu borta!"
**You can imagine the rajah's grief.**
Ni kan föreställa er rajahs sorg.
**"What could have deranged my son's mind?"**
"Vad kunde ha förvirrat min sons sinne?"
**"'Now here, now gone,' what does it mean?"**
"'Nu här, nu borta', vad betyder det?"
**He could not unravel the words' meaning.**
Han kunde inte urskilja ordens betydelse.
**His attendants couldn't decipher the words either.**
Hans medhjälpare kunde inte heller tyda orden.
**The land's best physicians were consulted.**
Landets bästa läkare rådfrågades.
**But their consultation had no effect.**
Men deras samråd hade ingen effekt.
**The sons of æsculapius were not able to help.**
Asculapius söner kunde inte hjälpa till.
**No one could ascertain the cause of the madness.**
Ingen kunde fastställa orsaken till galenskapen.
**Without knowing the cause there was no cure.**
Utan att veta orsaken fanns det inget botemedel.
**The physicians tried to ask the prince.**
Läkarna försökte fråga prinsen.
**But all he said was, "now here, now gone!"**
Men allt han sa var: "Nu här, nu borta!"
**The rajah was distracted with grief.**
Rajah var distraherad av sorg.
**Day and night he worried for his son.**
Dag och natt oroade han sig för sin son.
**He wished for his son's intellects to return.**
Han önskade att hans sons intellekt skulle återvända.
**A proclamation was made in the capital.**
Ett tillkännagivande utfärdades i huvudstaden.
**Town criers were sent into the city.**
Stadsropare skickades in i staden.

And they beat their drums for attention.
Och de slog på sina trummor för uppmärksamhet.
"The rajah's son has lost his mental faculties"
"Rajahs son har förlorat sina mentala förmågor"
"The rajah seeks a cure for his son"
"Rajah söker botemedel för sin son"
"A reward is offered for the cure"
"En belöning erbjuds för botemedlet"
"The hand of the rajah's daughter"
"Rajahs dotters hand"
"Her hand comes with half his kingdom"
"Hennes hand kommer med halva hans rike"
The drum was beaten around the city.
Trumman slogs runt om i staden.
But no one felt they could touch the drum.
Men ingen kände att de kunde röra trumman.
No one knew the cause of his madness.
Ingen visste orsaken till hans galenskap.
At last an old woman came forward.
Till slut kom en gammal kvinna fram.
And she stepped up to touch the drum.
Och hon klev fram för att röra vid trumman.
"I will discover the cause of his madness"
"Jag ska upptäcka orsaken till hans galenskap"
"And I will cure him from his disease"
"Och jag skall bota honom från hans sjukdom"
She had seen what happened to the boy.
Hon hade sett vad som hände med pojken.
She was at the water's edge that day.
Hon var vid vattenbrynet den dagen.
It was her who was gathering up sticks.
Det var hon som samlade ihop kvistar.
This woman had a crack-brained son.
Den här kvinnan hade en hjärnskräck.
Her son was named of Phakir-Chand.
Hennes son hette Phakir-Chand.
So she was called Phakir's mother.

Så kallades hon Phakirs mor.
**The woman was brought before the rajah.**
Kvinnan fördes inför rajan.
**And the following conversation took place.**
Och följande samtal ägde rum.
**"You are the woman that touched the drum"**
"Du är kvinnan som rörde vid trumman"
**"You know the cause of my son's madness?"**
"Vet du orsaken till min sons galenskap?"
**"Yes, oh incarnation of justice!"**
"Ja, o rättvisans inkarnation!"
**"I know the cause of your son's madness"**
"Jag vet orsaken till din sons galenskap"
**"But I will not say the cause of his madness"**
"Men jag tänker inte säga orsaken till hans galenskap"
**"First I will cure your son of his madness"**
"Först ska jag bota din son från hans galenskap"
**"How can I believe you are able to?"**
"Hur kan jag tro att du är kapabel till det?"
**"The best physicians of the land have failed"**
"Landets bästa läkare har misslyckats"
**"You need not now believe, my king"**
"Du behöver inte tro nu, min kung"
**"Wait till I have performed the cure"**
"Vänta tills jag har utfört botemedlet"
**"Many an old woman knows many secrets"**
"Mången gammal kvinna känner till många hemligheter"
**"Secrets wise men are unacquainted with"**
"Hemligheter som visa män inte känner till"
**"Very well, let me see what you can do"**
"Mycket bra, låt mig se vad du kan göra"
**"In what time will you perform the cure?"**
"Inom vilken tid kommer du att utföra botemedlet?"
**"It is impossible to fix the time"**
"Det är omöjligt att fixa tiden"
**"Ff course I will begin work immediately"**
"Självklart börjar jag jobba omedelbart"

**"But I need your lordship's assistance"**
"Men jag behöver Ers nådshövdings hjälp"
**"What help do you require from me?"**
"Vilken hjälp behöver du från mig?"
**"Your lordship will please order a hut"**
"Ers nåd, var vänlig och beställ en hydda."
**"Have the hut raised on the embankment of the water"**
"Låt stugan resas på vattenvallen"
**"Where your son first caught the disease"**
"Var din son först fick sjukdomen"
**"I mean to live in that hut for a few days"**
"Jag tänker bo i den där stugan i några dagar"
**"And please order some of your servants"**
"Och var snäll och beställ några av dina tjänare"
**"They have to be in attendance at a distance"**
"De måste vara närvarande på avstånd"
**"Tell them to be about a hundred yards away"**
"Säg åt dem att vara ungefär hundra meter bort"
**"That way I can call them over when we need them"**
"På så sätt kan jag ringa dem när vi behöver dem"
**The king had listened attentively.**
Kungen hade lyssnat uppmärksamt.
**"I will order that to be immediately done"**
"Jag kommer att beordra att det ska ske omedelbart"
**"Do you want anything else?"**
"Vill du ha något annat?"
**"Those are all the preparations I need"**
"Det är alla förberedelser jag behöver"
**"But let me remind you of the agreement"**
"Men låt mig påminna dig om avtalet"
**"You promised the hand of your daughter"**
"Du lovade din dotters hand"
**"And you promised half your kingdom"**
"Och du lovade halva ditt kungarike"
**"But I can't marry your daughter"**
"Men jag kan inte gifta mig med din dotter"
**"Because your daughter has to marry a man"**

"För att din dotter måste gifta sig med en man"
**"But I also have a son of marriageable age"**
"Men jag har också en son i giftefärdig ålder"
**"Allow my son to marry your daughter"**
"Låt min son gifta sig med din dotter"
**"Allow him to have half of your kingdom"**
"Låt honom få hälften av ditt rike"
**The king was agreed with the terms.**
Kungen gick med på villkoren.
**"If you find a cure, he marries my daughter"**
"Om du hittar ett botemedel, gifter han sig med min dotter"
**"And half of my kingdom shall be his"**
"Och hälften av mitt rike skall bli hans"
**A temporary hut was quickly erected.**
En tillfällig hydda uppfördes snabbt.
**The hut was built on the embankment of the water.**
Stugan byggdes vid vattenvallen.
**And Phakir's mother took up her abode.**
Och Phakirs mor bosatte sig.
**An outpost was also erected at some distance.**
En utpost uppfördes också på ett avstånd.
**Because the woman might require some attendance.**
Eftersom kvinnan kan behöva viss närvaro.
**Strict orders were given by Phakir's mother.**
Stränga order gavs av Phakirs mor.
**No one was allowed to go near the water.**
Ingen fick gå nära vattnet.
**Only she was allowed to stay by the water.**
Bara hon fick stanna vid vattnet.

**But let us leave Phakir's mother at the water.**
Men låt oss lämna Phakirs mor vid vattnet.
**Let us hasten down the subterranean palace.**
Låt oss skynda ner i det underjordiska palatset.
**To see what the prince and the princess are doing.**
För att se vad prinsen och prinsessan gör.
**The princess did want to go up again.**

Prinsessan ville verkligen gå upp igen.

**But she now knew that it would be dangerous.**

Men hon visste nu att det skulle vara farligt.

**And she had given up the idea of a fourth visit.**

Och hon hade gett upp tanken på ett fjärde besök.

**But women generally have greater curiosity.**

Men kvinnor har generellt sett större nyfikenhet.

**And the princess was no exception to the rule.**

Och prinsessan var inget undantag från regeln.

**One day her husband was asleep.**

En dag sov hennes man.

**He always slept after his noonday meal.**

Han sov alltid efter middagsmåltiden.

**She took the snake-jewel in her hand.**

Hon tog ormjuvelen i sin hand.

**And she rushed out of the palace.**

Och hon rusade ut ur palatset.

**And she came up to the upper world.**

Och hon kom upp till den övre världen.

**There was an upheaval in the waters.**

Det blev en omvälvning i vattnen.

**And Phakir's mother was on high alert.**

Och Phakirs mamma var i högsta beredskap.

**She was hiding in the hut.**

Hon gömde sig i stugan.

**And she was looking through the chinks.**

Och hon tittade genom springorna.

**The princess saw no human being nearby.**

Prinsessan såg ingen människa i närheten.

**So she came to the bank of the water.**

Så kom hon till vattenstranden.

**Phakir's mother showed herself outside the hut.**

Phakirs mamma visade sig utanför hyddan.

**And she addressed the princess politely.**

Och hon tilltalade prinsessan artigt.

**"Come, my child, thou queen of beauty"**

"Kom, mitt barn, du skönhetens drottning"

**"Come to me, and I will help you to bathe"**
"Kom till mig, så ska jag hjälpa dig att bada"
**So saying, she approached the princess.**
Med detta sagt gick hon fram till prinsessan.
**The princess saw she was just an old woman.**
Prinsessan såg att hon bara var en gammal kvinna.
**So she made no resistance to her offer.**
Så hon gjorde inget motstånd mot sitt erbjudande.
**The old woman was washing the princess' hair.**
Den gamla kvinnan tvättade prinsessans hår.
**And she noticed the bright jewel in her hand.**
Och hon lade märke till den glänsande juvelen i sin hand.
**"Out the jewel here till you are bathed"**
"Ut med juvelen här tills du är badad"
**Now the jewel was in the hands of Phakir's mother.**
Nu var juvelen i Phakirs mors händer.
**She wrapped the jewel up in a cloth.**
Hon lindade in juvelen i en duk.
**And she wrapped the cloth around her waist.**
Och hon virade tyget runt sin midja.
**Now the princess was unable to escape.**
Nu kunde prinsessan inte fly.
**And Phakir's mother gave the signal.**
Och Phakirs mamma gav signalen.
**The attendants rushed to the water.**
Tjänsmännen rusade till vattnet.
**And they took the princess captive.**
Och de tog prinsessan till fånga.
**The news soon reached the city.**
Nyheten nådde snart staden.
**"Phakir's mother had captured a water-nymph"**
"Phakirs mor hade fångat en vattennymf"
**And the people rejoiced at the news.**
Och folket gladde sig åt nyheten.
**All came to see the "daughter of the immortals"**
Alla kom för att se "de odödligas dotter"
**She was brought to the palace.**

Hon fördes till palatset.
**And she was brought to the rajah's son.**
Och hon fördes till rajahs son.
**The rajah's son was still of impaired intellect.**
Rajahs son var fortfarande av nedsatt intellekt.
**But that cloud on his brain soon dissipated.**
Men molnet i hans hjärna skingrades snart.
**"I have found you! I have found you!"**
"Jag har hittat dig! Jag har hittat dig!"
**His eyes had been vacant and lusterless.**
Hans ögon hade varit tomma och glanslösa.
**But now his eyes had the fire of intelligence.**
Men nu hade hans ögon en glöd av intelligens.
**He had almost lost the use of his tongue.**
Han hade nästan förlorat tungans bruk.
**"Now here, now gone!" was all he had been able to say.**
"Nu här, nu borta!" var allt han hade kunnat säga.
**But this sense too was restored.**
Men även denna känsla återställdes.
**The joy of the rajah knew no bounds.**
Rajahs glädje kände inga gränser.
**There was great festivity in the city.**
Det var stor festlighet i staden.
**The people praised Phakir-Chand's mother.**
Folket berömde Phakir-Chands mor.
**And everyone soon expected the marriage.**
Och snart väntade alla på bröllopet.
**The rajah's son was to wed the water-nymph.**
Rajahs son skulle gifta sig med vattennymfen.
**The princess, however, had made a promise.**
Prinsessan hade emellertid avgett ett löfte.
**She told Phakir's mother of her promise.**
Hon berättade för Phakirs mamma om sitt löfte.
**"I won't as much as look at another man"**
"Jag tänker inte ens titta på en annan man"
**"For one year my vows shall last"**
"Mina löften ska gälla i ett år"

"The marriage cannot happen in that time"
"Äktenskapet kan inte äga rum under den tiden"
The rajah's son was somewhat disappointed.
Rajahs son var något besviken.
But he readily agreed to the delay.
Men han gick villigt med på förseningen.
"Delay enhances the sweetness of the pleasure"
"Fördröjning förstärker njutningens sötma"
Of course the princess spent her time in sorrow.
Naturligtvis tillbringade prinsessan sin tid i sorg.
She spent her days and nights sighing.
Hon tillbringade sina dagar och nätter med att sucka.
And she lamented her idle curiosity.
Och hon beklagade sin fåfänga nyfikenhet.
The curiosity that led her to the upper world.
Nyfikenheten som ledde henne till den övre världen.
The curiosity that separated her from her husband.
Nyfikenheten som skilde henne från hennes man.
She thought of her unfortunate husband.
Hon tänkte på sin olycklige make.
She had left him all alone below the waters.
Hon hade lämnat honom helt ensam nere i vattnet.
And she wept bitter tears each day.
Och hon grät bittra tårar varje dag.
She wished that she could run away.
Hon önskade att hon kunde springa iväg.
But that would have been impossible.
Men det hade varit omöjligt.
Because she was immured within walls.
För att hon var instängd inom murar.
And there were walls within the walls.
Och det fanns murar inom murarna.
And what use was getting out the palace?
Och vad var meningen med att ta sig ut ur palatset?
She couldn't get to her husband anyway.
Hon kunde ändå inte komma fram till sin man.
She didn't have the serpent jewel.

Hon hade inte ormjuvelen.
**The ladies of the palace tried to comfort her.**
Damerna i slottet försökte trösta henne.
**And Phakir's mother tried to divert her mind.**
Och Phakirs mamma försökte avleda hennes tankar.
**But their efforts were in vain.**
Men deras ansträngningar var förgäves.
**She took pleasure in nothing.**
Hon fann nöje i ingenting.
**She hardly spoke to anyone.**
Hon pratade knappt med någon.
**She wept throughout the day.**
Hon grät hela dagen.
**And she wept through the night.**
Och hon grät hela natten.

**The year of her vow was drawing to a close.**
Året för hennes äktenskapslöfte närmade sig sitt slut.
**But she was still disconsolate.**
Men hon var fortfarande förtvivlad.
**The marriage, however, had to be celebrated.**
Ändå var bröllopet tvunget att firas.
**The rajah consulted the astrologers.**
Rajah rådfrågade astrologerna.
**The day and the hour had been decided.**
Dagen och timmen var bestämd.
**The nuptial knot was to be tied.**
Bröllopsknuten skulle knytas.
**Great preparations were made.**
Stora förberedelser gjordes.
**The confectioners were busy day and night.**
Konditorerna var upptagna dag som natt.
**They prepared all sorts of sweetmeats.**
De tillagade alla möjliga slags sötsaker.
**Milkmen supplied the palace with tanks of curds.**
Mjölkmän försåg palatset med tankar med ostmassa.
**Great quantities of gunpowder were manufactured.**

Stora mängder krut tillverkades.

**There were going to be grand fireworks.**

Det skulle bli stora fyrverkerier.

**Stages were erected everywhere.**

Scener restes överallt.

**And musicians were selected to play music.**

Och musiker valdes ut för att spela musik.

**All the city assumed an air of mirth.**

Hela staden antog en munter atmosfär.

**All looked forward to the festivities.**

Alla såg fram emot festligheterna.


**We must return our attention to the minister's son.**

Vi måste återigen rikta vår uppmärksamhet mot ministerns son.

**He had left his friend in the subterranean palace.**

Han hade lämnat sin vän i det underjordiska palatset.

**And he had gone to his country.**

Och han hade åkt till sitt land.

**He was bringing horses and elephants.**

Han hade med sig hästar och elefanter.

**And he had with him many attendants.**

Och han hade med sig många tjänare.

**For the return of the king's son.**

För kungens sons återkomst.

**And for the return of his lovely princess.**

Och för hans älskade prinsessas återkomst.

**So that the ceremony had due pomp.**

Så att ceremonin fick tillräcklig pompa och ståt.

**The preparations took him many months.**

Förberedelserna tog honom många månader.

**But eventually all was prepared.**

Men till slut var allt förberett.

**And the minister's son started on his journey.**

Och ministerns son påbörjade sin resa.

**He was accompanied by a long train of elephants.**

Han åtföljdes av ett långt släp elefanter.

And behind the elephants were horses.

Och bakom elefanterna fanns hästar.

And all the horses had their own attendants.

Och alla hästarna hade sina egna medhjälpare.

He reached the water ahead of schedule.

Han nådde vattnet före utsatt tid.

So he had two or three days to spare.

Så han hade två eller tre dagar på sig.

Tents were pitched in the mango slopes.

Tält slogs upp i mangosluttningarna.

So the men and cattle had accommodation.

Så hade männen och boskapen boende.

The minister's son kept his eyes on the water.

Prästens son höll blicken fäst vid vattnet.

The sun of the appointed day sank below the horizon.

Den utsatta dagens sol sjönk under horisonten.

But there was no sign of the prince.

Men det fanns inga tecken på prinsen.

Nor did the princess come to the surface.

Inte heller prinsessan kom upp till ytan.

He waited two or three days longer.

Han väntade två eller tre dagar till.

Still the prince did not make his appearance.

Prinsen dök dock inte upp.

What could have happened to his friend?

Vad kunde ha hänt med hans vän?

And where was his beautiful wife?

Och var var hans vackra fru?

Had another serpent beaten them to death?

Hade en annan orm slagit ihjäl dem?

Possibly the mate of the one that had died.

Möjligen make/maka till den som hade dött.

Had they somehow lost the serpent-jewel?

Hade de på något sätt tappat bort ormjuvelen?

Or had they perhaps visited the upper world?

Eller hade de kanske besökt den övre världen?

And had they been captured in the upper world?

Och hade de blivit tillfångatagna i den övre världen?
**Such were the reflections of the prince's friend.**
Sådana var prinsens väns reflektioner.
**The prince's friend was overwhelmed with grief.**
Prinsens vän var överväldigad av sorg.
**The waters were quite close to the city.**
Vattnet var ganska nära staden.
**And often the sound of music could be heard.**
Och ofta hördes musik.
**He asked passers-by what that music meant.**
Han frågade förbipasserande vad den musiken betydde.
**He was told about the rajah's son.**
Han fick höra om rajahs son.
**And he was told of a wonderful young lady.**
Och han fick höra talas om en underbar ung dam.
**And he was told they were going to marry.**
Och han fick veta att de skulle gifta sig.
**And he was told more about the wonderful lady.**
Och han fick berätta mer om den underbara damen.
**She had come out of the waters he was waiting by.**
Hon hade kommit upp ur vattnet han väntade vid.
**The marriage ceremony was in two days.**
Vigselceremonin ägde rum om två dagar.
**The minister's son made the connection.**
Ministerns son gjorde kopplingen.
**The wonderful young lady was the wife of his friend.**
Den underbara unga damen var hustru till hans vän.
**He resolved, therefore, to go into the city.**
Han bestämde sig därför för att bege sig in till staden.
**And he was going to find out all he could.**
Och han skulle ta reda på allt han kunde.
**If he could, he would rescue the princess.**
Om han kunde skulle han rädda prinsessan.
**He told the attendants to go home.**
Han sa åt vaktmästarna att gå hem.
**And he told them to take the elephants.**
Och han sa åt dem att ta elefanterna.

And he told them to take the horses.
Och han sa åt dem att ta hästarna.
And he himself went to the city.
Och han själv gick till staden.
And he took up his abode in the house of a Brahman.
Och han bosatte sig i en brahmanens hus.
First, he rested from his journey.
Först vilade han från sin resa.
Then the prince's friend had his dinner.
Sedan åt prinsens vän middag.
And then he spoke to the Brahman.
Och sedan talade han till brahminen.
"Throughout the city there are musicians and bands"
"Det finns musiker och band över hela staden"
"What is the cause of all the celebrations?
"Vad är orsaken till alla firanden?"
The Brahman was rather surprised.
Brahmanen blev ganska förvånad.
"From what part of the world have you come?"
"Från vilken del av världen kommer du?"
"What rock have you been living under?"
"Vilken sten har du levt under?"
"Have you not heard the wonderful news?"
"Har du inte hört de fantastiska nyheterna?"
"A young lady of heavenly beauty"
"En ung dam av himmelsk skönhet"
"She rose out of the waters"
"Hon steg upp ur vattnet"
"And she is going to the son of our rajah"
"Och hon ska till vår rajas son"
The prince's friend wanted to know more.
Prinsens vän ville veta mer.
The information could be useful.
Informationen kan vara användbar.
"I have not heard of this news"
"Jag har inte hört talas om den här nyheten"
"I have come from a distant country"

"Jag har kommit från ett avlägset land"
**"The story has not reached us yet"**
"Historien har inte nått oss än"
**"Will you kindly tell me the particulars?"**
"Kan ni vänligen berätta mig detaljerna?"
**The Brahman was happy to relay the story.**
Brahmanen berättade gärna historien.
**"The rajah's son went out hunting"**
"Rajahs son gick ut på jakt"
**"It must have been about this time last year"**
"Det måste ha varit ungefär den här tiden förra året"
**"They pitched their tents by the waters in the suburbs"**
"De slog upp sina tält vid vattnet i förorterna"
**"One day, the rajah's son was walking near the water"**
"En dag gick rajahs son nära vattnet"
**"On this day, he saw a young woman"**
"Denna dag såg han en ung kvinna"
**"I have to mention she was of uncommon beauty"**
"Jag måste nämna att hon var av ovanligt vacker natur"
**"She had risen from the depth of the waters"**
"Hon hade stigit upp ur vattnets djup"
**"She gazed about for a minute or two"**
"Hon tittade sig omkring i en minut eller två"
**"And then the beautiful lady disappeared"**
"Och sedan försvann den vackra damen"
**"The rajah's son, however, had seen her"**
"Rajahs son hade emellertid sett henne"
**"He had been struck by her heavenly beauty"**
"Han hade blivit imponerad av hennes himmelska skönhet"
**"And so he became desperately enamored by her"**
"Och så blev han desperat förälskad i henne"
**"Indeed, she had affected him greatly"**
"Hon hade verkligen påverkat honom djupt"
**"And his mental faculties gave way to passion"**
"Och hans mentala förmågor gav vika för passion"
**"He was carried home as a mad man"**
"Han bars hem som en galning"

"He spoke no words except a few"
"Han sade inga ord förutom några få"
"'now here, now gone!' was all he said"
"'Nu här, nu borta!' var allt han sa"
"The rajah sent for all the best physicians"
"Rajah skickade bud efter alla de bästa läkarna"
"They tried to restore his son to reason"
"De försökte återupprätta hans sons förnuft"
"But the physicians were powerless"
"Men läkarna var maktlösa"
"At last the rajah made a proclamation"
"Äntligen utfärdade rajan en proklamation"
"And he had the drum beat around the kingdom"
"Och han lät trumman slå runt om i kungariket"
"There was a reward for anyone who cured his son"
"Det fanns en belöning för den som botade hans son"
"They would become the rajah's son-in-law"
"De skulle bli rajahs svärson"
"And they would get half the kingdom"
" Och de skulle få halva kungariket"
"An old woman answered the call of the drum"
"En gammal kvinna svarade på trummans rop"
"All knew her as Phakir's mother"
"Alla kände henne som Phakirs mor"
"She said she could cure the rajah's son"
"Hon sa att hon kunde bota rajahs son"
"She had a hut built outside the town"
"Hon lät bygga en hydda utanför staden"
"In the suburbs, next to the waters"
"I förorterna, intill vattnet"
"An in the hut she took her abode"
"Och i hyddan tog hon sin boning"
"She also had some huts erected close by"
"Hon lät också uppföra några hyddor i närheten"
"And in those huts attendants waited"
"Och i de där hyddorna väntade tjänare"
"In case she might need their help"

"Ifall hon skulle behöva deras hjälp"
**"It seems the goddess rose from the waters"**
"Det verkar som att gudinnan steg upp ur vattnet"
**"Phakir's mother and the attendants seized her"**
"Phakirs mor och hans tjänare grep tag i henne"
**"And they carried her in a palki to the palace"**
"Och de bar henne i en palki till palatset"
**"The rajah's son saw the water-nymph"**
"Rajahs son såg vattennymfen"
**"And he was soon restored to his senses"**
"Och han återfick snart sansningen"
**"They would have married there and then"**
"De skulle ha gift sig där och då"
**"But the water goddess had made a vow"**
"Men vattengudinnan hade avlagt ett löfte"
**"She wouldn't look at a man for one year"**
"Hon skulle inte titta på en man på ett år"
**"The year of the vow is now over"**
"Löftesåret är nu över"
**"The music is from the rajah's palace"**
"Musiken kommer från rajahs palats"
**"This, in brief, is the story"**
"Detta är, i korthet, historien"
**The prince's friend could put the story together.**
Prinsens vän kunde sätta ihop historien.
**"a truly wonderful story!"**
"en verkligt underbar berättelse!"
**"So where is Phakir's mother?"**
"Så var är Phakirs mamma?"
**"And where is Phakir-Chand himself?"**
"Och var är Phakir-Chand själv?"
**"Has he received the hand of the rajah's daughter?"**
"Har han mottagit rajahs dotters hand?"
**"And has he received half the kingdom?"**
"Och har han fått halva kungariket?"
**The Brahman could also answer these questions.**
Brahmanen kunde också besvara dessa frågor.

**"No, they have not married yet"**

"Nej, de har inte gift sig än"

**"And he doesn't yet have half the kingdom"**

"Och han har ännu inte halva kungariket"

**"And, I should say, he is a dimwitted lad"**

"Och, jag borde säga, han är en tråkig pojke"

**"In fact, no one knows where the lad is"**

"Faktum är att ingen vet var pojken är"

**"He has been away from home for more than a year"**

"Han har varit hemifrån i över ett år"

**"That is his manner," he explained.**

"Det är hans sätt", förklarade han.

**"He stays away for a long time"**

"Han håller sig borta länge"

**"And then suddenly he comes home"**

"Och så plötsligt kommer han hem"

**"And then suddenly he leaves again"**

"Och så plötsligt går han därifrån igen"

**"I believe his mother expects him to come soon"**

"Jag tror att hans mamma förväntar sig att han kommer snart"

**This was very useful information.**

Detta var mycket användbar information.

**"What is he like?" he asked.**

"Hur är han?" frågade han.

**"And what does he do when he returns home?"**

"Och vad gör han när han kommer hem?"

**These questions the Brahman could also answer.**

Dessa frågor kunde också brahmanen besvara.

**"Well, he is about your height"**

"Tja, han är ungefär din längd"

**"Though he is somewhat younger than you"**

"Även om han är något yngre än du"

**"He wears a small piece of cloth round his waist"**

"Han bär en liten tygbit runt midjan"

**"And he rubs his body with ashes"**

"Och han gnuggar sin kropp med aska"

**"He carries the branch of a tree in his hand"**

"Han bär en trädgren i sin hand"
**"And there is a tune to which he dances"**
"Och det finns en melodi som han dansar till"
**"He comes to the door of the hut of his mother"**
"Han kommer till dörren till sin mors hydda"
**"And he sings 'dhoop! dhoop! dhoop!'"**
"Och han sjunger 'dhoop! dhoop! dhoop!'"
**"His articulation is very indistinct"**
"Hans artikulation är mycket otydlig"
**"'Come, stay with your mother,' she says"**
"' Kom och stanna hos din mamma', säger hon."
**"And he always gives the same answer"**
"Och han ger alltid samma svar"
**"'No, I won't remain,' he says unintelligibly"**
"'Nej, jag kommer inte att stanna', säger han obegripligt"
**"You should hear him when he wants to say yes"**
"Du borde höra honom när han vill säga ja"
**"To answer in the affirmative he says 'hoom'"**
"För att svara jakande säger han 'hoom'"
**A flood of light entered the prince's friend.**
En flod av ljus sken in i prinsens vän.
**He now saw very well how matters stood.**
Nu såg han mycket väl hur läget stod till.
**The princess must have taken the snake-jewel.**
Prinsessan måste ha tagit ormjuvelen.
**And she must have left the palace alone.**
Och hon måste ha lämnat palatset ensam.
**And she was captured without the king's son.**
Och hon blev tillfångatagen utan kungens son.
**Phakir's mother must have the snake-jewel.**
Phakirs mor måste ha ormjuvelen.
**His friend was still below the water.**
Hans vän var fortfarande under vattnet.
**The prince had no means of escape.**
Prinsen hade ingen möjlighet att fly.
**He could imagine his friends desolate state.**
Han kunde föreställa sig sina vänners öde tillstånd.

And he could imagine how hopeless he must be.
Och han kunde föreställa sig hur hopplös han måste vara.
The prince's friend was filled with grief.
Prinsens vän var fylld av sorg.
But that was not cause to give up hope.
Men det var inte anledning att ge upp hoppet.
Perhaps he could rescue his friend.
Kanske kunde han rädda sin vän.
"I must get the jewel from the old woman"
"Jag måste få juvelen från den gamla kvinnan"
"Can I not do it by personating Phakir-Chand?"
"Kan jag inte göra det genom att personifiera Phakir-Chand?"
"His mother is expecting him soon"
"Hans mamma väntar honom snart"
"Maybe I can rescue the princess the same way"
"Kanske kan jag rädda prinsessan på samma sätt"

He resolved to act the role of Phakir-Chand.
Han bestämde sig för att spela rollen som Phakir-Chand.
In the morning he left the Brahman's house.
På morgonen lämnade han brahmans hus.
And he went to the outskirts of the city.
Och han gick till utkanten av staden.
He divested himself of his usual clothing.
Han avklädde sig sina vanliga kläder.
Around his waist he put a narrow piece of cloth.
Runt midjan satte han ett smalt tygstycke.
The cloth scarcely reached his knees.
Tyget nådde knappt hans knän.
And he rubbed his body well with ashes.
Och han gnuggade sin kropp väl med aska.
And finally he broke some twigs off a tree.
Och till slut bröt han av några kvistar från ett träd.
And thus he was ready to play his role.
Och därmed var han redo att spela sin roll.
He went to the door of the hut of Phakir's mother.
Han gick till dörren till Phakirs mors hydda.

And he commenced the operation by dancing.
Och han inledde operationen med att dansa.
He danced in a most violent manner.
Han dansade på ett ytterst våldsamt sätt.
And he sung to the tune of "dhoop! dhoop! dhoop!"
Och han sjöng till tonerna "dhoop! dhoop! dhoop!"
The dancing attracted the notice of the old woman.
Dansen väckte den gamla kvinnans uppmärksamhet.
The critical moment had come.
Det kritiska ögonblicket hade kommit.
The old woman looked to her door.
Den gamla kvinnan tittade mot sin dörr.
"Phakir-Chand, my son, have you come?"
"Phakir-Chand, min son, har du kommit?"
"My darling; the gods have become propitious to us"
"Min älskling, gudarna har blivit oss nådiga"
Her supposed son uttered the monosyllable, "hoom"
Hennes förmodade son yttrade det enstaviga "hoom"
And he danced more violently than before.
Och han dansade våldsammare än tidigare.
And he waved the twig in his hand.
Och han viftade med kvisten i handen.
"This time you must not go away"
"Den här gången får du inte gå iväg"
"You must remain with me"
"Du måste stanna hos mig"
"No, I won't remain," said the prince's friend.
"Nej, jag tänker inte stanna", sa prinsens vän.
"Remain with me," the mother tried again.
"Stanna hos mig", försökte mamman igen.
"I'll get you married to the rajah's daughter"
"Jag ska gifta dig med rajans dotter"
"Will you marry, Phakir-Chand?"
"Vill du gifta dig, Phakir-Chand?"
The minister's son replied—"hoom, hoom"
Prästens son svarade – "hoom, hoom"
And he danced even more like a madman.

Och han dansade ännu mer som en galning.
**"Will you come with me to the rajah's house?"**
"Vill du följa med mig till rajans hus?"
**"I'll show you a princess of uncommon beauty"**
"Jag ska visa dig en prinsessa av ovanlig skönhet"
**"She rose from the waters"**
"Hon steg upp ur vattnet"
**"Hoom, hoom," was the answer from his lips.**
"Hoom, hoom", var svaret från hans läppar.
**And his feet stomped violently to "dhoop! dhoop!"**
Och hans fötter stampade våldsamt till "dhoop! dhoop!"
**"Do you wish to see a jewel, Phakir?"**
"Vill du se en juvel, Phakir?"
**"The crest jewel of the serpent"**
"Ormens vapensköld"
**"The treasure of seven kings"**
"Sju kungars skatt"
**"Hoom, hoom," was the reply.**
"Hum, huum", var svaret.
**The old woman went back into the hut.**
Den gamla kvinnan gick tillbaka in i stugan.
**And she brought out the snake-jewel.**
Och hon tog fram ormjuvelen.
**She put the jewel into the hand of her supposed son.**
Hon lade juvelen i handen på sin förmodade son.
**The minister's son took the snake-jewel.**
Prästens son tog ormjuvelen.
**He wrapped the jewel up in the piece of cloth.**
Han svepte in juvelen i tygstycket.
**And he wrapped the cloth around his waist.**
Och han virade tyget om sin midja.
**Phakir's mother was delighted beyond measure.**
Phakirs mamma var otroligt förtjust.
**Her son had come at just the right time.**
Hennes son hade kommit precis i rätt tid.
**She went to the rajah's house.**
Hon gick till rajahens hus.

She announced the news of Phakir's appearance.
Hon tillkännagav nyheten om Phakirs framträdande.
And also in order to show Phakir the princess.
Och även för att visa Phakir prinsessan.
They were given access to the rajah's palace.
De fick tillträde till rajahs palats.
And all parts of the palace were open to them.
Och alla delar av palatset var öppna för dem.
The old woman had saved the rajah's son.
Den gamla kvinnan hade räddat rajahs son.
So she was the most important person in the kingdom.
Så hon var den viktigaste personen i kungariket.
She took her supposed son around the palace.
Hon tog sin förmodade son runt i palatset.
And she took him to the princess' room.
Och hon tog honom till prinsessans rum.
Phakir's mother introduced her son to the princess.
Phakirs mor presenterade sin son för prinsessan.
You can imagine the princess was not best impressed.
Man kan tänka sig att prinsessan inte var särskilt imponerad.
She did not appreciate the company of a madman.
Hon uppskattade inte sällskapet av en galning.
A madman, half naked, and covered in ash.
En galning, halvnaken och täckt av aska.
And he kept dancing in a wild manner.
Och han fortsatte att dansa på ett vilt sätt.

The three had spent the day together.
De tre hade tillbringat dagen tillsammans.
It was soon going to be sunset.
Det skulle snart bli solnedgång.
The woman asked her son to come with her.
Kvinnan bad sin son att följa med henne.
But the supposed Phakir-Chand refused to comply.
Men den förmodade Phakir-Chand vägrade att lyda honom.
He said he would stay there that night.
Han sa att han skulle stanna där den natten.

His mother tried to persuade him to come with her.

Hans mamma försökte övertala honom att följa med henne.

But he persisted in his determination.

Men han stod fast vid sin beslutsamhet.

He said he would remain with the princess.

Han sa att han skulle stanna hos prinsessan.

Phakir's mother went home without him.

Phakirs mamma åkte hem utan honom.

And she told the guards to look after her son.

Och hon sa till vakterna att de skulle ta hand om hennes son.

Eventually all the palace retired to rest.

Så småningom drog sig hela palatset tillbaka för att vila.

The supposed Phakir spoke to the princess again.

Den förmodade Phakiren talade med prinsessan igen.

But this time he spoke in his own voice.

Men den här gången talade han med sin egen röst.

"Princess! do you not recognize me?"

"Prinsessa! känner du inte igen mig?"

"I am the prince's friend"

"Jag är prinsens vän"

"I am the friend of your princely husband"

"Jag är vän till din furstelige make"

The princess was astonished for a moment.

Prinsessan var förvånad för ett ögonblick.

"Who? the prince's friend?"

"Vem? Prinsens vän?"

"Oh, my husband's best friend"

" Åh, min mans bästa vän"

"Please rescue me from this terrible captivity"

"Snälla rädda mig från denna fruktansvärda fångenskap"

"This is worse than death"

"Det här är värre än döden"

"All of this is my own fault"

"Allt detta är mitt eget fel"

"Rescue me, oh please, thou best of friends!"

"Rädda mig, snälla, du bästa vän!"

She then burst into tears.

Sedan brast hon i gråt.
**The prince's friend spoke again.**
Prinsens vän talade igen.
**"Do not be disconsolate"**
"Var inte modfälld"
**"I will try my best to rescue you"**
"Jag ska göra mitt bästa för att rädda dig"
**"I will try to have you out of here tonight"**
"Jag ska försöka få dig härifrån ikväll"
**"But you must do whatever I tell you"**
"Men du måste göra vad jag än säger åt dig"
**The princess trusted the prince's friend.**
Prinsessan litade på prinsens vän.
**"I will do anything you tell me"**
"Jag ska göra allt du säger till mig"
**After this the supposed Phakir left the room.**
Efter detta lämnade den förmodade Phakiren rummet.
**He passed through the courtyard of the palace.**
Han gick genom palatsets gårdsplan.
**Some of the guards challenged him.**
Några av vakterna utmanade honom.
**"Hoom hoom!" he replied.**
"Hum hum!" svarade han.
**"I'm just going out for a minute"**
"Jag går bara ut en stund"
**"And then I will come back again"**
"Och sedan kommer jag tillbaka igen"
**They understood that it was the madcap Phakir.**
De förstod att det var den galne Phakir.
**True to his word he did come back shortly.**
Trogen sitt ord kom han tillbaka snart.
**And again he went to the princess.**
Och återigen gick han till prinsessan.
**An hour afterwards he again went out.**
En timme senare gick han ut igen.
**And again he was challenged by the guards.**
Och återigen blev han utmanad av vakterna.

He made the same reply as at the first time.
Han svarade samma som första gången.
The guards began to talk among themselves.
Vakterna började prata med varandra.
"This Phakir surely has no sense"
"Den här Phakiren har verkligen inget förstånd"
"He will go out and come in all night"
"Han kommer att gå ut och komma in hela natten"
"Let us leave him to do what he likes"
"Låt oss låta honom göra vad han vill"
"There's no use guarding him all night"
"Det är ingen idé att vakta honom hela natten"
The minister's son had worn down the guards.
Prästens son hade slitit ut vakterna.
And he was looking for a way to escape.
Och han letade efter ett sätt att fly.
He kept going in and out until three at night.
Han fortsatte att gå in och ut till klockan tre på natten.
This time there were no guards there.
Den här gången fanns det inga vakter där.
Because all the guards had fallen asleep.
För att alla vakterna hade somnat.
He was overjoyed at the auspicious circumstance.
Han var överlycklig över den gynnsamma omständigheten.
Then he went back to the princess.
Sedan gick han tillbaka till prinsessan.
"Now, princess, is the time for escape"
"Nu, prinsessa, är det dags att fly"
"The guards are all asleep"
"Vakterna sover alla"
"You must mount on my back"
"Du måste sätta dig på min rygg"
"Tie the locks of your hair round my neck"
"Knyt ditt hår runt min hals"
"And keep tight hold of me"
"Och håll mig hårt i famnen"
The princess did what she was asked of.

Prinsessan gjorde vad hon blev ombedd att göra.
**He passed unchallenged through the courtyard.**
Han passerade obestridd genom gårdsplanen.
**And he had a lovely burden on his back.**
Och han hade en härlig börda på ryggen.
**Eventually he got to the gate of the palace.**
Till slut kom han fram till palatsets portar.
**And he went through without being challenged.**
Och han klarade det utan att bli ifrågasatt.
**Then they went to the outskirts of the city.**
Sedan gick de till utkanten av staden.
**Eventually he reached the outer suburbs.**
Så småningom nådde han de yttre förorterna.
**They reached the water from which the princess had risen.**
De nådde vattnet från vilket prinsessan hade stigit upp.
**The princess rejoiced at her escape.**
Prinsessan gladde sig åt sin flykt.
**But she was still trembling with fear.**
Men hon darrade fortfarande av rädsla.
**The prince's friend untied the snake-jewel.**
Prinsens vän löste ormjuvelen.
**And together they ascended into the water.**
Och tillsammans steg de upp i vattnet.
**And soon they found back to the subterranean palace.**
Och snart fann de tillbaka till det underjordiska palatset.
**You can imagine how happy the prince was.**
Ni kan föreställa er hur glad prinsen var.
**He had nearly died of grief.**
Han hade nästan dött av sorg.
**And you can imagine the princess' happiness too.**
Och ni kan föreställa er prinsessans lycka också.
**All the three of them were mad with joy.**
Alla tre var galna av glädje.
**For three days they remained in the palace.**
I tre dagar stannade de kvar i palatset.
**And they retold the prince the whole story.**
Och de återberättade hela historien för prinsen.

They told of how the princess was seized.
De berättade om hur prinsessan greps.
They told him of her captivity in the palace.
De berättade för honom om hennes fångenskap i palatset.
They described the marriage that was planned.
De beskrev det planerade äktenskapet.
They told him of the old woman.
De berättade för honom om den gamla kvinnan.
And they told him all about her Phakir-Chand.
Och de berättade för honom allt om hennes Phakir-Chand.
They told him how he had impersonated him.
De berättade för honom hur han hade utgett sig för att vara honom.
And they told him how he freed the princess.
Och de berättade för honom hur han befriade prinsessan.
I don't need to tell you how grateful they were.
Jag behöver inte berätta hur tacksamma de var.
The prince's friend truly was a good friend.
Prinsens vän var verkligen en god vän.
They thanked him in the warmest terms.
De tackade honom i de varmaste ordalag.
And they vowed to always follow his counsel.
Och de svor att alltid följa hans råd.

They were all resolved to return home.
De var alla fast beslutna att återvända hem.
They wanted to return to their native country.
De ville återvända till sitt hemland.
The king's son, the minister's son, and the princess.
Kungens son, ministerns son och prinsessan.
They left the subterranean palace together.
De lämnade det underjordiska palatset tillsammans.
They lighted the passage with the snake-jewel.
De lyste upp passagen med ormjuvelen.
And they made their way to the upper world.
Och de tog sig till den övre världen.
They had neither elephants nor horses waiting for them.

De hade varken elefanter eller hästar som väntade på dem.
**So they had no choice but to travel on foot.**
Så hade de inget annat val än att resa till fots.
**The two friends had been bred in the lap of luxury.**
De två vännerna hade uppfostrats i lyxens knä.
**Both of them found walking troublesome.**
Båda tyckte att det var besvärligt att gå.
**But the princess found it infinitely more troublesome.**
Men prinsessan fann det oändligt mer besvärligt.
**She was used to even finer treatment.**
Hon var van vid ännu bättre behandling.
**The stones of the road were too rough for her.**
Stenarna på vägen var för ojämna för henne.
**And the rough stones wounded her tender feet.**
Och de grova stenarna sårade hennes ömma fötter.
**Eventually her feet became very sore.**
Till slut blev hennes fötter väldigt ömma.
**At times the king's son carried her on his shoulders.**
Ibland bar kungens son henne på sina axlar.
**The load he was carrying was of course lovely.**
Bården han bar var förstås härlig.
**But although lovely, she was heavy to carry.**
Men även om hon var vacker, var hon tung att bära.
**And she could not be carried a great distance.**
Och hon kunde inte bäras långa sträckor.
**And therefore she too had to walk often.**
Och därför var även hon tvungen att gå ofta.
**One evening they arrived beneath a tree.**
En kväll kom de fram under ett träd.
**There were no visible signs of human habitations.**
Det fanns inga synliga tecken på mänskliga boplatser.
**So they decided to make the tree their sleeping place.**
Så bestämde de sig för att göra trädet till sin sovplats.
**The prince's friend offered to keep guard.**
Prinsens vän erbjöd sig att hålla vakt.
**"Both of you can go to sleep"**
"Ni kan båda gå och lägga er"

**"I will keep watch over you both tonight"**
"Jag ska vaka över er båda i natt"
**"In order to prevent any danger"**
"För att förhindra all fara"
**The royal couple soon dozed off.**
Kungaparet somnade snart till.
**And they were locked in the arms of sleep.**
Och de var inlåsta i sömnens armar.
**The faithful friend of the prince did not sleep.**
Prinsens trogna vän sov inte.
**He stayed awake and watched for danger.**
Han höll sig vaken och såg efter fara.
**It so happened they camped under a special tree.**
Det råkade så vara så att de slog läger under ett speciellt träd.
**In the tree swung the nest of two birds.**
I trädet svängde boet med två fåglar.
**The immortal birds Bihangama and Bihangami.**
De odödliga fåglarna Bihangama och Bihangami.
**These birds were endowed with human speech.**
Dessa fåglar var utrustade med mänskligt tal.
**And they could also see into the future.**
Och de kunde också se in i framtiden.
**The minister's son listened to the bird's conversation.**
Prästens son lyssnade på fågelns samtal.
**He was more than a little astonished at what he heard!**
Han blev mer än lite förvånad över vad han hörde!
**Bihangama: "The prince's friend risked his own life"**
Bihangama: "Prinsens vän riskerade sitt eget liv"
**"He did everything for the safety of his friend"**
"Han gjorde allt för sin väns säkerhet"
**"But more dangers will befall the king's son"**
"Men fler faror kommer att drabba kungens son"
**"And he will find it difficult to save the prince"**
"Och han kommer att få svårt att rädda prinsen"
**Bihangami: "Why is that?"**
Bihangami: "Varför är det så?"
**Bihangama: "Many dangers await the king's son"**

Bihangama: "Många faror väntar kungens son"
**"The prince's father will hear of his son's approach"**
"Prinsens far kommer att höra talas om sin sons ankomst"
**"He will send for him an elephant and some horses"**
"Han ska skicka efter honom en elefant och några hästar"
**"And he will arrange attendants to meet him"**
"Och han ska ordna med medhjälpare som ska möta honom"
**"The king's son will ride the elephant"**
"Kungens son ska rida på elefanten"
**"But he will fall from the back of the elephant"**
"Men han kommer att falla från elefantens rygg"
**"And he will die from his fall from the elephant"**
"Och han kommer att dö av sitt fall från elefanten"
**Bihangami: "But suppose someone prevented this?"**
Bihangami: "Men tänk om någon förhindrade detta?"
**"Suppose the king's son is not going to ride on the elephant"**
"Anta att kungens son inte tänker rida på elefanten"
**"What might happen if he rides on a horse instead?"**
"Vad skulle kunna hända om han rider på en häst istället?"
**"Will he not in that case be saved?"**
"Kommer han inte i så fall att bli frälst?"
**Bihangama: "Yes, in that case he would escape that fate"**
Bihangama: "Ja, i så fall skulle han undgå det ödet"
**"But then a fresh danger would await him"**
"Men då väntade honom en ny fara"
**"When the king's son is in sight of his father's palace"**
"När kungens son har sin fars palats i sikte"
**"When he is in the act of passing through the lion-gate"**
"När han är på färd med att gå genom lejonporten"
**"In that moment the lion-gate will fall upon him"**
"I det ögonblicket skall lejonporten falla över honom"
**"And the stones will crush him to death"**
"Och stenarna kommer att krossa honom till döds"
**Bihangami: "But suppose someone gets there first"**
Bihangami: "Men anta att någon kommer dit först"
**"Suppose someone destroys the lion-gate"**

"Anta att någon förstör Lejonporten"
**"If that happens the king's son couldn't go through the lion-gate"**
"Om det händer skulle kungens son inte kunna gå genom Lejonporten"
**"Will not the king's son in that case be saved?"**
"Kommer inte kungens son att räddas i så fall?"
**Bihangama: "Yes, in that case he would escape his fate"**
Bihangama: "Ja, i så fall skulle han undkomma sitt öde"
**"But then a fresh danger would await him"**
"Men då väntade honom en ny fara"
**"When the king's son reaches the palace"**
"När kungens son anländer till palatset"
**"When he sits at a feast prepared for him"**
"När han sitter vid en festmåltid som är tillagad åt honom"
**"The head of a fish will be cooked for him"**
"Fiskhuvudet skall tillagas åt honom"
**"He will put into his mouth the head of the fish"**
"Han skall lägga fiskens huvud i sin mun"
**"But the head of the fish will stick in his throat"**
"Men fiskens huvud kommer att fastna i halsen på honom"
**"And he will choke to death on the head of the fish"**
"Och han kommer att kvävas till döds i fiskens huvud"
**Bihangami: "But suppose someone snatches the fish"**
Bihangami: "Men tänk om någon snor fisken"
**"Suppose someone takes the head of the fish from his plate"**
"Anta att någon tar fiskens huvud från sin tallrik"
**"Suppose he can't put the fish's head in his mouth"**
"Tänk om han inte kan stoppa fiskens huvud i munnen"
**"Will not the king's son in that case be saved?"**
"Kommer inte kungens son att räddas i så fall?"
**Bihangama: "Yes, in that case he will escape his fate"**
Bihangama: "Ja, i så fall kommer han att undkomma sitt öde"
**"But a fresh danger would await him"**
"Men en ny fara väntade honom"
**"When the prince and princess retire after dinner"**
"När prinsen och prinsessan går i säng efter middagen"

**"When they go into their sleeping apartment"**
"När de går in i sin sovlägenhet"
**"They will lie together in bed"**
"De kommer att ligga tillsammans i sängen "
**"A terrible cobra will come into the room"**
"En fruktansvärd kobra kommer att komma in i rummet"
**"And the cobra will bite the king's son to death"**
"Och kobran kommer att bita kungens son till döds"
**Bihangami: "But suppose someone was in the room"**
Bihangami: "Men anta att någon var i rummet"
**"Suppose this person was waiting for the snake"**
"Anta att den här personen väntade på ormen"
**"And suppose that this person cuts the snake into pieces"**
"Och anta att den här personen hugger ormen i bitar"
**"Will not the king's son in that case be saved?"**
"Kommer inte kungens son att räddas i så fall?"
**Bihangama: "Yes, in that case he will escape his fate"**
Bihangama: "Ja, i så fall kommer han att undkomma sitt öde"
**"In that case the life of the king's son will be saved"**
"I så fall kommer kungens sons liv att räddas"
**"But he who saves him can't repeat these words"**
"Men den som räddar honom kan inte upprepa dessa ord"
**"If he tells his secret he will be turned into marble"**
"Om han avslöjar sin hemlighet kommer han att förvandlas till marmor"
**Bihangami: "Can the statue be returned to life?"**
Bihangami: "Kan statyn återupplivas?"
**Bihangama: "Yes, the marble statue can be restored to life"**
Bihangama: "Ja, marmorstatyn kan återupplivas"
**"The princess will give birth to a child"**
"Prinsessan kommer att föda ett barn"
**"They must wash the statue with the blood of the infant"**
"De måste tvätta statyn med spädbarnets blod"
**The prophetical birds had spoken until that point.**
De profetiska fåglarna hade talat fram till den tidpunkten.
**But then they were interrupted by the craw of crows.**
Men sedan avbröts de av kråkornas skrän.

The eastern sky tinted in a reddish hue.
Den östra himlen färgades i en rödaktig nyans.
And the travelers beneath the tree bestirred themselves.
Och de resande under trädet rörde sig i längden.
The prophetic conversation came to an end.
Det profetiska samtalet nådde sitt slut.
But the prince's friend had heard everything.
Men prinsens vän hade hört allt.

The next morning they continued their journey.
Nästa morgon fortsatte de sin resa.
The prince, the princess, and the prince's friend.
Prinsen, prinsessan och prinsens vän.
Soon they met the king's procession.
Snart mötte de kungens procession.
There was an elephant, a horse, and a palki.
Det fanns en elefant, en häst och en palki.
And there was a large number of attendants.
Och det fanns ett stort antal deltagare.
These animals and men had been sent by the king.
Dessa djur och människor hade sänts av kungen.
The king heard his son was with his friend.
Kungen hörde att hans son var med sin vän.
And he had heard that his son had married.
Och han hade hört att hans son hade gift sig.
And he heard they were not far from the capital.
Och han hörde att de inte var långt från huvudstaden.
The elephant had been richly caparisoned.
Elefanten hade varit rikligt utrustad.
The elephant was intended for the prince.
Elefanten var avsedd för prinsen.
The framework of the palki was of silver.
Palkins ramverk var av silver.
The palki was meant for the princess.
Palkin var avsedd för prinsessan.
And the horse was for the prince's friend.
Och hästen var för prinsens vän .

The prince was about to mount on the elephant.
Prinsen var på väg att hoppa upp på elefanten.
But then his friend spoke to him.
Men så pratade hans vän med honom.
"Allow me to ride on the elephant, please"
"Låt mig rida på elefanten, tack"
"And you can ride back on horseback"
"Och du kan rida tillbaka på hästryggen"
The prince was not a little surprised.
Prinsen blev inte det minsta förvånad.
The proposal had been made in a very cold manner.
Förslaget hade lagts fram på ett mycket kallt sätt.
Maybe his friend felt a little too entitled.
Kanske kände sig hans vän lite för berättigad.
And the king's son was slightly annoyed.
Och kungens son var lätt irriterad.
But he remembered what his friend had done for him.
Men han kom ihåg vad hans vän hade gjort för honom.
And he remembered how he saved the princess.
Och han kom ihåg hur han hade räddat prinsessan.
So he mounted the horse without objecting.
Så besteg han hästen utan att invända.
But his mind became somewhat alienated from him.
Men hans sinne blev något alienerat för honom.
The procession towards the capital started again.
Processionen mot huvudstaden började igen.
After some time they came in sight of the palace.
Efter en tid kom de i sikte av palatset.
The lion-gate had been gaily adorned.
Lejonporten hade varit muntert utsmyckad.
There was a grand reception for the prince.
Det var en storslagen mottagning för prinsen.
And the princess was equally anticipated.
Och prinsessan var lika efterlängtad.
But the prince's friend seemed to have an objection.
Men prinsens vän verkade ha en invändning.
"I want the lion-gate to be broken down"

"Jag vill att lejonporten ska brytas ner"

**The prince was astounded at the proposal.**

Prinsen blev förvånad över förslaget.

**The request was very out of the ordinary.**

Begäran var mycket utöver det vanliga.

**And he had given no reason for his demand.**

Och han hade inte angett någon anledning till sitt krav.

**But he remembered all his friend had done for him.**

Men han kom ihåg allt hans vän hade gjort för honom.

**And he remembered how he saved the princess.**

Och han kom ihåg hur han hade räddat prinsessan.

**So he complied with the wish of his friend.**

Så uppfyllde han sin väns önskan.

**And the beautiful lion-gate was torn down.**

Och den vackra Lejonporten revs ner.

**But his mind became even more estranged from him.**

Men hans sinne blev ännu mer främmande för honom.

**The procession now went into the palace.**

Processionen gick nu in i palatset.

**The king gave a warm reception to his son.**

Kungen gav sin son ett varmt mottagande.

**He welcomed his daughter-in-law equally warmly.**

Han välkomnade sin svärdotter lika varmt.

**And he was very pleased to see the prince's friend.**

Och han var mycket glad över att se prinsens vän.

**The story of their adventures was related.**

Berättelsen om deras äventyr berättades.

**The king expressed great astonishment at the tale.**

Kungen uttryckte stor förvåning över berättelsen.

**And his courtiers were equally impressed.**

Och hans hovmän var lika imponerade.

**All praised the minister's son's devotion.**

Alla berömde ministerns sons hängivenhet.

**And the ladies of the palace praised the princess.**

Och palatsets damer berömde prinsessan.

**The connoisseurs of beauty praised the princess.**

Skönhetskännarna berömde prinsessan.

**Her complexion was a mixture of milk and vermilion.**
Hennes hy var en blandning av mjölkröd och vermilion.
**Her neck was like that of a swan.**
Hennes hals var som en svan.
**Her eyes were like those of a gazelle.**
Hennes ögon var som en gasells.
**Her lips were as red as the berry bimba.**
Hennes läppar var lika röda som bärbimban.
**Her cheeks were as lovely as they could be.**
Hennes kinder var så vackra som de bara kunde vara.
**And her nose was straight and high.**
Och hennes näsa var rak och hög.
**Her hair reached down to her ankles.**
Hennes hår räckte ner till anklarna.
**Her walk was as graceful as that of a young elephant.**
Hennes gång var lika graciös som en ung elefants.
**The princess whom destiny had brought to them.**
Prinsessan som ödet hade fört till dem.
**They sat around her wanting to know everything.**
De satt runt henne och ville veta allt.
**And they put to her a thousand questions.**
Och de ställde tusen frågor till henne.
**They asked her about her parents.**
De frågade henne om hennes föräldrar.
**They asked her about the subterranean palace.**
De frågade henne om det underjordiska palatset.
**And they asked her all about the serpent.**
Och de frågade henne allt om ormen.
**The serpent which had killed all her relatives.**
Ormen som hade dödat alla hennes släktingar.
**Soon it was time for the new arrivals to dine.**
Snart var det dags för de nyanlända att äta middag.
**The dinner was served up in dishes of gold.**
Middagen serverades i guldfärgade fat.
**All sorts of delicacies were on the table.**
Alla möjliga delikatesser stod på bordet.
**The most conspicuous dish was the head of a rohita fish.**

Den mest iögonfallande rätten var huvudet på en rohitafisk.
**The large fish's head was placed in a golden cup.**
Den stora fiskens huvud placerades i en gyllene bägare.
**And the cup was placed near the prince's plate.**
Och bägaren placerades nära prinsens tallrik.
**All were eating and retelling the adventure.**
Alla åt och återberättade äventyret.
**And suddenly the prince's friend snatched the head.**
Och plötsligt ryckte prinsens vän åt sig huvudet.
**He took the fish's head from the prince's plate.**
Han tog fiskens huvud från prinsens tallrik.
**"Let me, prince, eat this rohita's head"**
"Låt mig, prins, äta denna rohitas huvud"
**The king's son was quite indignant.**
Kungens son var ganska indignerad.
**But he remembered all his friend had done for him.**
Men han kom ihåg allt hans vän hade gjort för honom.
**And he remembered how he saved the princess.**
Och han kom ihåg hur han hade räddat prinsessan.
**And so he made no objection to the request.**
Och därför hade han inga invändningar mot begäran.
**But he could not hide his terrible rage.**
Men han kunde inte dölja sin fruktansvärda ilska.
**Of course the prince's friend noticed this.**
Naturligtvis märkte prinsens vän detta.
**But there was nothing else he could have done.**
Men det fanns inget annat han kunde ha gjort.
**His conduct, however strange, was necessary.**
Hans uppförande, hur märkligt det än var, var nödvändigt.
**It was for the safety of his friend's life.**
Det var för hans väns livs säkerhet.
**Nor could he tell his friend the reason.**
Inte heller kunde han berätta orsaken för sin vän.
**Else he would be transformed into a marble statue.**
Annars skulle han förvandlas till en marmorstaty.
**Soon the dinner was going to be over.**
Snart skulle middagen vara över.

The prince's friend had one more request.
Prinsens vän hade ytterligare en begäran.
The two friends had spent every night together.
De två vännerna hade tillbringat varje kväll tillsammans.
But tonight he wanted to go to his own house.
Men ikväll ville han gå hem till sig själv.
The prince was also shocked at his strange conduct.
Prinsen blev också chockad över hans märkliga uppförande.
But he remembered all his friend had done for him.
Men han kom ihåg allt hans vän hade gjort för honom.
And he remembered how he saved the princess.
Och han kom ihåg hur han hade räddat prinsessan.
And he also agreed to this request of his friend.
Och han gick även med på denna väns begäran.
The prince's friend, however, had other plans.
Prinsens vän hade dock andra planer.
He had no intentions of going to his own house.
Han hade inga avsikter att gå hem till sig själv.
He was resolved to avert the last peril.
Han var fast besluten att avvärja den sista faran.
The last thing to threaten the life of his friend.
Det sista som hotar hans väns liv.
Accordingly, he took a sword into his hand.
Följaktligen tog han ett svärd i handen.
And he stealthily entered the royal room.
Och han gick smygande in i det kungliga rummet.
The room of the prince and the princess.
Prinsens och prinsessans rum.
He ensconced himself under the bedstead.
Han gömde sig under sängen.
The bed was furnished with mattresses of down.
Sängen var möblerad med dunmadrasser.
The mosquito curtains were of the richest silk.
Mygggardinerna var av det rikaste siden.
And all the bedding was laced with gold.
Och alla sängkläder var spetsade med guld.
Soon the prince and princess came into the bedroom.

Snart kom prinsen och prinsessan in i sovrummet.
**They undressed themselves and went to bed.**
De klädde av sig och gick och la sig.
**And soon the royal couple were asleep.**
Och snart sov kungaparet.
**At midnight he heard the slithering of a snake.**
Vid midnatt hörde han en orm slingra sig.
**The sound was coming from a water passage.**
Ljudet kom från en vattengång.
**A snake of gigantic size entered the room.**
En orm av gigantisk storlek kom in i rummet.
**The serpent climbed up the frame of the bed.**
Ormen klättrade upp på sängramen.
**The minister's son rushed out with the sword.**
Prästens son rusade ut med svärdet.
**And he killed the serpent with one blow.**
Och han dödade ormen med ett enda slag.
**And then he cut the snake into smaller pieces.**
Och sedan skar han ormen i mindre bitar.
**He put the pieces in the dish for holding betel-leaves.**
Han lade bitarna i en skål för att förvara betelblad.
**But as he did this, he spilled a drop of blood.**
Men när han gjorde detta, spillde han en droppe blod.
**The drop of blood fell on the breast of the princess.**
Blodsdroppen föll på prinsessans bröst.
**Because the mosquito curtains had not been let down.**
Eftersom mygggardinerna inte hade sänkts ner.
**He worried for the health of the princess.**
Han oroade sig för prinsessans hälsa.
**The blood might be of some sort of poison.**
Blodet kan vara av någon sorts gift.
**So he resolved to lick up the blood.**
Så bestämde han sig för att slicka upp blodet.
**But he could not look at the naked princess.**
Men han kunde inte titta på den nakna prinsessan.
**It would have been a great sin.**
Det hade varit en stor synd.

**So he blindfolded himself with seven-fold cloth.**
Så förband han sig för ögonen med en sjufaldig tyge.
**And he licked off the drop of blood.**
Och han slickade av bloddroppen.
**But just at this time the princess awoke.**
Men just i denna stund vaknade prinsessan.
**Her scream roused her husband from his sleep.**
Hennes skrik väckte hennes man ur sömnen.
**And he could not believe what he was seeing.**
Och han kunde inte tro sina ögon.
**The prince fell into a great rage.**
Prinsen föll i ett stort raseri.
**And he was prepared to kill his friend.**
Och han var beredd att döda sin vän.
**But he gave his friend a chance to speak.**
Men han gav sin vän en chans att tala.
**"Please, my friend, restrain your anger"**
"Snälla, min vän, behåll din ilska"
**"I have done this only to save your life"**
"Jag har bara gjort detta för att rädda ditt liv"
**The prince was more confused than before.**
Prinsen var mer förvirrad än tidigare.
**"I do not understand what you mean"**
"Jag förstår inte vad du menar"
**"From the time we came out of the subterranean palace"**
"Från den tidpunkt vi kom ut ur det underjordiska palatset"
**"You have been behaving in a most extraordinary way"**
"Du har uppfört dig på ett ytterst ovanligt sätt"
**"First, you insisted on riding my elephant"**
"Först insisterade du på att rida på min elefant"
**"The elephant my father had sent for me"**
"Elefanten som min far hade skickat efter mig"
**"I thought it was vain of you to ask"**
"Jag tyckte det var fåfängt av dig att fråga"
**"But I remembered what you had done for me"**
"Men jag kom ihåg vad du hade gjort för mig"
**"And I decided to let the matter pass"**

"Och jag bestämde mig för att låta saken passera"
**"And instead I rode back on horseback"**
"Och istället red jag tillbaka på hästryggen"
**"Secondly, you insisted on destroying the lion-gate"**
"För det andra insisterade du på att förstöra Lejonporten"
**"The lion-gate my father had adorned for me"**
"Lejonporten som min far hade smyckat åt mig"
**"I thought it was strange of you to ask"**
"Jag tyckte det var konstigt av dig att fråga"
**"But I remembered what you had done for me"**
"Men jag kom ihåg vad du hade gjort för mig"
**"And I decided to let the matter pass"**
"Och jag bestämde mig för att låta saken passera"
**"And I had the lion-gate destroyed"**
"Och jag lät förstöra Lejonporten"
**"Thirdly, at dinner you behaved most shamefully"**
"För det tredje, vid middagen uppförde du dig ytterst skamligt"
**"You snatched the rohita's head from my plate"**
"Du ryckte rohitans huvud från min tallrik"
**"And you insisted on eating the fish head"**
"Och du insisterade på att äta fiskhuvudet"
**"I thought you felt too entitled"**
"Jag tyckte du kände dig för berättigad"
**"But I remembered what you had done for me"**
"Men jag kom ihåg vad du hade gjort för mig"
**"So I decided to let the matter pass"**
"Så jag bestämde mig för att låta saken passera"
**"You then pretended that you were going home"**
"Du låtsades sedan att du skulle hem"
**"And I was very glad you were going home"**
"Och jag var väldigt glad att du skulle åka hem"
**"Because you had made yourself very disagreeable"**
"Eftersom du hade gjort dig väldigt otrevlig"
**"And now you are actually in my bedroom"**
"Och nu är du faktiskt i mitt sovrum"
**"You are bending over the naked bosom of my wife"**

"Du böjer dig över min hustrus nakna barm"
**"You must have had some evil plan"**
"Du måste ha haft någon ond plan"
**"And now you pretend you are saving my life"**
"Och nu låtsas du att du räddar mitt liv"
**"But I don't believe you want to save my life"**
"Men jag tror inte att du vill rädda mitt liv"
**"I believe you want to destroy my wife's chastity"**
"Jag tror att du vill förstöra min frus kyskhet"
**The prince's friend knew how things looked.**
Prinsens vän visste hur det såg ut.
**"Oh, do not harbor such thoughts in your mind"**
"Åh, håll inte sådana tankar i ditt sinne"
**"Please do not think badly against me"**
"Snälla, tänk inte illa om mig"
**"The gods know what I have done"**
"Gudarna vet vad jag har gjort"
**"They know I did it to save your life"**
"De vet att jag gjorde det för att rädda ditt liv"
**"You would see the reasonableness of my conduct"**
"Du skulle se det rimliga i mitt uppförande"
**"But I don't have liberty to state my reasons"**
"Men jag har inte friheten att ange mina skäl"
**The prince asked him to explain himself.**
Prinsen bad honom förklara sig.
**"And why are you not at liberty?"**
"Och varför är du inte fri?"
**"Who has put a seal upon your mouth?"**
"Vem har satt ett sigill över din mun?"
**And the prince's friend answered.**
Och prinsens vän svarade.
**"Destiny has put a seal upon my mouth"**
"Ödet har satt ett sigill på min mun"
**"If I told you, I would be transformed into marble"**
"Om jag berättade det för dig, skulle jag förvandlas till marmor"
**The prince grew angrier with his friend.**

Prinsen blev argare på sin vän.
**"You should be transformed into a marble statue!"**
"Du borde förvandlas till en marmorstaty!"
**"You must take me to be a simpleton"**
"Du måste ta mig för att vara en enkeling"
**"You can't expect me to believe this nonsense"**
"Du kan inte förvänta dig att jag ska tro på det här nonsenset "
**The minister's son made one last request.**
Prästens son framförde en sista begäran.
**"Do you wish me then, friend, for me to tell you?**
"Vill du då att jag ska berätta det för dig, vän?"
**"You would make your friend turn into stone?"**
"Skulle du få din vän att förvandlas till sten?"
**The prince wanted to hear the reason.**
Prinsen ville höra orsaken.
**He did not care about the consequences.**
Han brydde sig inte om konsekvenserna.
**"Tell me, or else you are a dead man"**
"Säg det, annars är du en död man"
**The prince's friend wanted to clear his name.**
Prinsens vän ville rentvå hans namn.
**He wanted no foul accusations brought against him.**
Han ville inte att några ohederliga anklagelser skulle riktas
mot honom.
**And he deemed it his duty to reveal the secret.**
Och han ansåg det vara sin plikt att avslöja hemligheten.
**Even if this would put his life at risk.**
Även om detta skulle sätta hans liv i fara.
**He again warned the prince not to ask him.**
Han varnade återigen prinsen för att fråga honom.
**But the prince remained inexorable.**
Men prinsen förblev obeveklig.
**The prince's friend then told him his secret.**
Prinsens vän berättade sedan hans hemlighet för honom.
**"While sleeping under a lofty tree one night"**
"Medan jag sov under ett högt träd en natt"
**"I overheard a conversation between two birds.**

"Jag hörde ett samtal mellan två fåglar."
**"The prophesizing birds Bihangama and Bihangami"**
"De profeterande fåglarna Bihangama och Bihangami"
**"Bihangama predicted all the dangers in your life"**
"Bihangama förutspådde alla faror i ditt liv"
**"First the bird predicted your father would send an elephant"**
"Först förutspådde fågeln att din far skulle skicka en elefant"
**"The bird said you would fall from the elephant"**
"Fågeln sa att du skulle falla från elefanten"
**"And the bird said you would die from the fall"**
"Och fågeln sa att du skulle dö av fallet"
**At this point the minister's son's legs turned to stone.**
Vid det här laget förvandlades ministerns sons ben till sten.
**"See? my legs have already turned to stone"**
"Ser du? Mina ben har redan förvandlats till sten."
**"Go on with your story," said the prince.**
"Fortsätt med din berättelse", sa prinsen.
**And the prince's friend continued the story.**
Och prinsens vän fortsatte berättelsen.
**"The bird said the lion-gate would be gaily decorated"**
"Fågeln sa att lejonporten skulle vara glatt dekorerad"
**"And the bird said the lion-gate would collapse on you"**
"Och fågeln sa att lejonporten skulle rasa samman över dig"
**"If the lion-gate had fallen on you, you would have died"**
"Om Lejonporten hade fallit över dig, skulle du ha dött"
**At this point the minister's son's torso turned to stone.**
Vid denna tidpunkt förvandlades ministerns sons överkropp till sten.
**But the prince insisted the minister's son continues.**
Men prinsen insisterade på att ministerns son fortsätter.
**"Go on with your story," said the prince.**
"Fortsätt med din berättelse", sa prinsen.
**"The bird said there would be the head of a fish"**
"Fågeln sa att det skulle finnas ett fiskhuvud"
**"And the bird predicted you would choke on the fish"**
"Och fågeln förutspådde att du skulle kvävas av fisken"

**Now his head was the only thing not of stone.**
Nu var hans huvud det enda som inte var av sten.
**"See? my whole body has turned to stone"**
"Ser du? Hela min kropp har förvandlats till sten."
**"If I continue, I will become a man of stone"**
"Om jag fortsätter kommer jag att bli en stenman"
**"Do you wish me to tell the rest"**
"Vill du att jag ska berätta resten?"
**"Go on with your story," said the prince.**
"Fortsätt med din berättelse", sa prinsen.
**"Very well, I will go on to the end"**
"Mycket bra, jag fortsätter till slutet"
**"But you may repent after I tell you"**
"Men ni kan ångra er efter att jag har sagt er det"
**"And you may wish to restore me to life"**
"Och du kanske vill återuppliva mig"
**"I will tell you how to reverse the spell"**
"Jag ska berätta för dig hur du kan vända besvärjelsen"
**"In a few months the princess will bear a child"**
"Om några månader kommer prinsessan att föda ett barn"
**"Wait for the birth of the child"**
"Vänta på barnets födelse"
**"Besmear my statue with the infant's blood"**
"Besmeta min staty med spädbarnets blod"
**"Only then will I be restored back to life"**
"Först då kommer jag att återuppstå till livet"
**The last word left his lips, and he turned to stone.**
Det sista ordet lämnade hans läppar, och han förvandlades till sten.
**The princess jumped out of bed.**
Prinsessan hoppade upp ur sängen.
**She opened the vessel for betel-leaves and spices.**
Hon öppnade kärlet för betelblad och kryddor.
**And she saw the pieces of a serpent.**
Och hon såg bitarna av en orm.
**The prince and the princess were now convinced.**
Prinsen och prinsessan var nu övertygade.

They saw the good faith of their departed friend.
De såg sin bortgångne väns goda tro.
They saw the benevolence of his actions.
De såg välviljan i hans handlingar.
They went to the marble statue.
De gick till marmorstatyn.
But the statue of their friend was lifeless.
Men statyn av deras vän var livlös.
They let out a loud cry of lamentation.
De utstötte ett högt klagorop.
But their cries were to no purpose.
Men deras skrik var meningslösa.
Because the statue was not moved by tears.
För att statyn inte rördes av tårar.
The prince and princess knew what they had to do.
Prinsen och prinsessan visste vad de skulle göra.
They concealed the marble figure in a safe place.
De gömde marmorfiguren på ett säkert ställe.
And they waited for the birth of their child.
Och de väntade på sitt barns födelse.
In process of time the hour came.
Med tiden kom timmen.
The princess's travail had arrived.
Prinsessans födslosammankomst hade kommit.
The princess bore a beautiful boy.
Prinsessan födde en vacker pojke.
The child was the perfect image of his mother.
Barnet var den perfekta bilden av sin mor.
The beauty of their child was striking.
Deras barns skönhet var slående.
And they were in awe of him.
Och de var i vördnad för honom.
They would have spared his life.
De skulle ha skonat hans liv.
But they remembered their best friend.
Men de kom ihåg sin bästa vän.
They remembered all he had done for them.

De kom ihåg allt han hade gjort för dem.
**But now he was a lifeless stone.**
Men nu var han en livlös sten.
**And they remembered the vows they had made.**
Och de kom ihåg de löften de hade avlagt.
**And they cut the child into two.**
Och de delade barnet i två delar.
**They besmeared the statue with the child's blood.**
De besudlade statyn med barnets blod.
**And their friend became animated back to life.**
Och deras vän fick liv igen.
**They were glad to see him alive again.**
De var glada att se honom vid liv igen.
**But the prince's friend was overwhelmed with grief.**
Men prinsens vän var överväldigad av sorg.
**Because he saw the new-born in a pool of blood.**
För att han såg den nyfödda i en blodpöl.
**So he picked up the dead infant.**
Så plockade han upp det döda spädbarnet.
**He carefully wrapped the child in a towel.**
Han lindade försiktigt in barnet i en handduk.
**And he resolved to get the child restored to life.**
Och han bestämde sig för att återuppliva barnet.
**He consulted all the physicians of the country.**
Han rådfrågade alla landets läkare.
**They all told him the same thing.**
De sa alla samma sak till honom.
**A cure can be found for any illness.**
Ett botemedel kan hittas för vilken sjukdom som helst.
**But life requires the spark of life.**
Men livet kräver livsgnista.
**When the spark is gone, it is beyond their jurisdiction.**
När gnistan är borta är det bortom deras jurisdiktion.
**And so they had to go on with their lives.**
Och så var de tvungna att fortsätta med sina liv.

**Eventually the prince's friend returned to his wife.**

Så småningom återvände prinsens vän till sin hustru.
**She was a devoted worshipper of the goddess kali.**
Hon var en hängiven dyrkare av gudinnan Kali.
**She was the only one who could return life.**
Hon var den enda som kunde återvända till livet.
**His wife was living in a distant town.**
Hans fru bodde i en avlägsen stad.
**So he set out on a journey to the town.**
Så gav han sig ut på en resa till staden.
**His wife still lived in her father's house.**
Hans fru bodde fortfarande i sin fars hus.
**Adjoining the house there was a garden.**
Intill huset fanns en trädgård.
**And in the garden there was a tree.**
Och i trädgården fanns ett träd.
**The child had been stored in that tree.**
Barnet hade förvarats i det trädet.
**His wife was overjoyed to see her husband.**
Hans fru blev överlycklig över att se sin man.
**She had not seen him for a long time.**
Hon hade inte sett honom på länge.
**But she was surprised when she saw him.**
Men hon blev förvånad när hon såg honom.
**Her husband was very melancholy that day.**
Hennes man var mycket melankolisk den dagen.
**He spoke very little to his wife.**
Han pratade väldigt lite med sin fru.
**And his wife knew that he was not himself.**
Och hans fru visste att han inte var sig själv.
**He was brooding over something in his mind.**
Han grubblade över något i sitt huvud.
**She asked the reason for his melancholy.**
Hon frågade orsaken till hans melankoli.
**But he kept quiet, and wouldn't tell her.**
Men han förblev tyst och ville inte berätta det för henne.
**One night they were lying together in bed.**
En natt låg de tillsammans i sängen.

The wife got up and left the marital bed.

Hustrun reste sig upp och lämnade äktenskapssängen.

She opened the door and went into the garden.

Hon öppnade dörren och gick ut i trädgården.

Her husband had not been able to sleep well.

Hennes man hade inte kunnat sova ordentligt.

Therefore he awoke from the movement of his wife.

Därför vaknade han av sin hustrus rörelser.

He heard her leave in the dead of the night.

Han hörde henne gå mitt i natten.

And he was determined to follow her.

Och han var fast besluten att följa henne.

But he was also determined not to be noticed.

Men han var också fast besluten att inte bli sedd.

She went to a temple of the goddess kali.

Hon gick till ett tempel som tillhörde gudinnan Kali.

The temple was at no great distance from her house.

Templet låg inte långt från hennes hus.

She worshipped the goddess with flowers.

Hon dyrkade gudinnan med blommor.

And she worshiped the goddess with sandal-wood perfume.

Och hon tillbad gudinnan med parfym av sandelträ.

"Oh mother kali! have mercy upon me"

"Åh, moder Kali! förbarma dig över mig!"

"Deliver me out of all my troubles"

"Befria mig ur alla mina bekymmer"

The goddess replied to the woman.

Gudinnan svarade kvinnan.

"Why, what further grievance have you?

"Men vad har du mer att klaga på?"

"You long prayed for the return of your husband"

"Du har länge bett om att din make ska komma tillbaka"

"And your prayers have been answered"

"Och dina böner har blivit besvarade"

"Your husband has returned to you"

"Din man har återvänt till dig"

"So then, what ails thee now?"

"Så, vad är det som felar dig nu?"
**The woman answered the goddess.**
Kvinnan svarade gudinnan.
**"True, oh mother, my husband has come to me"**
"Sant, åh mamma, min man har kommit till mig"
**"But he has come to me in a melancholy mood"**
"Men han har kommit till mig i ett melankoliskt humör"
**"He hardly speaks to me when I speak to him"**
"Han pratar knappt med mig när jag pratar med honom"
**"He takes no delight in me when he is with me"**
"Han tycker inte om mig när han är med mig"
**"All he does is sit melancholy in a corner"**
"Allt han gör är att sitta melankoliskt i ett hörn"
**The goddess replied to her devotee.**
Gudinnan svarade sin anhängare.
**"Ask your husband why he feels melancholy"**
"Fråga din man varför han känner sig melankolisk"
**"When he tells you, let me know the reason"**
"När han berättar för dig, låt mig veta orsaken"
**The minister's son overheard the conversation.**
Prästens son hörde samtalet.
**But he stayed unnoticed by the goddess.**
Men han förblev obemärkt av gudinnan.
**And his wife did not notice him either.**
Och hans fru lade inte heller märke till honom.
**He quietly slunk away before his wife.**
Han smög tyst undan framför sin fru.
**And he returned back to bed before her.**
Och han gick tillbaka till sängen före henne.
**The following day the wife asked her husband.**
Följande dag frågade hustrun sin man.
**"My dear husband, why are you in a melancholy mood?"**
"Min käre make, varför är du på ett melankoliskt humör?"
**Her husband retold the whole story.**
Hennes man återberättade hela historien.
**He told her about the jewel serpent.**
Han berättade för henne om juvelormen.

**He told her about the subterranean palace.**

Han berättade för henne om det underjordiska palatset.

**He told her about the princess being captured.**

Han berättade för henne om prinsessan som blivit
tillfångatagen.

**He told her how he freed the princess.**

Han berättade för henne hur han befriade prinsessan.

**And he told her about Bihangama and Bihangami.**

Och han berättade för henne om Bihangama och Bihangami.

**He told her how he had turned to stone.**

Han berättade för henne hur han hade förvandlats till sten.

**And he told her how he was returned back to life.**

Och han berättade för henne hur han återfick livet.

**So he told her also about the killing of the child.**

Så berättade han också för henne om barnets död.

**That night his wife left the bed again.**

Den natten lämnade hans fru sängen igen.

**And she returned to the goddess kali's temple.**

Och hon återvände till gudinnan Kalis tempel.

**And she told the goddess of her husband's melancholy.**

Och hon berättade för gudinnan om sin mans melankoli.

**The goddess listened intently to what was said.**

Gudinnan lyssnade uppmärksamt på vad som sades.

**"Bring the child here and I will restore it to life"**

"För hit barnet, så skall jag ge det liv igen"

**The next night she left the marital bed again.**

Nästa natt lämnade hon äktenskapssängen igen.

**She went to the tree in the garden.**

Hon gick till trädet i trädgården.

**And she took the child from the tree.**

Och hon tog barnet från trädet.

**And she took the child to the goddess kali.**

Och hon tog barnet till gudinnan Kali.

**And the goddess kali returned the child back to life.**

Och gudinnan Kali återförde barnet till livet.

**The prince's friend was entranced with joy.**

Prinsens vän var trollbunden av glädje.

**He picked up the reanimated child.**

Han plockade upp det återupplivade barnet.

**And he ran as fast as he could to his friend.**

Och han sprang så fort han kunde till sin vän.

**And he gave him his child, alive and well.**

Och han gav honom sitt barn, levande och friskt.

**They all rejoiced with exceedingly great joy.**

De jublade alla med överväldigande stor glädje.

**And they lived together happily till the day of their death.**

Och de levde lyckliga tillsammans till sin dödsdag.

# The Indignant Brahman
Den indignerade brahmanen

**There was once a poor Brahman.**
Det var en gång en fattig brahman.
**This poor Brahman had a wife.**
Denne stackars brahman hade en hustru.
**And he also had four children.**
Och han hade också fyra barn.
**He was a very poor man.**
Han var en mycket fattig man.
**And he had no resources in the world.**
Och han hade inga resurser i världen.
**He lived from the charity of others.**
Han levde av andras välgörenhet.
**During marriages he earned well.**
Under äktenskapen tjänade han bra.
**And he earned well during funerals.**
Och han tjänade bra under begravningar.
**But his parishioners did not marry daily.**
Men hans församlingsmedlemmar gifte sig inte dagligen.
**And they did not die every day either.**
Och de dog inte heller varje dag.
**It was difficult to make the two ends meet.**
Det var svårt att få de två ändarna att mötas.
**His wife often rebuked him.**
Hans fru tillrättavisade honom ofta.
**"Why can you not support me?"**
"Varför kan du inte stötta mig?"
**"Our children run around naked"**
"Våra barn springer omkring nakna"
**"And they suffer from hunger"**
"Och de lider av hunger"
**Though poor, he was a good man.**
Även om han var fattig, var han en god man.
**And he was diligent in his devotions.**
Och han var flitig i sina andakter.

Every day he said his prayers.
Varje dag bad han sina böner.
He prayed at the same time each day.
Han bad vid samma tid varje dag.
His tutelary deity was the Goddess Durga.
Hans beskyddande gudom var gudinnan Durga.
She is the consort of Shiva.
Hon är Shivas gemål.
She is the creative energy of the universe.
Hon är universums kreativa energi.
Every day he wrote the name of Durga.
Varje dag skrev han Durgas namn.
He wrote the name in red ink.
Han skrev namnet med rött bläck.
At least one hundred and eight times.
Minst ett hundra och åtta gånger.
He did not drink or eat till he did this.
Han varken drack eller åt förrän han hade gjort detta.
throughout the day he uttered prayers.
under hela dagen bad han böner.
"O Durga! have mercy upon me"
"O Durga! förbarma dig över mig!"
He prayed whenever he felt anxious.
Han bad när han kände sig orolig.
And he often felt anxious.
Och han kände sig ofta orolig.
Because he lived in poverty.
För att han levde i fattigdom.
He prayed when his worries were too much.
Han bad när hans oro blev för stor.
And there were many things he worried about.
Och det fanns många saker han oroade sig för.
He worried about his wife and children.
Han oroade sig för sin fru och sina barn.
And he worried about supporting them.
Och han var orolig för att försörja dem.

One day he was very sad.
En dag var han väldigt ledsen.
On this day he went to a forest.
Den här dagen gick han till en skog.
The forest was far outside the village.
Skogen låg långt utanför byn.
He let out all his grief.
Han släppte ut all sin sorg.
And he wept bitter tears.
Och han grät bittra tårar.
"O Durga! O Mother Bhagavati!"
"O Durga! O Moder Bhagavati!"
"Please put an end to my misery?"
"Snälla, sätt ett slut på mitt lidande?"
"I wish I were alone in the world"
"Jag önskar att jag var ensam i världen"
"Then my poverty wouldn't worry me"
"Då skulle min fattigdom inte oroa mig"
"But thou hast given me a wife"
"Men du har gett mig en hustru"
"And my wife has given me children"
"Och min fru har gett mig barn"
"O Mother, I beg of you"
"O Moder, jag ber dig"
"Give me the means to support them"
"Ge mig möjligheten att försörja dem"
Shiva and his wife Durga happened to be there.
Shiva och hans fru Durga råkade vara där.
They were taking their morning walk.
De tog sin morgonpromenad.
The Goddess Durga saw the Brahman at a distance.
Gudinnan Durga såg Brahman på avstånd.
"O Lord of Kailas, do you see that Brahman?"
"O Kailas Herre, ser du den där Brahmanen?"
"He is always taking my name on his lips"
"Han tar alltid mitt namn på sina läppar"
"He prays I deliver him from his troubles"

"Han ber att jag ska befria honom från hans problem"
**"Can we not do something for the poor Brahman?"**
"Kan vi inte göra något för den stackars brahmanen?"
**"He is oppressed with many cares"**
"Han är plågad av många bekymmer"
**"And he deeply cares for his growing family"**
"Och han bryr sig djupt om sin växande familj"
**"We should make his life more comfortable"**
"Vi borde göra hans liv mer bekvämt"
**"Because the poor man never has enough to eat"**
"För den fattige mannen har aldrig nog att äta"
**"And his family doesn't have enough to eat either"**
"Och hans familj har inte heller tillräckligt att äta"
**"Let us give him a pot"**
"Låt oss ge honom en kruka"
**"A pot with an infinite supply of murukku"**
"En kruka med ett oändligt utbud av murukku"
**The divine consort was right.**
Den gudomliga gemålen hade rätt.
**The Lord of Kailas agreed to the proposal.**
Kailas herre gick med på förslaget.
**On the spot he created a magical pot.**
På plats skapade han en magisk kruka.
**Durga went to the poor Brahman.**
Durga gick till den stackars brahmanen.
**"O Brahman! My loyal devotee"**
"O Brahman! Min lojala anhängare"
**"I have often thought of your pitiable case"**
"Jag har ofta tänkt på ditt beklagliga fall"
**"Your repeated prayers have moved my compassion"**
"Era upprepade böner har rört min medkänsla"
**"Here is a pot for you"**
"Här är en kruka åt dig"
**"You must turn the pot upside down"**
"Du måste vända grytan upp och ner"
**"And then you must shake the pot"**
"Och sedan måste du skaka grytan"

**"The finest murukku will pour out"**
"Den finaste murukku kommer att ösas ut"
**"The murukku will keep pouring out forever"**
"Murukku kommer att fortsätta ösa ut för evigt"
**"Until you put the pot upright again"**
"Tills du ställer upp krukan igen"
**"You can eat as much murukku as you like"**
"Du kan äta så mycket murukku du vill"
**"Your wife and children will hunger no more"**
"Din hustru och dina barn skall inte längre hungra"
**"And you can sell the murukku if you like"**
"Och du kan sälja murukku om du vill"
**The Brahman was delighted beyond measure.**
Brahmanen var oändligt förtjust.
**He had received a truly valuable treasure.**
Han hade fått en verkligt värdefull skatt.
**He made his deepest obeisance to the goddess.**
Han gjorde sin djupaste hyllning till gudinnan.
**And he expressed his eternal gratefulness.**
Och han uttryckte sin eviga tacksamhet.

**The Brahman had started walking home.**
Brahmanen hade börjat gå hemåt.
**But first he had to test his magical pot.**
Men först var han tvungen att testa sin magiska kruka.
**He wanted to see if the pot really worked.**
Han ville se om krukan verkligen fungerade.
**He turned the pot upside down.**
Han vände krukan upp och ner.
**And he shook the pot, as instructed.**
Och han skakade krukan, som han blivit tillsagd.
**Lo and behold! The pot really did work.**
Och se! Grytan fungerade verkligen.
**The finest murukku fell to the ground.**
Den finaste murukku föll till marken.
**He tied the sweetmeat in his sheet.**
Han knöt fast sötsakerna i sitt lakan.

**And he walked on, towards his village.**
Och han gick vidare, mot sin by.
**By noon the Brahman had gotten hungry.**
Vid middagstid hade brahmanen blivit hungrig.
**But he could not eat without his ablutions.**
Men han kunde inte äta utan sina tvagningar.
**First, he had to say his prayers.**
Först var han tvungen att be sina böner.
**There was an inn on his way.**
Det fanns ett värdshus på hans väg.
**Close to the inn there was a water tank.**
Nära värdshuset fanns en vattentank.
**So, he intended to halt there.**
Så han tänkte stanna där.
**In order to bathe and say his prayers.**
För att bada och be sina böner.
**After this he could eat all the murukku.**
Efter detta kunde han äta all murukku.
**The Brahman sat at the innkeeper's shop.**
Brahmanen satt i värdshusvärdens butik.
**The shopkeeper was smoking tobacco.**
Butiksinnehavaren rökte tobak.
**He put the pot near the shopkeeper.**
Han ställde krukan nära butiksinnehavaren.
**And he asked him to look after the pot.**
Och han bad honom att ta hand om krukan.
**"Please take special care of this pot"**
"Var extra försiktig med den här krukan"
**"I must bathe and say my prayers"**
"Jag måste bada och be mina böner"
**"Please look after this pot for me"**
"Snälla, ta hand om den här krukan åt mig"
**"Make sure nothing happens to this pot"**
"Se till att ingenting händer med den här krukan"
**He thought it was a strange request.**
Han tyckte det var en konstig begäran.
**But he agreed to look after the pot.**

Men han gick med på att ta hand om krukan.
**And the Brahman gave him the pot.**
Och brahmanen gav honom krukan.
**He besmeared his body with mustard oil.**
Han smorde sin kropp med senapsolja.
**And he went to do his ablutions.**
Och han gick för att tvätta sig.
**The innkeeper grew curious about the pot.**
Värdshusvärden blev nyfiken på krukan.
**"This pot must have something valuable in it"**
"Den här krukan måste innehålla något värdefullt"
**"Why else would he be so careful?"**
"Varför skulle han annars vara så försiktig?"
**His curiosity had been excited.**
Hans nyfikenhet hade väckts.
**So, he opened the pot.**
Så öppnade han krukan.
**To his surprise the pot was empty.**
Till hans förvåning var krukan tom.
**"What can be the meaning of this?"**
"Vad kan detta betyda?"
**"Why does he care so much for an empty pot?"**
"Varför bryr han sig så mycket om en tom kruka?"
**He began to examine the pot more carefully.**
Han började undersöka krukan mer noggrant.
**During his inspection he turned the pot upside down.**
Under sin inspektion vände han krukan upp och ner.
**And then the finest murukku fell out from the pot.**
Och sedan föll den finaste murukku ut ur grytan.
**And the murukku didn't stop falling out.**
Och murukku slutade inte falla ut.
**The innkeeper called his wife and children.**
Värdshusvärden ringde sin fru och sina barn.
**He wanted them to witness what had happened.**
Han ville att de skulle bevittna vad som hade hänt.
**An unexpected stroke of good fortune!**
Ett oväntat lyckokast!

**The pot gave copious showers of sugared paddy.**
Krukan gav kopiösa skurar av sockrad rismark.
**He filled all his pots and jars.**
Han fyllde alla sina krukor och krukor.
**He knew he had to have this pot.**
Han visste att han var tvungen att ha den här krukan.
**So, he replaced the pot with another one.**
Så bytte han ut krukan mot en annan.
**He had a pot of the same size and color.**
Han hade en kruka i samma storlek och färg.

**The Brahman had finished his ablutions.**
Brahmanen hade avslutat sin tvagning.
**He had performed all of his devotions.**
Han hade utfört alla sina andakter.
**He came back to the shop in wet clothes.**
Han kom tillbaka till butiken i våta kläder.
**He was still reciting holy texts of the Vedas.**
Han reciterade fortfarande heliga texter från Vedaböckerna.
**He put back on his dry clothes.**
Han tog på sig sina torra kläder igen.
**In red ink he wrote the name of Durga.**
Med rött bläck skrev han Durgas namn.
**He wrote her name one hundred and eight times.**
Han skrev hennes namn ett hundraåtta gånger.
**After doing this he broke his fast.**
Efter att ha gjort detta bröt han sin fasta.
**And he ate the murukku he had in his sheet.**
Och han åt murukku som han hade i sitt lakan.
**He was refreshed from the meal.**
Han var pigg efter måltiden.
**Now he could resume his journey home.**
Nu kunde han återuppta sin resa hem.
**So he called to the innkeeper.**
Så ropade han på värdshusvärden.
**"Please could I get my pot back"**
"Snälla, kan jag få tillbaka min kruka?"

**The innkeeper gave him back his pot.**
Värdshusvärden gav honom tillbaka hans kruka.
**"There, sir, here is your pot"**
"Där, herrn, här är er kruka."
**"The pot is exactly where you had put it"**
"Krukan står precis där du ställde den"
**"Your pot is just as you left it"**
"Din kruka är precis som du lämnade den"
**"I made sure no one has touched your pot"**
"Jag såg till att ingen har rört din kruka"
**The Brahman didn't suspect a thing.**
Brahmanen misstänkte ingenting.
**He picked up the pot.**
Han tog upp krukan.
**And he proceeded on his journey home.**
Och han fortsatte sin resa hem.

**On his journey he had to think.**
På sin resa var han tvungen att tänka.
**He congratulated his good fortune.**
Han gratulerade hans lycka.
**"My wife will be most pleasantly surprised!"**
"Min fru kommer att bli mycket positivt överraskad!"
**"The children will devour the murukku!"**
"Barnen kommer att sluka murukku!"
**"I shall soon become rich"**
"Jag kommer snart att bli rik"
**"I will be able to lift my head up high"**
"Jag kommer att kunna lyfta mitt huvud högt"
**The pains of travelling had been reduced.**
Smärtorna med att resa hade minskat.
**Now his problems were much more pleasant.**
Nu var hans problem mycket trevligare.
**Only anticipation made the journey difficult.**
Bara förväntan gjorde resan svår.
**He finally reached his home again.**
Äntligen kom han hem igen.

He called to his wife and children.
Han ropade på sin fru och sina barn.
**"Look at what I have brought"**
"Titta vad jag har med mig"
**"This pot is an unfailing source of wealth".**
"Denna kruka är en osviklig källa till rikedom."
**"We will never have to struggle again"**
"Vi kommer aldrig att behöva kämpa igen"
**"I will turn the pot upside down"**
"Jag ska vända upp och ner på krukan"
**"And then you will see something.**
"Och då kommer du att se något."
**"Something you've never seen before"**
"Något du aldrig sett förut"
**"A stream of the finest murukku will flow"**
"En ström av den finaste murukku kommer att flöda"
**You can imagine what his wife was thinking.**
Du kan föreställa dig vad hans fru tänkte.
**"My husband has gone mad," she thought.**
"Min man har blivit galen", tänkte hon.
**She was soon confirmed in her opinion.**
Hon fick snart bekräftad uppfattning.
**Nothing fell from the pot, as promised.**
Ingenting föll ur krukan, som utlovat.
**He turned the pot upside down again and again.**
Han vände krukan upp och ner om och om igen.
**The Brahman was overwhelmed with grief.**
Brahmanen var överväldigad av sorg.
**He realized that he had been tricked.**
Han insåg att han hade blivit lurad.
**The innkeeper must have swapped the pot.**
Gästgivaren måste ha bytt kruka.
**He must have stolen Durga's pot.**
Han måste ha stulit Durgas kruka.
**And he must have replaced the pot with a normal one.**
Och han måste ha bytt ut krukan mot en vanlig.
**He went back to the innkeeper the next day.**

Han gick tillbaka till värdshusvärden nästa dag.

**And he accused him of having changed his pot.**

Och han anklagade honom för att ha bytt kruka.

**At first the innkeeper acted surprised.**

Till en början verkade värdshusvärden förvånad.

**Then he pretended to be angry at the accusation.**

Sedan låtsades han vara arg över anklagelsen.

**Finally, he chased him out of his shop.**

Till slut jagade han ut honom ur butiken.


**He had no way of getting the pot back.**

Han hade inget sätt att få tillbaka krukan.

**The Brahman knew what he had to do.**

Brahmanen visste vad han var tvungen att göra.

**He went to see the goddess Durga again.**

Han gick för att träffa gudinnan Durga igen.

**Siva and Durga honored him with their presence.**

Siva och Durga hedrade honom med sin närvaro.

**Durga spoke to the poor Brahman.**

Durga talade till den stackars brahmanen.

**"So, you have lost the pot I gave you"**

"Så du har förlorat krukan jag gav dig"

**"I take pity on your situation"**

"Jag tycker synd om din situation"

**"Here is another magical pot"**

"Här är en annan magisk kruka"

**"Take this pot, and make good use of it"**

"Ta den här krukan och använd den väl"

**The Brahman was elated with joy.**

Brahmanen var upprymd av glädje.

**He made obeisance to the divine couple.**

Han böjde sin hyllning till det gudomliga paret.

**And he took the pot with him.**

Och han tog krukan med sig.

**Again he had to see if the pot worked.**

Återigen var han tvungen att se om grytan fungerade.

**He turned the pot upside down.**

Han vände krukan upp och ner.
**And he shook the pot as before.**
Och han skakade krukan som förut.
**And he waited for the murukku to fall out.**
Och han väntade på att murukku skulle falla ut.
**But no, horror of horrors!**
Men nej, fasansfullhetens fasa!
**Murukku did not fall from the pot.**
Murukku föll inte ur grytan.
**Instead of murukku, demons jumped out.**
Istället för murukku hoppade demoner ut.
**They began to beat the astonished Brahman.**
De började slå den förvånade brahmanen.
**The Brahman received punches and kicks.**
Brahmanen fick ta emot slag och sparkar.
**But he kept his presence of mind.**
Men han behöll sinnesnärvaro.
**He turned the pot the right way up.**
Han vände grytan åt rätt håll.
**And he covered the pot up again.**
Och han täckte över krukan igen.
**Fortunately his quick thinking worked.**
Som tur var fungerade hans snabba tänkande.
**The demons disappeared as soon as he did this.**
Demonerna försvann så fort han gjorde detta.
**The Brahman tried to understand what this meant.**
Brahmanen försökte förstå vad detta betydde.
**It must be to punish the innkeeper!**
Det måste vara för att straffa värdshusvärden!
**So he went to the innkeeper again.**
Så gick han till värdshusvärden igen.
**He gave him the new pot.**
Han gav honom den nya krukan.
**He begged of him to look after the pot.**
Han bad honom att ta hand om krukan.
**Just like he had done before.**
Precis som han hade gjort tidigare.

He went for his ablutions and prayers.
Han gick för sina tvagning och böner.
The innkeeper was delighted.
Värdshusvärden var förtjust.
He had been given a second godsend.
Han hade fått en andra gudagåva.
He agreed to take the greatest care of the pot.
Han gick med på att ta största möjliga hand om krukan.
He waited for the Brahman to go.
Han väntade på att brahmanen skulle gå.
And he called his wife and children.
Och han ringde sin fru och sina barn.
"This is another pot from the Brahman"
"Detta är ytterligare en kruka från Brahman"
"This time I hope it is not murukku"
"Den här gången hoppas jag att det inte är murukku"
"I hope this pot is full of sandesa"
"Jag hoppas att den här krukan är full av sandesa"
"Come, be ready with the baskets"
"Kom, var redo med korgarna"
"I will turn the pot upside down"
"Jag ska vända upp och ner på krukan"
"And then I will shake the pot"
"Och sedan ska jag skaka krukan"
And he did what he said he would do.
Och han gjorde vad han sa att han skulle göra.
But the room did not fill with food.
Men rummet fylldes inte med mat.
This time the room filled with demons.
Den här gången fylldes rummet med demoner.
The demons caught hold of the innkeeper.
Demonerna grep tag i värdshusvärden.
And the demons also caught his family.
Och demonerna grep även hans familj.
And the demons beat them mercilessly.
Och demonerna slog dem skoningslöst.
They would have completely destroyed the shop.

De skulle ha förstört butiken totalt.
**But the victims ran to the Brahman.**
Men offren sprang till brahmanen.
**The Brahman had returned from his ablutions.**
Brahmanen hade återvänt från sin tvagning.
**The Brahman showed mercy to them.**
Brahmanen visade dem barmhärtighet.
**And he accepted their request.**
Och han accepterade deras begäran.
**But there was one condition to his help.**
Men det fanns ett villkor för hans hjälp.
**"I will only help if I get my pot back"**
"Jag hjälper bara till om jag får tillbaka min kruka"
**The innkeeper didn't have much choice.**
Värdshusvärden hade inte mycket val.
**He had to accept the Brahman's conditions.**
Han var tvungen att acceptera brahmins villkor.
**The Brahman put the pot upright again.**
Brahmanen ställde upp krukan igen.
**And he put the lid on the pot.**
Och han satte locket på grytan.
**He took his pot back from the innkeeper.**
Han tog tillbaka sin kruka från värdshusvärden.
**And he returned back to his village.**
Och han återvände till sin by.
**Now the Brahman had two magical pots.**
Nu hade brahmanen två magiska krukor.
**The Brahman shut the door of his house.**
Brahmanen stängde dörren till sitt hus.
**And he called his family again.**
Och han ringde sin familj igen.
**He turned the murukku-pot upside down.**
Han vände murukku-krukan upp och ner.
**And he shook the murukku-pot as before.**
Och han skakade murukku-krukan som förut.
**This time the magic pot worked.**
Den här gången fungerade den magiska krukan.

**An endless stream of the finest murukku.**
En oändlig ström av den finaste murukku.
**The family devoured the sweetmeat.**
Familjen slukade sötsaken.
**They ate to their hearts' content.**
De åt till hjärtats belåtenhet.
**All the pots and pans were filled.**
Alla grytor och stekpannor var fyllda.

**The next day the Brahman became confectioner.**
Nästa dag blev brahmanen konditor.
**He opened a shop in his house.**
Han öppnade en butik i sitt hus.
**And he sold the best murukku.**
Och han sålde den bästa murukku.
**The whole village came to the Brahman's house.**
Hela byn kom till brahmans hus.
**They all wanted to buy the wonderful murukku.**
De ville alla köpa den underbara murukku.
**They had never seen such murukku in their life.**
De hade aldrig sett sådan murukku i sitt liv.
**It was the most delicious murukku they ever had.**
Det var den godaste murukku de någonsin ätit.
**No one had ever made anything like this dessert.**
Ingen hade någonsin lagat något liknande den här desserten.
**The reputation of the Brahman's murukku spread.**
Brahmans murukkus rykte spred sig.
**Soon people from outside the city came.**
Snart kom folk utifrån staden.
**Cartloads of the sweetmeat were sold every day.**
Vagnslaster med sötsaker såldes varje dag.
**The Brahman quickly became very rich.**
Brahmanen blev snabbt mycket rik.
**He built a large brick house.**
Han byggde ett stort tegelhus.
**And he lived like a nobleman of the land.**
Och han levde som en adelsman i landet.

**Once, however, his luck almost changed.**
En gång höll dock hans tur på att vända.
**His children had taken the wrong pot.**
Hans barn hade tagit fel kruka.
**A large number of demons came out.**
En stor mängd demoner kom ut.
**And they caught hold of the Brahman's wife.**
Och de grep tag i brahmans hustru.
**And they also caught his children.**
Och de fångade även hans barn.
**They were striking them mercilessly.**
De slog dem skoningslöst.
**Fortunately the Brahman came back into the house.**
Lyckligtvis kom brahmanen tillbaka in i huset.
**He turned the pot back to its proper position.**
Han vred tillbaka krukan till sin rätta position.
**He wanted to prevent a similar catastrophe.**
Han ville förhindra en liknande katastrof.
**So the Brahman had a private room built.**
Så lät brahmanen bygga ett privat rum.
**And he put the pot in a secret place.**
Och han ställde krukan på ett hemligt ställe.
**Mortals, however, do not have the luck of Gods.**
Dödliga har dock inte gudarnas tur.
**Uninterrupted prosperity is not their fortune.**
Oavbruten välstånd är inte deras lycka.
**The demon-pot had been put out of the way.**
Demongrytan hade lagts ur vägen.
**But why might accident not befall the murukku pot?**
Men varför skulle en olyckshändelse inte kunna drabba
murukku-grytan?
**One day the Brahman and his wife were absent.**
En dag var brahminen och hans hustru frånvarande.
**The children decided to shake the pot.**
Barnen bestämde sig för att skaka krukan.
**Each of them wanted to do the honors.**
Var och en av dem ville göra hedern.

So there was a fight to get the pot.

Så det blev en kamp om att få potten.

In the struggle the pot fell to the ground.

I kampen föll krukan till marken.

Like any other earthen pot, it broke.

Som vilken annan lerkruka som helst gick den sönder.

Eventually the Braham came back home again.

Så småningom kom Braham hem igen.

You can imagine how the news grieved him.

Ni kan föreställa er hur nyheten bedrövade honom.

Of course the children were well cudgeled.

Självklart blev barnen ordentligt ompysslade.

But anger could not replace the pot.

Men ilska kunde inte ersätta krukan.

After some days he went to the forest again.

Efter några dagar gick han ut i skogen igen.

He offered many a prayer for Durga's favor.

Han bad många böner om Durgas ynnest.

At last Siva and Durga appeared to him.

Till slut uppenbarade sig Siva och Durga för honom.

They listened to how the pot had been broken.

De lyssnade på hur krukan hade krossats.

Durga decided to give him another pot.

Durga bestämde sig för att ge honom en annan kruka.

But this pot was accompanied with a caution.

Men denna kruka åtföljdes av en varning.

"Brahman, take care of this pot"

"Brahman, ta hand om den här krukan"

"Do not break or lose this pot again"

"Krossa eller tappa inte bort den här krukan igen"

"Next time I will not give you another pot"

"Nästa gång ger jag dig inte en kruka till"

The Brahman made obeisance to the Gods.

Brahmanen böjde sin hyllning till gudarna.

And he went straight back to his house.

Och han gick raka vägen tillbaka till sitt hus.

This time he did not halt at the innkeeper's.

Den här gången stannade han inte hos värdshusvärden.
**He shut the door of his house.**
Han stängde dörren till sitt hus.
**He called his family to him.**
Han kallade sin familj till sig.
**And he turned the pot upside down.**
Och han vände upp och ner på krukan.
**And then he began to shake the pot.**
Och sedan började han skaka krukan.
**They were only expecting murukku.**
De väntade bara murukku.
**But this time it was not murukku.**
Men den här gången var det inte murukku.
**A stream of beautiful sandesa poured out.**
En ström av vacker sanddesa vällde fram.
**It was the finest sandesa you can imagine.**
Det var den finaste sandesan man kan tänka sig.
**It truly was the food of Gods.**
Det var verkligen gudarnas mat.
**The Brahman set up another shop.**
Brahmanen öppnade en annan butik.
**Now he was selling sandesa.**
Nu sålde han Sandesa.
**The fame of his shop soon drew large crowds.**
Hans butiks rykte drog snart stora folkmassor.
**People came from all over the country.**
Folk kom från hela landet.
**At all festivals and marriage feasts.**
Vid alla högtider och bröllopsfester.
**And at all funeral celebrations in the area.**
Och vid alla begravningsceremonier i området.
**No one bought any other sandesa.**
Ingen köpte någon annan sandesa.
**All day long the pot produced sandesa.**
Hela dagen lång producerade krukan sandesa.
**Gigantic jars were filled with sweet.**
Gigantiska burkar fylldes med sötsaker.

**And the jars were sent all over the country.**
Och burkarna skickades över hela landet.

**The Brahman's wealth made the Zemindar jealous.**
Brahmans rikedom gjorde Zemindar avundsjuk.
**In these days all villages had a Zemindar.**
På den här tiden hade alla byar en zemindar.
**He had heard strange things about the sandesa.**
Han hade hört konstiga saker om sandesan.
**He heard the dessert came from a magic pot.**
Han hörde att efterrätten kom från en magisk kruka.
**So he devised a plan to get this pot.**
Så han utarbetade en plan för att få tag på den här krukan.
**His son was going to get married.**
Hans son skulle gifta sig.
**To celebrate there was a great feast.**
För att fira var det en stor fest.
**Many hundreds of people were invited.**
Många hundra personer var inbjudna.
**Mountain-loads of sandesa were required.**
Berglass av sandesa krävdes.
**The Zemindar made a proposal to the Brahman.**
Zemindaren lade fram ett förslag till brahmanen.
**"Bring the magical pot to my house"**
"Ta med den magiska krukan till mitt hus"
**At first the Brahman refused to bring the pot.**
Först vägrade brahmanen att ta med krukan.
**But the Zemindar insisted.**
Men Zemindar insisterade.
**"I will have hundreds of guests"**
"Jag kommer att ha hundratals gäster"
**"I will need mountains of sandesa"**
"Jag kommer att behöva berg av sandsten"
**"More sandesa than you can carry"**
"Mer sandesa än du kan bära"
**"Bring the vessel to my house"**
"Ta med kärlet till mitt hus"

"It will be easier for you and me"
"Det blir lättare för dig och mig"
Eventually the Brahman agreed.
Så småningom gick brahmanen med på det.
Himalayas of sandesa were shaken out.
Himalaya av sandesa skakades ut.
But the Zemindar got hold of the pot.
Men Zemindar fick tag i potten.
The Zemindar insulted the Brahman.
Zemindaren förolämpade brahmanen.
And he chased him out of his house.
Och han jagade ut honom ur hans hus.
The Brahman didn't give vent to anger.
Brahmanen gav inte utlopp för sin ilska.
Instead, he quietly went back to his house.
Istället gick han tyst tillbaka till sitt hus.
He went to the private room.
Han gick till det privata rummet.
And he took out the demon-pot.
Och han tog fram demonkrukan.
He came back to the Zemindar's house.
Han kom tillbaka till Zemindars hus.
And he went to the door of the Zemindar.
Och han gick till Zemindars dörr.
He turned the pot upside down.
Han vände krukan upp och ner.
And then shook the magical pot.
Och skakade sedan den magiska krukan.
A hundred demons fell out of the pot.
Hundra demoner föll ur krukan.
The chaos was impossible to describe.
Kaoset var omöjligt att beskriva.
The unearthly visitors flooded the party.
De ojordiska besökarna översvämmade festen.
They caught hundreds of the guests.
De fångade hundratals av gästerna.
And the demons beat them mercilessly.

Och demonerna slog dem skoningslöst.

**The women were dragged by their hair.**

Kvinnorna släpades i håret.

**The Zemindar was chased from room to room.**

Zemindaren jagades från rum till rum.

**The demons' mischief was getting out of hand.**

Demonernas olycka höll på att gå överstyr.

**Someone had to put an end to their mischief.**

Någon var tvungen att sätta stopp för deras olycka.

**Else all the men would have been killed.**

Annars hade alla män blivit dödade.

**And the house would have been torn to the ground.**

Och huset skulle ha rivits till grunden.

**The Zemindar fell at the feet of the Brahman.**

Zemindaren föll för brahmanens fötter.

**And he begged to be shown mercy.**

Och han bad om att bli visad barmhärtighet.

**The Brahman showed him great mercy.**

Brahmanen visade honom stor barmhärtighet.

**And he put the demons back in the pot.**

Och han satte tillbaka demonerna i grytan.

**The Zemindar never disturbed the Brahman again.**

Zemindar störde aldrig brahmanen igen.

**Nor was he disturbed by anyone else.**

Inte heller stördes han av någon annan.

**And he lived for many happy years.**

Och han levde i många lyckliga år.

## The Story of the Rakshasas
Rakshasornas berättelse

**There was once a poor dimwitted Brahman.**
Det var en gång en fattig, tråkig brahman.
**This dimwitted man had a wife, but no children.**
Den här dumma mannen hade en fru, men inga barn.
**But him not having children was probably for the best.**
Men att han inte fick barn var nog det bästa.
**Because he was barely able to meet his own needs.**
För att han knappt kunde tillgodose sina egna behov.
**And he could hardly supply enough for his wife.**
Och han kunde knappt förse sin fru med tillräckligt.
**But his dimwittedness was not even his biggest problem.**
Men hans okunskap var inte ens hans största problem.
**This dimwitted man was also a rather lazy man!**
Den här tråkige mannen var också en ganska lat man!
**He was averse to making any long journeys.**
Han var motvillig till att göra några långa resor.
**Had he travelled further he might have had enough.**
Om han hade rest längre hade han kanske fått nog.
**He could have got presents from rich men.**
Han kunde ha fått presenter från rika män.
**This would have enabled them to live comfortably.**
Detta skulle ha gjort det möjligt för dem att leva bekvämt.
**There was a great king in a neighbouring country.**
Det fanns en stor kung i ett grannland.
**The mother of the great king had just died.**
Den store kungens mor hade just dött.
**So this king was celebrating the funeral obsequies.**
Så firade den här kungen begravningsceremonin.
**And the funeral was celebrated with great pomp.**
Och begravningen firades med stor pompa och ståt.
**Brahmans and beggars were coming from faraway lands.**
Brahminer och tiggare kom från avlägsna länder.
**They all came expecting to receive rich presents.**
De kom alla i förväntan om att få fina presenter.

The Brahman's wife requested him to also go.
Brahmans hustru bad honom att också följa med.
**"Seize this opportunity and get us a little money"**
"Ta tillfället i akt och ge oss lite pengar"
**But his constitutional indolence stood in the way.**
Men hans konstitutionella slöhet stod i vägen.
**The woman, however, gave her husband no rest.**
Kvinnan gav dock sin man ingen ro.
**Finally she extorted from him the promise.**
Till slut pressade hon honom på löftet.
**He promised his wife that he would go.**
Han lovade sin fru att han skulle gå.
**The good woman, accordingly, cut down a plantain tree.**
Den goda kvinnan högg därför ner ett plantainträd.
**And she burnt the plantain tree to ashes.**
Och hon brände plantainträdet till aska.
**With the ashes she cleaned the clothes of her husband.**
Med askan tvättade hon sin mans kläder.
**And she made his clothes as white as any cleaner could.**
Och hon gjorde hans kläder så vita som vilken städare som
helst kunde.
**Her husband was going to the palace of a great king.**
Hennes man skulle till en stor kungs palats.
**The king could not be approached by men in rags.**
Kungen fick inte närmas av män i trasor.
**Besides, Brahman are bound to appear neat and clean.**
Dessutom är Brahman bundna att se prydliga och rena ut.
**At last, one morning the Brahman left his house.**
Till slut, en morgon, lämnade brahmanen sitt hus.
**And he made his way to the palace of the great king.**
Och han begav sig till den store kungens palats.
**I have already mentioned he was a dimwitted man.**
Jag har redan nämnt att han var en oberäknelig man.
**He did not inquire which road he should take.**
Han frågade inte vilken väg han skulle ta.
**Instead, he walked on and on without directions.**
Istället gick han vidare och vidare utan anvisningar.

And he followed wherever his nose pointed him.
Och han följde vart hans näsa än pekade.
I don't need to say he was not on the right road.
Jag behöver inte säga att han inte var på rätt väg.
The regions he wandered became less and less inhabited.
De regioner han vandrade i blev allt mindre bebodda.
Soon he met no human being for many miles.
Snart mötte han ingen människa på många mil.
But there were many other things he saw there.
Men det fanns många andra saker han såg där.
Things he had never seen in all his life.
Saker han aldrig hade sett i hela sitt liv.
He saw hillocks of cowries on the roadside.
Han såg kullar med kaurior vid vägkanten.
Cowries were shells used as money in those times.
Kaurier var snäckor som användes som pengar på den tiden.
He kept going and saw hillocks of jewels.
Han fortsatte och såg kullar med juveler.
Next, he saw hillocks of four-anna pieces.
Nästa steg var att han såg kullar med fyra-anna-bitar.
Further along were hillocks of eight-anna pieces.
Längre fram fanns kullar med åtta-anna-bitar.
And further yet were hillocks of rupees.
Och ännu längre bort fanns kullar av rupier.
But the Brahman's surprise did not end there.
Men brahmans förvåning slutade inte där.
Next there was a hill of burnished gold-mohurs.
Nästa fanns en kulle med polerade guld-mohurer.
The burnished gold-mohurs were shining brightly.
De polerade guld-mohurerna glänste klart.
Because the gold-mohurs had been freshly minted.
Eftersom guld-mohurerna hade präglats ny.
Close to the hill of gold-mohurs was a large house.
Nära guld-mohurernas kulle låg ett stort hus.
The house looked like the palace of a powerful king.
Huset såg ut som en mäktig kungs palats.
At the door stood a lady of exquisite beauty.

I dörren stod en dam av utsökt skönhet.
**The lady, seeing the Brahman, said;**
Damen, som såg brahmanen, sade;
**"Come to me, my beloved husband"**
"Kom till mig, min älskade make"
**"You married me when I was young"**
"Du gifte dig med mig när jag var ung"
**"But you never came back after our marriage"**
"Men du kom aldrig tillbaka efter vårt bröllop"
**"Though I have been daily expecting you"**
"Även om jag dagligen har väntat på dig"
**"Blessed be this day," said the lady.**
"Välsignad vare denna dag", sa damen.
**"On this day I see the face of my husband"**
"Den här dagen ser jag min mans ansikte"
**"Come, my sweet, come in," she asked of him.**
"Kom, min älskling, kom in", bad hon honom.
**"You must be fatigued from your long journey"**
"Du måste vara trött efter din långa resa"
**"Wash your feet and rest, and eat and drink"**
"Tvätta era fötter och vila, och ät och drick"
**"And after that we shall make ourselves merry"**
"Och därefter skall vi göra oss glada"
**The Brahman was astonished beyond measure.**
Brahmanen var oändligt förvånad.
**He had no recollection marrying twice.**
Han hade inget minne av att ha gift sig två gånger.
**He remembered marrying the wife he left at home.**
Han mindes att han gifte sig med den hustru han lämnat hemma.
**But he did not remember marrying this lady.**
Men han mindes inte att han gifte sig med den här damen.
**But he remembered that he was a Kulin Brahman.**
Men han kom ihåg att han var en Kulin-brahman.
**Perhaps his father got him married as a child.**
Kanske var det hans far som gifte honom som barn.
**But what he thought did not matter much.**

Men vad han tyckte spelade ingen större roll.
**The woman was certain he was her husband.**
Kvinnan var säker på att han var hennes man.
**And he had no reason to say he was not her husband.**
Och han hade ingen anledning att säga att han inte var hennes man.
**Because her beauty was more than he could fathom.**
För hennes skönhet var mer än han kunde föreställa sig.
**As beautiful as the Goddesses of Indra's heaven.**
Lika vacker som gudinnorna i Indras himmel.
**And he was sure that she was wealthy too.**
Och han var säker på att hon också var rik.
**These thoughts went through the Brahman's mind.**
Dessa tankar for genom brahmans sinne.
**But the lady interrupted his flow of thought.**
Men damen avbröt hans tankeflöde.
**"Are you doubting whether I am your wife?"**
"Tvivlar du på om jag är din fru?"
**"Have you lost all memories of that happy event?**
"Har du förlorat alla minnen från den där lyckliga händelsen?"
**"All the pomp and circumstance of our nuptials"**
"All pompa och ståt under vårt bröllop"
**"Come in, beloved; this is your house"**
"Kom in, min älskade; detta är ditt hus"
**"Because whatever is mine is thine also"**
"Ty vad som är mitt är också ditt"
**The fair lady easily persuaded the Brahman.**
Den sköna damen övertalade lätt brahmanen.
**And he succumbed to her loving entreaties.**
Och han gav efter för hennes kärleksfulla vädjanden.
**And he went into the house of the lady.**
Och han gick in i damens hus.
**The house was not an ordinary one.**
Huset var inte ett vanligt hus.
**The house was in fact a magnificent palace.**
Huset var i själva verket ett magnifikt palats.
**All the apartments were large and lofty.**

Alla lägenheterna var stora och höga.

**Every room in the palace was richly furnished.**

Varje rum i palatset var rikt möblerat.

**But one thing surprised the Brahman very much.**

Men en sak förvånade brahmanen mycket.

**There was no other person in all the house.**

Det fanns ingen annan person i hela huset.

**The only one there was the lady herself.**

Den enda som var där var damen själv.

**He could not account for the strange phenomenon.**

Han kunde inte förklara det märkliga fenomenet.

**They meet anyone on their walks either.**

De möter vem som helst på sina promenader heller.

**The fact was that the lady was not a human being.**

Faktum var att damen inte var en människa.

**What the lady really was was a Rakshasi.**

Vad damen egentligen var var en Rakshasi.

**She had eaten up the king and queen.**

Hon hade ätit upp kungen och drottningen.

**And she had eaten all the members of the royal family.**

Och hon hade ätit alla medlemmar av kungafamiljen.

**And gradually she had eaten their servants too.**

Och gradvis hade hon ätit upp deras tjänare också.

**This was why there were no humans far and wide.**

Det var därför det inte fanns några människor långt ifrån varandra.

**The Rakshasi and the Brahman now lived together.**

Rakshasin och brahmanen levde nu tillsammans.

**After a week the former said to the latter;**

Efter en vecka sade den förra till den senare;

**"I am very anxious to see my sister"**

"Jag är väldigt ivrig att träffa min syster"

**"As you know, my sister is your other wife"**

"Som du vet är min syster din andra fru "

**"You must go and fetch my sister; your other wife"**

"Du måste gå och hämta min syster; din andra fru"

**"Then we shall all live together happily"**

"Då ska vi alla leva lyckliga tillsammans"
**"You must go to get her early tomorrow"**
"Du måste hämta henne tidigt imorgon"
**"I will give you clothes and jewels for her"**
"Jag ska ge dig kläder och smycken åt henne"
**Next morning the Brahman set out for his home.**
Nästa morgon gav sig brahmanen av hemåt.
**He was furnished with fine clothes.**
Han var försedd med fina kläder.
**And he wore around his wrists costly ornaments.**
Och han bar dyrbara smycken runt handlederna.

**The poor woman was in great distress.**
Den stackars kvinnan var i stor nöd.
**The funeral ceremony of the king's mother was over.**
Begravningsceremonin för kungens mor var över.
**All the Brahmans and Pandits had returned.**
Alla brahminer och panditer hade återvänt.
**And they were loaded with donations.**
Och de var laddade med donationer.
**But her husband had not returned.**
Men hennes man hade inte återvänt.
**No one could give any news of him.**
Ingen kunde ge några nyheter om honom.
**Because no one had seen him there.**
För ingen hade sett honom där.
**The woman therefore could only come to one conclusion.**
Kvinnan kunde därför bara komma fram till en slutsats.
**He must have been murdered on the road by highwaymen.**
Han måste ha blivit mördad på vägen av stråtrövare.
**She was in this terrible suspense.**
Hon var i denna fruktansvärda spänning.
**But then one day she heard some rumors.**
Men så en dag hörde hon några rykten.
**People in her village were talking about her husband.**
Folk i hennes by pratade om hennes man.
**They said they saw him coming back.**

De sa att de såg honom komma tillbaka.
**And they said he was dressed in fine clothes.**
Och de sa att han var klädd i fina kläder.
**And they said he had fine jewels for his wife.**
Och de sa att han hade fina juveler till sin fru.
**And sure enough the Brahman soon appeared.**
Och mycket riktigt dök brahman snart upp.
**And he was carrying fine jewels for his wife.**
Och han bar fina juveler åt sin fru.
**On seeing his wife the Brahman thus accosted her;**
När brahmanen såg sin hustru tilltalade han henne sålunda;
**"Come with me, my dearest wife"**
"Kom med mig, min kära hustru"
**"I have found my first wife"**
"Jag har hittat min första fru"
**"She lives in a stately palace"**
"Hon bor i ett ståtligt palats"
**"Near her palace are hillocks of rupees"**
"Nära hennes palats finns kullar med rupier"
**"And there is a large hill of gold-mohurs"**
"Och där finns en stor kulle med guldmohurer"
**"Why should you pine away in wretchedness?"**
"Varför skulle du tyna bort i elände?"
**"Why would you stay in this horrible place?"**
"Varför skulle du stanna kvar på den här hemska platsen?"
**"Come with me to the house of my first wife"**
"Följ med mig till min första frus hus"
**"There we shall all live together happily"**
"Där ska vi alla leva lyckliga tillsammans"
**At first, she thought her half-witted man had gone mad.**
Först trodde hon att hennes halvtänkta man hade blivit galen.
**She could not imagine the hillocks of rupees.**
Hon kunde inte föreställa sig rupeekullarna.
**And she could not imagine a hill of gold-mohurs.**
Och hon kunde inte föreställa sig en kulle av guld-mohurer.
**But then she saw how he was beautifully dressed.**
Men så såg hon hur vackert klädd han var.

**Beautiful clothes of exquisite silks and satins.**
Vackra kläder av utsökt siden och satin.
**Ornaments set with diamonds and precious stones.**
Ornament infattade med diamanter och ädelstenar.
**Clothes fit for the queen of the land.**
Kläder passande för landets drottning.
**Clothes only princesses were in the habit of putting on.**
Kläder som bara prinsessor hade för vana att ta på sig.
**She concluded in her mind that something was amiss:**
Hon drog slutsatsen i sitt sinne att något var fel:
**Her stupid husband must have been tricked.**
Hennes dumma make måste ha blivit lurad.
**He must have fallen into the meshes of a Rakshasi.**
Han måste ha fallit ner i en Rakshasis maskor.
**The Brahman, however, insisted his wife went with him.**
Brahmanen insisterade emellertid på att hans fru följde med honom.
**"Feel free to stay here and pine away in poverty"**
"Känn dig fri att stanna här och tyna bort i fattigdom"
**"As for me, I will return to the palace of my first wife"**
"Vad mig beträffar, jag skall återvända till min första hustrus palats"
**The good woman did her best to stop her husband.**
Den goda kvinnan gjorde sitt bästa för att stoppa sin man.
**But in the end she resolved to go with him.**
Men till slut bestämde hon sig för att följa med honom.
**Perhaps she could judge the matter better at the palace.**
Kanske kunde hon bedöma saken bättre på palatset.

**They set out accordingly the next morning.**
De gav sig iväg följande morgon.
**They went the same road the Brahman had travelled.**
De gick samma väg som brahmanen hade färdats.
**The woman was not a little surprised by what she saw.**
Kvinnan blev inte lite förvånad över vad hon såg.
**She saw the hillocks of cowries and of jewels.**
Hon såg kullar med kaurior och juveler.

And she saw hillocks of eight-anna pieces.
Och hon såg kullar med åtta-anna-bitar.
And she saw the hillocks of rupees too.
Och hon såg också rupierkullarna.
And last of all she saw a lofty hill of gold-mohurs.
Och sist av allt såg hon en hög kulle av guldmohurer.
She saw also an exceedingly beautiful lady.
Hon såg också en oerhört vacker dam.
The lady of the palace was hastening towards her.
Palatsdamen skyndade mot henne.
The lady fell on the neck of the Brahman woman.
Damen föll brahman-kvinnans hals.
And she wept tears of joy, and said:
Och hon grät glädjetårar och sade:
"Welcome, beloved sister!"
"Välkommen, älskade syster!"
"This is the happiest day of my life!"
"Det här är den lyckligaste dagen i mitt liv!"
"I see the face of my dearest sister again!"
"Jag ser min käraste systers ansikte igen!"
The husband and his two wives entered the palace.
Mannen och hans två fruar gick in i palatset.
Now he was lodged in a stately mansion.
Nu var han inkvarterad i en ståtlig herrgård.
The most delectable food appeared, as if by enchantment.
Den läckraste maten dök upp, som genom förtrollning.
He was caressed and endeared by his two wives.
Han smektes och omtycktes av sina två fruar.
Both wives did their best to make him happy.
Båda fruarna gjorde sitt bästa för att göra honom lycklig.
Both wives did their best to make him comfortable.
Båda fruarna gjorde sitt bästa för att få honom att känna sig
bekväm.
His two wives were competing for his love.
Hans två fruar tävlade om hans kärlek.
The Brahman had a jolly time of it.
Brahmanen hade det jättetrevligt.

He was steeped in an ocean of enjoyment.
Han var omsluten av ett hav av njutning.
The Brahman lived in this state of Elysian pleasure.
Brahman levde i detta tillstånd av elysisk njutning.
Some fifteen or sixteen years he spent this way.
Ungefär femton eller sexton år tillbringade han på detta sätt.
During this time his two wives presented him with two sons.
Under denna tid gav hans två fruar honom två söner.
The Rakshasi's son was the elder.
Rakshasis son var den äldste.
He looked more like a god than a human being.
Han såg mer ut som en gud än en människa.
He was named Sahasra-Dal.
Han fick namnet Sahasra-Dal.
His name meant the thousand-branched.
Hans namn betydde den tusengrenade.
The son of the Brahman woman was a year younger.
Brahman-kvinnans son var ett år yngre.
He was named Champa-Dal
Han fick namnet Champa-Dal
His name meant the branch of a champaka tree.
Hans namn betydde grenen på ett champaka-träd.
The two brothers loved each other dearly.
De två bröderna älskade varandra innerligt.
They were both sent to the same school.
De skickades båda till samma skola.
The school was several miles distant from the palace.
Skolan låg flera kilometer från palatset.
Every day they rode their two little ponies to school.
Varje dag red de sina två små ponnyer till skolan.
The Brahman woman had always been suspicious.
Brahman-kvinnan hade alltid varit misstänksam.
A thousand little circumstances gave her clues.
Tusen små omständigheter gav henne ledtrådar.
She knew her sister-in-law was not a human being.
Hon visste att hennes svägerska inte var en människa.

**She was sure her sister-in-law was a Rakshasi.**
Hon var säker på att hennes svägerska var en Rakshasi.
**But her suspicion had not yet ripened into certainty.**
Men hennes misstankar hade ännu inte mognat till visshet.
**Because the Rakshasi exercised great self-restraint.**
Eftersom Rakshasin utövade stor självkontroll.
**She never did anything which human beings did not do.**
Hon gjorde aldrig något som människor inte gjorde.
**But she couldn't hide her demonic nature forever.**
Men hon kunde inte dölja sin demoniska natur för alltid.
**Her demonic nature was eventually going to reveal itself.**
Hennes demoniska natur skulle så småningom uppenbara sig.

**The Brahman had little to keep him busy.**
Brahmanen hade föga att hålla honom sysselsatt.
**In order to pass his time he went hunting.**
För att fördriva tiden gick han på jakt.
**The first day he returned with an antelope.**
Första dagen återvände han med en antilop.
**The antelope was laid in the courtyard of the palace.**
Antilopen lades på palatsets gårdsplan.
**The Rakshasi saw the antelope with great interest.**
Rakshasin såg antilopen med stort intresse.
**At the sight of the raw meat her mouth began to water.**
Vid åsynen av det råa köttet började det vattnas i hennes mun.
**The antelope was never taken to the kitchen.**
Antilopen togs aldrig med till köket.
**Instead, the Rakshasi took the antelope to another room.**
Istället tog Rakshasin antilopen till ett annat rum.
**In this room she began devouring the antelope.**
I det här rummet började hon sluka antilopen.
**The Brahman woman saw everything from a secret room.**
Brahman-kvinnan såg allt från ett hemligt rum.
**Her Rakshasi sister tore a leg off the antelope.**
Hennes Rakshasi-syster slet av ett ben på antilopen.
**She saw how she opened her tremendous jaw.**
Hon såg hur hon öppnade sin väldiga käke.

And in one mouthful she swallowed up the leg.
Och i en enda munfull svalde hon upp benet.
The other limbs were devoured in the same manner.
De andra lemmarna slukades på samma sätt.
And opening her jaw even further, she swallowed the body.
Och hon öppnade käken ytterligare och svalde kroppen.
Only a little bit of the meat was kept for the kitchen.
Endast en liten del av köttet sparades till köket.
On the second day the Brahman caught another antelope.
På den andra dagen fångade brahmanen ytterligare en antilop.
On the third day the Brahman caught another antelope.
På den tredje dagen fångade brahmanen ytterligare en antilop.
The Rakshasi was unable to restrain her appetite.
Rakshasin kunde inte tygla sin aptit.
The raw flesh brought out her demonic nature.
Det råa köttet framkallade hennes demoniska natur.
And she devoured each antelope like the last.
Och hon slukade varje antilop som den förra.
On the third day the Brahman woman expressed her surprise.
På den tredje dagen uttryckte brahman-kvinnan sin förvåning.
"Nearly three whole antelopes have disappeared"
"Nästan tre hela antiloper har försvunnit"
"All that is left is a little bit of meat"
"Allt som är kvar är lite kött"
The Rakshasi did not appreciate the accusation.
Rakshasin uppskattade inte anklagelsen.
"Do I eat raw flesh?" she asked fiercely.
"Äter jag rått kött?" frågade hon ilsket.
"Perhaps you do eat raw flesh," replied the Brahman woman.
"Kanske äter du rått kött", svarade brahman-kvinnan.
"I have nothing to prove the contrary"
"Jag har inget som bevisar motsatsen"
The Rakshasi knew she had been discovered.
Rakshasin visste att hon hade blivit upptäckt.
Her eyes became even fiercer than before.

Hennes ögon blev ännu hårdare än tidigare.

**And she vowed to get her revenge.**

Och hon svor att hämnas.

**The Brahman woman concluded her fate was sealed.**

Brahman-kvinnan drog slutsatsen att hennes öde var beseglat.

**She thought her husband would meet the same fate.**

Hon trodde att hennes man skulle möta samma öde.

**She did not expect her son to be spared either.**

Hon förväntade sig inte heller att hennes son skulle skonas.

**That night she hardly slept at all.**

Den natten sov hon knappt alls.

**The Rakshasi had prevented her from seeing her husband.**

Rakshasin hade hindrat henne från att träffa sin man.

**Early next morning Champa-Dal went to school.**

Tidigt nästa morgon gick Champa-Dal till skolan.

**Before he went to school she gave her son a golden bottle.**

Innan han gick till skolan gav hon sin son en gyllene flaska.

**In the golden bottle was her own breast milk.**

I den gyllene flaskan fanns hennes egen bröstmjölk.

**"Carefully watch the colour of the milk"**

"Var noga med att se mjölkens färg"

**"If the milk turns red, your father has been killed"**

"Om mjölken blir röd har din far blivit dödad"

**"If the milk turns redder, then I have been killed"**

"Om mjölken blir rödare, då har jag blivit dödad"

**"If the milk turns red you must gallop away"**

"Om mjölken blir röd måste du galoppera iväg"

**"Gallop as fast as your horse can carry you"**

"Galoppera så fort din häst kan bära dig"

**"If you do not run away, you will be devoured"**

"Om du inte flyr, kommer du att bli uppslukad"

**That morning the Rakshasi made a suggestion to her husband.**

Den morgonen framförde Rakshasin ett förslag till sin man.

**"Let us bathe in the river this morning"**

"Låt oss bada i floden i morse"

**She would not take no for an answer.**

Hon skulle inte ta nej för ett svar.
**The river was some distance from the palace.**
Floden låg en bit från palatset.
**The Brahman followed her as meekly as a lamb.**
Brahmanen följde henne ödmjukt som ett lamm.
**The Brahman woman saw that her doom was near.**
Brahman-kvinnan såg att hennes öde var nära.
**But it was beyond her power to avert the catastrophe.**
Men det låg bortom hennes makt att avvärja katastrofen.
**The Brahman and the Rakshasi did indeed reach the river.**
Brahmanen och Rakshasin nådde verkligen floden.
**Soon after the Rakshasi changed into her real dimensions.**
Strax efter förändrades Rakshasi till sina verkliga
dimensioner.
**She tore the Brahman limb from limb.**
Hon slet brahmanens lem från lem.
**She devoured him like she had devoured the antelope.**
Hon slukade honom som hon hade slukat antilopen.
**Then she ran back to her palace.**
Sedan sprang hon tillbaka till sitt palats.
**The wife's fate was the same as the Brahman's.**
Hustruns öde var detsamma som brahmans.

**Young Champ Dal had done as his mother instructed.**
Den unge mästaren Dal hade gjort som hans mor hade sagt.
**He was diligently observing the golden bottle.**
Han iakttog noggrant den gyllene flaskan.
**He paid special attention to the colour of the milk.**
Han var särskilt uppmärksam på mjölkens färg.
**He was horror-struck to find the milk redden a little.**
Han blev skräckslagen när han upptäckte att mjölken hade
rödnat lite.
**"My father has been killed," he cried.**
"Min far har blivit dödad", ropade han.
**Soon after the milk completely reddened.**
Strax efter blev mjölken helt röd.
**"Now my mother has been killed too," he cried.**

"Nu har min mamma också blivit dödad", ropade han.

**Quickly he rushed to mount his pony.**

Snabbt skyndade han sig upp för att bestiga sin ponny.

**His half-brother, Sahasra-Dal, was surprised.**

Hans halvbror, Sahasra-Dal, blev förvånad.

**"Where are you going, Champa?"**

"Vart ska du, Champa?"

**"Why are you crying, brother?"**

"Varför gråter du, broder?"

**"Let me accompany you to wherever you are going"**

"Låt mig följa med dig vart du än ska"

**But Champa-Dal now feared his brother.**

Men Champa-Dal fruktade nu sin bror.

**"Oh! do not come to me," he objected.**

"Åh! kom inte till mig", invände han.

**"Your mother has devoured my father and mother"**

"Er mor har slukat min far och mor"

**"Don't you come and devour me"**

"Kom inte och sluka mig"

**"I will not devour you," he promised his brother.**

"Jag ska inte uppsluka dig", lovade han sin bror.

**"I'll save you," he promised his brother.**

"Jag ska rädda dig", lovade han sin bror.

**And he galloped after his brother, Champa-Dal.**

Och han galopperade efter sin bror, Champa-Dal.

**Soon his mother, the Rakshasi, appeared at a distance.**

Snart dök hans mor, Rakshasin, upp på avstånd.

**She demanded Champa-Dal to come to her.**

Hon krävde att Champa-Dal skulle komma till henne.

**But Champa-Dal knew better than to go to the Rakshasi.**

Men Champa-Dal visste bättre än att gå till Rakshasi.

**"Champa-Dal will not come to you, but I will"**

"Champa-Dal kommer inte till dig, men jag kommer"

**And instead, Sahasra-Dal went to his mother.**

Och istället gick Sahasra-Dal till sin mor.

**The young prince always carried a sword with him.**

Den unge prinsen bar alltid ett svärd med sig.

**With his sword he cut off his mother's head.**
Med sitt svärd högg han av sin mors huvud.
**Champa-Dal had not stayed to witness this.**
Champa-Dal hade inte stannat kvar för att bevittna detta.
**He had galloped off as far as his pony could carry him.**
Han hade galopperat iväg så långt hans ponny kunde bära
honom.
**Because he was running for his life.**
För att han sprang för sitt liv.
**But Sahasra-Dal soon caught up with his brother.**
Men Sahasra-Dal hann snart ikapp sin bror.
**And he told him that his mother was no more.**
Och han berättade för honom att hans mor inte längre var där.
**This was small consolation to Champa-Dal.**
Detta var en klen tröst för Champa-Dal.
**The Rakshasi had already devoured both his parents.**
Rakshasin hade redan slukat båda hans föräldrar.
**But he could still not trust Sahasra-Dal's friendship.**
Men han kunde fortfarande inte lita på Sahasra-Dals vänskap.
**They both rode as fast as their horses could carry them.**
De red båda så fort som deras hästar kunde bära dem.
**And their horses could carry them very far.**
Och deras hästar kunde bära dem väldigt långt.
**Because their horses were Pakshirajes horses.**
Eftersom deras hästar var Pakshirajes hästar.
**Pakshirajes horses are the kings of birds.**
Pakshirajes hästar är fåglarnas kungar.
**On their horses they travelled over hundreds of miles.**
På sina hästar färdades de över hundratals mil.
**An hour or two before sundown they reached a village.**
En timme eller två före solnedgången nådde de en by.
**Here they became the guests of a respectable family.**
Här blev de gäster hos en respektabel familj.
**But the two brothers saw the family was in gloom.**
Men de två bröderna såg att familjen var dyster.
**Something was agitating the family very much.**
Något upprörde familjen mycket.

Some of the family held private consultations.

Några i familjen höll privata konsultationer.

And others in the family were weeping.

Och andra i familjen grät.

The mother was the eldest lady in the house.

Modern var den äldsta damen i huset.

**"I will go, as I am the eldest," she said.**

"Jag ska gå, eftersom jag är äldst", sa hon.

**"I have lived long enough"**

"Jag har levt tillräckligt länge"

**"At most my life would be cut short by a year or two"**

"Högst skulle mitt liv förkortas med ett eller två år"

The youngest member of the house was a little girl.

Den yngsta medlemmen i huset var en liten flicka.

**"I will go, as I am young," she said.**

"Jag ska gå, eftersom jag är ung", sa hon.

**"I am useless to the family"**

"Jag är värdelös för familjen"

**"If I die, I shall not be missed"**

"Om jag dör, kommer jag inte att saknas"

The head of the house was the son of the old lady.

Husets överhuvud var den gamla damens son.

**"I am the representative of the family," he said.**

"Jag är familjens representant", sa han.

**"It is but reasonable that I should give up my life"**

"Det är bara rimligt att jag skulle ge upp mitt liv"

He also had a younger brother.

Han hade också en yngre bror.

**"You are the pillar of the family," he said.**

"Du är familjens stöttepelare", sa han.

**"If you go the whole family is ruined"**

"Om du åker är hela familjen förstörd"

**"It is not reasonable that you should go"**

"Det är inte rimligt att du ska gå"

**"I will go, as I shall not be much missed"**

"Jag ska gå, för jag kommer inte att bli så saknad"

The two strangers listened to all this conversation.

De två främlingarna lyssnade på hela detta samtal.
**You can imagine their curiosity was not little.**
Man kan föreställa sig att deras nyfikenhet inte var liten.
**They wondered what the discussion could be about.**
De undrade vad diskussionen kunde handla om.
**Sahasra-Dal took the risk of being thought meddlesome.**
Sahasra-Dal tog risken att bli ansedd som beskäftig.
**"What is the subject of your consultations?"**
"Vad är ämnet för era konsultationer?"
**"What is the reason for your deep miserable?"**
"Vad är orsaken till din djupa elände?"
**"Why are your words full of countenances?"**
"Varför är dina ord fulla av miner?"
**The head of the house gave the following answer.**
Husets överhuvud gav följande svar.
**"There is something you must know, me worthy guests"**
"Det finns något ni måste veta, mina värdiga gäster"
**"These lands are infested by a terrible Rakshasi"**
"Dessa länder är infekterade av en fruktansvärd Rakshasi"
**"This Rakshasi has depopulated all the regions here"**
"Denna Rakshasi har avfolkat alla regioner här"
**"This town, too, would have been depopulated"**
"Även den här staden skulle ha avfolkats"
**"But that our king became suppliant to the Rakshasi"**
"Men att vår kung bönföll till Rakshasi"
**"He begged her to show mercy to us his people"**
"Han bad henne att visa oss, hans folk, barmhärtighet"
**The Rakshasi replied to the king.**
Rakshasin svarade kungen.
**"I will consent to show mercy to your subjects"**
"Jag kommer att samtycka till att visa dina undersåtar
barmhärtighet"
**"But there is one condition for my mercy"**
"Men det finns ett villkor för min barmhärtighet"
**"Every night I demand one human being"**
"Varje natt kräver jag en människa"
**"I don't mind if it is a male or a female"**

"Jag bryr mig inte om det är en man eller en kvinna"
**"Put the human being in a temple for me to feast"**
"Sätt människan i ett tempel för mig att festa"
**"If I get a human being every night, I will rest satisfied"**
"Om jag får en människa varje natt, kommer jag att vara nöjd"
**"Promise me this and I will commit no further depredations"**
"Lova mig detta, så ska jag inte begå några ytterligare plundringar"
**"Your subjects will be spared from my ravenous hunger"**
"Era undersåtar kommer att skonas från min glupska hunger"
**"Our king had no other alternative than to agree"**
"Vår kung hade inget annat alternativ än att gå med på det"
**"What human can ever hope to contend against a Rakshasi?"**
"Vilken människa kan någonsin hoppas på att kunna kämpa mot en Rakshasi?"
**"From that day the king made a new law"**
"Från den dagen stiftade kungen en ny lag"
**"Every family has to send one member to the temple"**
"Varje familj måste skicka en medlem till templet"
**"To appease the wrath of the terrible Rakshasi"**
"För att blidka den fruktansvärde Rakshasis vrede"
**"To satisfy the endless hunger of the Rakshasi"**
"För att stilla Rakshasis oändliga hunger"
**"All the families in this neighbourhood have had their turn"**
"Alla familjer i det här området har fått sin tur"
**"This night it is the turn of our family"**
"Ikväll är det vår familjs tur"
**"One of us is to devote ourself to destruction"**
"En av oss ska ägna sig åt förintelse"
**"We are therefore discussing who should go to the Rakshasi"**
"Vi diskuterar därför vem som ska gå till Rakshasi"
**"You can now perceive the cause of our distress"**
"Ni kan nu förstå orsaken till vår nöd"
**The two friends consulted together for a few minutes.**
De två vännerna rådfrågade varandra i några minuter.

After this time they concluded their consultation.
Efter denna tid avslutade de sitt samråd.
**Sahasra-Dal was the spokesman for the brothers.**
Sahasra-Dal var brödernas talesperson.
**"Most worthy host, do not any longer be sad"**
"Värdigaste värd, var inte längre ledsen"
**"You have been very kind to us"**
"Ni har varit väldigt snälla mot oss"
**"We have resolved to requite your hospitality"**
"Vi har beslutat att återgälda er gästfrihet"
**"We will go to the temple instead of you"**
"Vi ska gå till templet istället för dig"
**"We shall go as your representatives"**
"Vi ska gå som era representanter"
**"We will become the food of the Rakshasi"**
"Vi ska bli Rakshasis mat"
**The whole family protested against the proposal.**
Hela familjen protesterade mot förslaget.
**They declared that guests were like gods.**
De förklarade att gästerna var som gudar.
**"The host must ensure the comfort of the guests"**
"Värden måste se till gästernas komfort"
**"The guests must not suffer for the host"**
"Gästerna får inte lida för värden"
**But the two strangers could not be persuaded.**
Men de två främlingarna kunde inte övertalas.
**"We will stand as proxies for your family"**
"Vi kommer att stå som ombud för din familj"
**There was a great deal of objection to the proposal.**
Det fanns många invändningar mot förslaget.
**But eventually the guests persuaded their hosts.**
Men så småningom övertalade gästerna sina värdar.
**Finally the hosts consented to the arrangement.**
Slutligen gick värdarna med på arrangemanget.

**Sahasra-Dal and Champa-Dal rode off on their horses.**
Sahasra-Dal och Champa-Dal red iväg på sina hästar.

**Immediately after candle light they reached the temple.**

Omedelbart efter stearinljusens sken anlände de till templet.

**They went into the temple, and shut the door.**

De gick in i templet och stängde dörren.

**Sahasra told his brother to go to sleep.**

Sahasra sa till sin bror att han skulle gå och lägga sig.

**"I will guard over your sleep"**

"Jag ska vaka över din sömn"

**"I will watch out for the terrible Rakshasi"**

"Jag ska se upp för den hemska Rakshasin"

**Champa was soon in a fine sleep.**

Champa somnade snart gott.

**Sahasra lay awake, waiting for the Rakshasi.**

Sahasra låg vaken och väntade på Rakshasi.

**Nothing happened during the early hours of the night.**

Ingenting hände under nattens tidiga timmar.

**But then the gong of the king's bell sounded.**

Men så ljöd kungens klocka.

**It was midnight, the dead hour of the night.**

Det var midnatt, nattens dödstimme.

**Sahasra heard the sound as of a rushing tempest.**

Sahasra hörde ljudet som av en framrusande storm.

**He used the knowledge he had of Rakshasas.**

Han använde den kunskap han hade om Rakshasas.

**He concluded the Rakshasi was nigh.**

Han drog slutsatsen att Rakshasi var nära.

**A thundering knock was heard at the door.**

En dånande knackning hördes på dörren.

**The following words accompanied the knock at the door:**

Följande ord hördes när dörren knackade:

**"How, mow, khow! A human being I smell"**

"Hur, mej, khow! Jag känner lukten av en människa"

**"Who keeps guard inside this temple?"**

"Vem håller vakt inne i detta tempel?"

**To this question Sahasra-Dal made the following reply:**

På denna fråga svarade Sahasra-Dal följande:

**"Sahasra-Dal keeps guard inside this temple"**

"Sahasra-Dal håller vakt inuti detta tempel"
**"Champa-Dal keeps guard inside this temple"**
"Champa-Dal håller vakt inuti detta tempel"
**"Two winged horses keep guard inside this temple"**
"Två bevingade hästar håller vakt inuti detta tempel"
**Rakshasa blood flowed through Sahasra-Dal's veins.**
Rakshasa-blod flödade genom Sahasra-Dals vener.
**The Rakshasi knew Sahasra-Dal was not human.**
Rakshasi visste att Sahasra-Dal inte var människa.
**And so the Rakshasi turned away with a groan.**
Och så vände sig Rakshasin bort med ett stön.
**After an hour the Rakshasi returned to the temple.**
Efter en timme återvände Rakshasin till templet.
**The Rakshasi thundered at the door again.**
Rakshasin dundrade mot dörren igen.
**"How, mow, khow! A human being I smell"**
"Hur, mej, khow! Jag känner lukten av en människa"
**"Who keeps guard inside this temple?"**
"Vem håller vakt inne i detta tempel?"
**To this question Sahasra-Dal again replied:**
På denna fråga svarade Sahasra-Dal återigen:
**"Sahasra-Dal keeps guard inside this temple"**
"Sahasra-Dal håller vakt inuti detta tempel"
**"Champa-Dal keeps guard inside this temple"**
"Champa-Dal håller vakt inuti detta tempel"
**"Two winged horses keep guard inside this temple"**
"Två bevingade hästar håller vakt inuti detta tempel "
**The Rakshasi again groaned and went away.**
Rakshasin stönade återigen och gick sin väg.
**At two o'clock the Rakshasi appeared once more.**
Klockan två uppenbarade sig Rakshasin återigen.
**And at three o'clock the Rakshasi came again.**
Och klockan tre kom Rakshasin igen.
**Each time the Rakshasi made the same inquiry.**
Varje gång gjorde Rakshasin samma fråga.
**And each time the Rakshasi left with a groan.**
Och varje gång gick Rakshasin därifrån med ett stön.

After three o'clock, however, Sahasra-Dal felt very sleepy.

Efter klockan tre kände sig dock Sahasra-Dal mycket sömnig.

He could not any longer keep awake.

Han kunde inte längre hålla sig vaken.

He therefore roused Champa.

Han väckte därför Champa.

And he told him to keep guard over the temple.

Och han befallde honom att hålla vakt över templet.

"The Rakshasi will come again in an hour"

"Rakshasin kommer tillbaka om en timme"

"The Rakshasi will ask who keeps guard here"

"Rakshasin kommer att fråga vem som håller vakt här"

"You must mention Sahasra's name first"

"Du måste nämna Sahasras namn först"

Having given these instructions he went to sleep.

Efter att ha gett dessa instruktioner gick han och somnade.

At four o'clock the Rakshasi again made her appearance.

Klockan fyra gjorde Rakshasin sitt framträdande återigen.

The Rakshasi thundered at the door, and said:

Rakshasin dundrade mot dörren och sade:

"How, mow, khow! A human being I smell"

"Hur, mej, khow! Jag känner lukten av en människa"

"Who keeps guard inside this temple?"

"Vem håller vakt inne i detta tempel?"

Champa-Dal was in a terrible fright.

Champa-Dal var fruktansvärt rädd.

He had forgotten the instructions of his brother.

Han hade glömt sin brors instruktioner.

"Champa-Dal keeps guard inside this temple"

"Champa-Dal håller vakt inuti detta tempel"

"Sahasra-Dal keeps guard inside this temple"

"Sahasra-Dal håller vakt inuti detta tempel"

"Two winged horses keep guard inside this temple"

"Två bevingade hästar håller vakt inuti detta tempel"

The Rakshasi uttered a shout of exultation.

Rakshasin utstötte ett jubelrop.

And the Rakshasi laughed how only demons can laugh.

Och Rakshasin skrattade som bara demoner kan skratta.
**With a dreadful noise the door broke open.**
Med ett fruktansvärt ljud bröts dörren upp.
**The noise roused Sahasra from his sleep.**
Ljudet väckte Sahasra ur sömnen.
**Within a moment he sprung to his feet.**
Inom ett ögonblick sprang han upp.
**He had his sword with him not only by day.**
Han hade sitt svärd med sig inte bara på dagen.
**He had his sword with him by night too.**
Han hade sitt svärd med sig om natten också.
**His sword was as supple as a palm-leaf.**
Hans svärd var smidigt som ett palmblad.
**And he cut off the head of the Rakshasi.**
Och han högg av Rakshasins huvud.
**The huge mountain of a body fell to the ground.**
Det enorma berget till kropp föll till marken.
**The body made a great noise when it fell.**
Kroppen gav ifrån sig ett högt oväsen när den föll.
**And the body covered many surrounding acres.**
Och kroppen täckte många omgivande tunnland.
**Sahasra-Dal kept the severed head of the Rakshasi.**
Sahasra-Dal behöll det avhuggna huvudet av Rakshasi.
**And he slept again with the head near him.**
Och han sov igen med huvudet nära sig.

**Early in the morning some wood-cutters came.**
Tidigt på morgonen kom några vedhuggare.
**The wood-cutters were passing near the temple.**
Vedhuggarna gick förbi nära templet.
**The wood-cutters saw the huge body on the ground.**
Vedhuggarna såg den väldiga kroppen på marken.
**So they walked towards the temple.**
Så gick de mot templet.
**Soon they saw that it was a carcass.**
Snart såg de att det var ett kadaver.
**The carcass of the terrible Rakshasi.**

Den fruktansvärda Rakshasins kadaver.

**The Rakshasi that had nearly depopulated the land.**

Rakshaserna som nästan hade avfolkat landet.

**There had been a bounty for this Rakshasi.**

Det hade utlovats en belöning för denna Rakshasi.

**The king offered the hand of his daughter.**

Kungen erbjöd sin dotters hand.

**And the king had offered half the kingdom.**

Och kungen hade erbjudit halva kungariket.

**He would trade it all for the head of the Rakshasi.**

Han skulle byta alltihop mot Rakshasis huvud.

**The wood-cutters saw no claimant at hand.**

Vedhuggarna såg ingen skadelidande till hands.

**So they went to get the reward.**

Så gick de för att hämta belöningen.

**Each wood-cutter cut off a limb from the Rakshasi.**

Varje vedhuggare högg av en gren från Rakshasi.

**And each wood-cutter went to the king.**

Och varje vedhuggare gick till kungen.

**And each wood-cutter tried to claim the reward.**

Och varje vedhuggare försökte göra anspråk på belöningen.

**"I am the destroyer of the great man eater"**

"Jag är den stora människoätarens förstörare"

**"I have come to claim my reward"**

"Jag har kommit för att hämta min belöning"

**The king knew there could only be one hero.**

Kungen visste att det bara kunde finnas en hjälte.

**So he made an inquiry with his minister.**

Så han gjorde en förfrågan hos sin minister.

**"What family's turn was it last night?"**

"Vilken familjs tur var det igår kväll?"

**"And who is the head of that family?"**

"Och vem är familjens överhuvud?"

**The king's minister set out to find the family.**

Kungens minister gav sig ut för att leta efter familjen.

**He brought the head of the family to the king.**

Han förde familjens överhuvud till kungen.

And the head of the family told of his guests.
Och familjens överhuvud berättade om sina gäster.
"Last night two youthful travelers came to me"
"I går kväll kom två unga resenärer till mig"
"We offered to be their hosts for the night"
"Vi erbjöd oss att vara deras värdar för natten"
"Soon they discovered the problem we had"
"Snart upptäckte de problemet vi hade"
"And they volunteered to take our place"
"Och de anmälde sig frivilligt att ta vår plats"
"They went to the temple, instead of one of us"
"De gick till templet, istället för en av oss"
The king took his men to the temple.
Kungen tog sina män till templet.
The door of the temple was broken open.
Templets dörr bröts upp.
They found the two brothers sleeping.
De fann de två bröderna sovande.
And the horses were safe in the temple too.
Och hästarna var också trygga i templet.
And the head of the Rakshasi was there too.
Och chefen för Rakshasin var också där.
There was no doubt about who had killed the monster.
Det rådde ingen tvekan om vem som hade dödat monstret.
The real hero had been discovered.
Den verkliga hjälten hade upptäckts.
And the king kept true to his word.
Och kungen höll sitt ord.
He gave the hand of his daughter to Sahasra-Dal.
Han räckte sin dotters hand till Sahasra-Dal.
And he gave him half his kingdom too.
Och han gav honom också halva sitt rike.
Champa-Dal remained with his friend.
Champa-Dal stannade kvar hos sin vän.
And he rejoiced in Sahasra-Dal's prosperity.
Och han gladde sig över Sahasra-Dals välstånd.
And they lived together happily for some time.

Och de levde lyckligt tillsammans en tid.

**But one day a misunderstanding arose between them.**
Men en dag uppstod ett missförstånd mellan dem.
**The queen-mother had a certain maid-servant.**
Drottningmodern hade en viss tjänarinna.
**This maid-servant was the most useful domestic.**
Denna tjänstekvinna var den mest användbara
hushållstjänsten.
**She could turn her hand to any task.**
Hon kunde vända handen till vilken uppgift som helst.
**And she had uncommon strength for a woman.**
Och hon hade ovanlig styrka för att vara kvinna.
**Her intelligence was not lacking either.**
Hennes intelligens saknades inte heller.
**And she had a remarkable amount of energy.**
Och hon hade en anmärkningsvärd mängd energi.
**She would have been quickly missed in the palace.**
Hon skulle snabbt ha blivit saknad i palatset.
**The zenana was completely dependent on her.**
Zenana var helt beroende av henne.
**Hence her services were highly valued.**
Därför var hennes tjänster högt värderade.
**The queen-mother appreciated her very much.**
Drottningmodern uppskattade henne mycket.
**And the ladies of the palace valued her too.**
Och palatsets damer värderade henne också.
**But this valuable woman was not a woman.**
Men denna värdefulla kvinna var inte en kvinna.
**What this woman was was a Rakshasi.**
Vad den här kvinnan var var en Rakshasi.
**She had put on the appearance of a woman.**
Hon hade utgett sig av en kvinna.
**She had her own nefarious reasons for doing this.**
Hon hade sina egna ondskefulla skäl till att göra detta.
**And then she took service in the royal household.**
Och sedan tog hon tjänst i det kungliga hushållet.

**At night she used to assume her own real form.**
På natten brukade hon anta sin egen verkliga skepnad.
**When everyone in the palace was asleep.**
När alla i palatset sov.
**And then she went about in search of food.**
Och sedan gick hon omkring för att leta efter mat.
**Because her hunger was not satisfied at the palace.**
För att hennes hunger inte var stillad i palatset.
**A Rakshasi needs much more food than a man or woman.**
En Rakshasi behöver mycket mer mat än en man eller kvinna.
**At this time Champa-Dal had no wife.**
Vid denna tidpunkt hade Champa-Dal ingen hustru.
**So he often slept outside the zenana.**
Så sov han ofta utanför zenana.
**He was not far from the outer gate of the palace.**
Han var inte långt från palatsets yttre port.
**And from there he could observe her.**
Och därifrån kunde han observera henne.
**He saw her devouring sundry goats and sheep.**
Han såg henne sluka diverse getter och får.
**And he saw her devouring horses and elephants.**
Och han såg henne sluka hästar och elefanter.
**This of course was not good for the maid-servant.**
Detta var naturligtvis inte bra för tjänstekvinnan.
**Champa-Dal was in the way of her supper.**
Champa-Dal var i vägen för hennes kvällsmat.
**So she was determined to get rid of him.**
Så hon var fast besluten att bli av med honom.
**One day she went to the queen-mother.**
En dag gick hon till drottningmodern.
**"Queen-mother," she said to her.**
"Drottningmoder", sa hon till henne.
**"I can no longer work in the palace"**
"Jag kan inte längre arbeta i palatset"
**"Why?" asked the queen-mother.**
"Varför?" frågade drottningmodern.
**"What is the matter, Dasi" she wanted to know.**

"Vad är det som är fel, Dasi?" ville hon veta.
**"How can I go on without you?"**
"Hur kan jag fortsätta utan dig?"
**"Tell me your reasons for leaving"**
"Berätta dina skäl till att du lämnade"
**The maid-servant explained her situation.**
Tjänstejungfrun förklarade sin situation.
**"I am but a poor woman in this palace"**
"Jag är bara en fattig kvinna i detta palats"
**"A woman like me can't preserve her honor here"**
"En kvinna som jag kan inte bevara sin heder här"
**"Your son-in-law has a friend, Champa-Dal"**
"Din svärson har en vän, Champa-Dal"
**"He always cracks indecent jokes with me"**
"Han skämtar alltid oanständigt med mig"
**"I would rather beg for my rice than to lose my honor"**
"Jag tigger hellre om mitt ris än förlorar min heder"
**"If Champa-Dal remains in the palace I must go away"**
"Om Champa-Dal stannar kvar i palatset måste jag ge mig av"
**The maid-servant was irreplicable in the palace.**
Tjänstejungfrun var oklanderlig i palatset.
**The queen-mother knew what sacrifice to make.**
Drottningmodern visste vilket offer hon skulle göra.
**Champa-Dal was going to have to leave the palace.**
Champa-Dal var tvungen att lämna palatset.
**And she told Sahasra-Dal all her reasons.**
Och hon berättade för Sahasra-Dal alla sina skäl.
**"Champa-Dal is a bad man"**
"Champa-Dal är en ond man"
**"His character and morals are loose"**
"Hans karaktär och moral är lös"
**"He must leave this palace at once"**
"Han måste lämna detta palats omedelbart"
**Sahasra-Dal did his best to persuade her otherwise.**
Sahasra-Dal gjorde sitt bästa för att övertyga henne om
motsatsen.
**He earnestly pleaded on behalf of his friend.**

Han vädjade innerligt för sin vän.
**But his efforts were in vain.**
Men hans ansträngningar var förgäves.
**The queen-mother had made up her mind.**
Drottningmodern hade bestämt sig.
**He had to be driven out of the palace.**
Han var tvungen att drivas ut ur palatset.
**Sahasra-Dal had not the courage to tell his friend.**
Sahasra-Dal hade inte modet att berätta det för sin vän.
**He therefore wrote a letter to him.**
Han skrev därför ett brev till honom.
**In the letter he was vague about the reason.**
I brevet var han vag om orsaken.
**But either way, he was going to have to leave.**
Men hur som helst var han tvungen att gå.
**Champa-Dal went to have a bath.**
Champa-Dal gick för att ta ett bad.
**And the letter was put in his room.**
Och brevet lades i hans rum.
**Champa-Dal was grieved upon reading the letter.**
Champa-Dal blev bedrövad när han läste brevet.
**He mounted his fleet of horses.**
Han besteg sin hästflotta.
**And on his horses, he left the palace.**
Och på sina hästar lämnade han palatset.

**Champa's horses were uncommonly fleet.**
Champas hästar var ovanligt snabba.
**Soon he had traversed thousands of miles.**
Snart hade han tillryggalagt tusentals mil.
**And eventually he reached a new city.**
Och så småningom nådde han en ny stad.
**He stood at the gateway of a magnificent palace.**
Han stod vid porten till ett magnifikt palats.
**He dismounted from his horse.**
Han steg av sin häst.
**And he entered the palace.**

Och han gick in i palatset.
**But in the palace he met not a single creature.**
Men i palatset mötte han inte en enda varelse.
**He went from apartment to apartment.**
Han gick från lägenhet till lägenhet.
**All the rooms were richly furnished.**
Alla rummen var rikt möblerade.
**But none of the rooms were lived in.**
Men inget av rummen var bebott.
**But in the end he came to a different room.**
Men till slut kom han till ett annat rum.
**In this room there was a young lady.**
I det här rummet fanns en ung dam.
**The young lady was of heavenly beauty.**
Den unga damen var av himmelsk skönhet.
**And she was lying down on a splendid bedstead.**
Och hon låg ner på en praktfull sängbotten.
**The beautiful young lady was asleep.**
Den vackra unga damen sov.
**Champa-Dal looked upon the sleeping beauty.**
Champa-Dal tittade på Törnrosa.
**He was captivated by what he was seeing.**
Han var fängslad av vad han såg.
**He had not seen any woman so beautiful.**
Han hade inte sett någon så vacker kvinna.
**Upon the bed there were two sticks.**
På sängen låg två pinnar.
**The two sticks were near the woman's head.**
De två pinnarna var nära kvinnans huvud.
**One of the sticks was made of silver.**
En av pinnarna var gjord av silver.
**And the other stick was made of gold.**
Och den andra staven var gjord av guld.
**Champa took the silver stick into his hand.**
Champa tog silverstaven i sin hand.
**And with the stick he touched the body of the lady.**
Och med käppen rörde han vid damens kropp.

**But no change was perceptible to her sleep.**
Men ingen förändring var märkbar i hennes sömn.
**He then took up the gold stick.**
Sedan tog han upp guldstaven.
**And with the stick he touched the body of the lady.**
Och med käppen rörde han vid damens kropp.
**This time the young lady did awake.**
Den här gången vaknade den unga damen.
**Eyeing the stranger, she inquired who he was.**
Hon tittade på främlingen och frågade vem han var.
**"I am Champa-Dal," he told her.**
"Jag är Champa-Dal", sa han till henne.
**"There was once a poor dimwitted Brahman"**
"Det var en gång en fattig, tråkig brahman"
**"This dimwitted man had a wife, but no children"**
"Den här dumma mannen hade en fru, men inga barn"
**"But him not having children was probably for the best"**
"Men att han inte fick barn var nog det bästa"
**"Because he was barely able to meet his own needs"**
"Eftersom han knappt kunde tillgodose sina egna behov"
**"And he could hardly supply enough for his wife"**
"Och han kunde knappt förse sin fru med tillräckligt"
**"But his dimwittedness was not even his biggest problem"**
"Men hans tråkighet var inte ens hans största problem"
**And he continued the story as we have followed it.**
Och han fortsatte berättelsen så som vi har följt den.
**"My mother concluded her fate was sealed"**
"Min mor drog slutsatsen att hennes öde var beseglat"
**"And she thought my father would meet the same fate"**
"Och hon trodde att min far skulle möta samma öde"
**"And she did not expect me to be spared either"**
"Och hon förväntade sig inte heller att jag skulle bli skonad"
**"That night she hardly slept at all"**
"Den natten sov hon knappt alls"
**"The Rakshasi had prevented her from seeing my father"**
"Rakshasin hade hindrat henne från att träffa min far"
**"Early next morning I went to school"**

"Tidigt nästa morgon gick jag till skolan"
**"Before I went to school she gave me a golden bottle"**
"Innan jag började skolan gav hon mig en gyllene flaska"
**"In the golden bottle was her own breast milk"**
"I den gyllene flaskan fanns hennes egen bröstmjölk"
**"I was told to carefully watch the colour of the milk"**
"Jag blev tillsagd att noggrant titta på mjölkens färg"
**And he continued the story as we have followed it.**
Och han fortsatte berättelsen så som vi har följt den.
**"We will stand as proxies for your family"**
"Vi kommer att stå som ombud för din familj"
**"There was a great deal of objection to our proposal"**
"Det fanns många invändningar mot vårt förslag"
**"But eventually we persuaded our hosts"**
"Men till slut övertalade vi våra värdar"
**"Finally the hosts consented to the arrangement"**
"Till slut gick värdarna med på arrangemanget"
**And he continued the story as we have followed it.**
Och han fortsatte berättelsen så som vi har följt den.
**"So I often slept outside the zenana"**
"Så jag sov ofta utanför zenana"
**"I was not far from the outer gate of the palace"**
"Jag var inte långt från palatsets yttre port"
**"And from there I could observe her"**
"Och därifrån kunde jag observera henne"
**"I saw her devouring sundry goats and sheep"**
"Jag såg henne sluka diverse getter och får "
**"And I saw her devouring horses and elephants"**
"Och jag såg henne sluka hästar och elefanter"
**And he continued the story as we have followed it.**
Och han fortsatte berättelsen så som vi har följt den.
**"One day a letter was put in my room"**
"En dag lades ett brev i mitt rum"
**"I was grieved upon reading the letter"**
"Jag blev ledsen när jag läste brevet"
**"I mounted my fleet of horses"**
"Jag bestigde min flotta hästar"

**"And on my horses he left the palace"**
"Och på mina hästar lämnade han palatset"
**"My horse are uncommonly fleet"**
"Mina hästar är ovanligt snabba"
**"Soon I had traversed thousands of miles"**
"Snart hade jag tillryggalagt tusentals mil"
**"And eventually I reached a new city"**
"Och så småningom nådde jag en ny stad"
**And he continued the story as we have followed it.**
Och han fortsatte berättelsen så som vi har följt den.
**"I took the silver stick into his hand"**
"Jag tog silverstaven i hans hand"
**"And with the stick I touched your body"**
"Och med pinnen rörde jag vid din kropp"
**"But no change was perceptible to your sleep"**
"Men ingen förändring märktes i din sömn"
**"I then took up the gold stick"**
"Sedan tog jag upp guldstaven"
**And with the stick he touched your body.**
Och med pinnen rörde han vid din kropp.
**"This time you did awake from your sleep"**
"Den här gången vaknade du ur din sömn"
**The young lady had listened to Champa-Dal's story.**
Den unga damen hade lyssnat på Champa-Dals berättelse.
**The young lady was in fact a princess.**
Den unga damen var i själva verket en prinsessa.
**"Unhappy man! why have you come here?"**
"Olycklig man! varför har du kommit hit?"
**"This is the country of Rakshasas"**
"Detta är Rakshasornas land"
**"No less than seven hundred Rakshasas live here"**
"Inte mindre än sjuhundra Rakshasor bor här"
**"Every morning the Rakshasas leave"**
"Varje morgon ger sig Rakshasorna av"
**"They go to the other side of the ocean"**
"De går till andra sidan havet"
**"And they search for provisions there"**

"Och de letar efter proviant där"
**"And before dusk they return again"**
"Och före skymningen återvänder de igen"
**"My father was king in these regions"**
"Min far var kung i dessa trakter"
**"His kingdom had millions of subjects"**
"Hans kungarike hade miljontals undersåtar"
**"They lived in flourishing towns and cities"**
"De bodde i blomstrande städer"
**"But some years ago the Rakshasas invaded"**
"Men för några år sedan invaderade rakshasorna"
**"And they devoured all the subjects of the kingdom"**
"Och de slukade alla rikets undersåtar"
**"The Rakshasas devoured my father and my mother"**
"Rakshasorna slukade min far och min mor"
**"The Rakshasas devoured my brothers and sisters"**
"Rakshasorna slukade mina bröder och systrar"
**"And they devoured all the cattle of the country"**
"Och de slukade all boskap i landet"
**"There is no living human being in these regions"**
"Det finns ingen levande människa i dessa regioner"
**"I am the last human living left"**
"Jag är den sista levande människan som finns kvar"
**"I too would have been devoured long ago"**
"Jag skulle också ha blivit uppslukad för länge sedan"
**"But an old Rakshasi took a liking to me"**
"Men en gammal Rakshasi tyckte om mig"
**"She prevents the other Rakshasas from eating me"**
"Hon hindrar de andra Räckhasorna från att äta mig"
**"Do you see those sticks of silver and gold?"**
"Ser du de där silver- och guldstavarna?"
**"Every morning she kills me with the silver stick"**
"Varje morgon dödar hon mig med silverstaven"
**"Every evening she re-animates me with the gold stick"**
"Varje kväll återupplivar hon mig med guldstaven"
**"I do not know how to advise you"**
"Jag vet inte hur jag ska ge dig råd"

**"If the Rakshasas see you, you are a dead man"**
"Om rakshasorna ser dig, är du en död man"
**Then they talked in a very affectionate manner.**
Sedan pratade de på ett mycket kärleksfullt sätt.
**And they laid their heads together.**
Och de lade sina huvuden ihop.
**And they thought to devise a means of escape.**
Och de tänkte uttänka ett sätt att fly.
**Some way to get out of the hands of the Rakshasas.**
Något sätt att komma undan Rakshasornas händer.


**The hour of the return of the Rakshasas was coming.**
Stunden för Rakshasornas återkomst var nära förestående.
**The seven hundred flesh-eaters were soon returning.**
De sjuhundra köttätarna återvände snart.
**Keshavati called out to Champa-Dal.**
Keshavati ropade till Champa-Dal.
**(Because that was the name of the princess)**
(Eftersom det var prinsessans namn)
**"Hide yourself in the heaps of the sacred trefoil"**
"Göm dig i högarna av den heliga klövern"
**But first Champ Dal picked up the silver stick.**
Men först plockade Champ Dal upp silverstaven.
**He touched Keshavati with the silver stick.**
Han rörde vid Keshavati med silverstaven.
**And as soon as he touched her, she died.**
Och så snart han rörde vid henne, dog hon.
**Then he went to the center of the temple of Siva.**
Sedan gick han till mitten av Sivas tempel.
**And he hid beneath the heaps of sacred trefoil.**
Och han gömde sig under högarna av heligt treklöver.
**From his hiding place he heard the sound of wind rushing.**
Från sitt gömställe hörde han ljudet av en susande vind.
**Then he heard terrible noises in the palace.**
Sedan hörde han fruktansvärda ljud i palatset.
**The Rakshasas had come home from their hunt.**
Rakshasorna hade kommit hem från sin jakt.

They had filled their stomachs with meat.
De hade fyllt sina magar med kött.
Sundry goats, sheep, cows, horses, buffaloes.
Diverse getter, får, kor, hästar, bufflar.
And they had devoured elephants too.
Och de hade slukat elefanter också.
The old Rakshasi returned to the palace too.
Den gamle Rakshasin återvände också till palatset.
She went to the room of the sleeping princess.
Hon gick till den sovande prinsessans rum.
And she woke her with the stick made of gold.
Och hon väckte henne med pinnen av guld.
"Hye, mye, khye! A human being I smell"
"Hye, mye, khye! Jag känner lukten av en människa"
"I am the only human being here," said the princess.
"Jag är den enda människan här", sa prinsessan.
"Eat me if you like," added Keshavati.
"Ät mig om du vill", tillade Keshavati.
To this the Rakshasi replied:
På detta svarade Rakshasin:
"Let me eat up your enemies"
"Låt mig äta upp dina fiender"
"Why should I eat you?" she asked the princess.
"Varför skulle jag äta dig?" frågade hon prinsessan.
She laid herself down on the ground.
Hon lade sig ner på marken.
She was as long and high as the Vindhya Hills.
Hon var lika lång och hög som Vindhyabergen.
And in this position she fell asleep.
Och i den här positionen somnade hon.
The other Rakshasas and Rakshasis soon fell asleep too.
De andra Rakshasorna och Rakshasierna somnade snart också.
Because they were tired from their gigantic labor.
För att de var trötta av sitt enorma arbete.
Keshavati also composed herself to sleep.
Keshavati samlade sig också för att somna.
But Champa did not dare to come out from under the leaves.

Men Champa vågade inte komma fram under löven.
**And he tried his best to pray to the god of repose.**
Och han gjorde sitt bästa att be till vilans gud.


**At daybreak all seven hundred Rakshasas got up again.**
Vid gryningen reste sig alla sjuhundra Räckhasor igen.
**They went on their usual predatory excursion.**
De gav sig ut på sin vanliga rovlystna utflykt.
**And along with them went the old Rakshasi.**
Och med dem gick den gamle Rakshasin.
**But first the old Rakshasi picked up the silver stick.**
Men först plockade den gamle Rakshasin upp silverstaven.
**And she touched Keshavati with the silver stick.**
Och hon rörde vid Keshavati med silverstaven.
**Soon the coast was clear for Champa-Dal.**
Snart var kusten fri för Champa-Dal.
**And he dared to come out from under the pile of leaves.**
Och han vågade komma fram under lövhögen.
**He walked back into the room of the princess.**
Han gick tillbaka in i prinsessans rum.
**And he touched her with the golden stick.**
Och han rörde vid henne med den gyllene staven.
**And the princess revived from her death again.**
Och prinsessan återupplivades från sin död.
**They sauntered about in the gardens.**
De strosade omkring i trädgårdarna.
**They enjoyed the cool breeze of the morning.**
De njöt av morgonens svala bris.
**They bathed in a lucid pool of water.**
De badade i en klar vattenpöl.
**And they ate and drank food in the palace.**
Och de åt och drack mat i palatset.
**And they spent the day in sweet converse.**
Och de tillbringade dagen i trevligt samtal.
**And they concocted a plan for their deliverance.**
Och de smidde ut en plan för sin befrielse.
**Keshavaity was going to speak to the old Rakshasi.**

Keshavaity skulle tala med den gamle Rakshasin.
**She was going to ask on what a Rakshasa's life depended.**
Hon skulle fråga vad en Rakshasas liv hängde på.
**And with that secret they were going to act accordingly.**
Och med den hemligheten skulle de agera därefter.

**The hour of the return of the Rakshasas was coming again.**
Timmen för Rakshasornas återkomst närmade sig återigen.
**And events unfolded as they had the evening before.**
Och händelserna utspelade sig precis som kvällen innan.
**The seven hundred flesh-eaters were returning to the palace.**
De sjuhundra köttätarna återvände till palatset.
**Champ Dal touched Keshavati with the silver stick.**
Champ Dal rörde vid Keshavati med silverstaven.
**She died like the had died the night before.**
Hon dog som hon hade dött natten innan.
**Champa-Dal went to the center of the temple of Siva.**
Champa-Dal gick till mitten av Sivas tempel.
**He hid beneath the heaps of sacred trefoil again.**
Han gömde sig under högarna av helig treklöver igen.
**He heard the sound of wind rushing.**
Han hörde ljudet av vinden som rusade.
**And he heard terrible noises in the palace.**
Och han hörde fruktansvärda ljud i palatset.
**The Rakshasas had come home from their hunt.**
Rakshasorna hade kommit hem från sin jakt.
**They had filled their stomachs with meat.**
De hade fyllt sina magar med kött.
**Sundry goats, sheep, cows, horses, buffaloes.**
Diverse getter, får, kor, hästar, bufflar.
**And they had devoured elephants too.**
Och de hade slukat elefanter också.
**The old Rakshasi returned to the palace too.**
Den gamle Rakshasin återvände också till palatset.
**She went to the room of the sleeping princess.**
Hon gick till den sovande prinsessans rum.
**And she woke her with the stick made of gold.**

Och hon väckte henne med pinnen av guld.

**"Hye, mye, khye! A human being I smell"**

"Hye, mye, khye! Jag känner lukten av en människa"

**"I am the only human being here," said the princess.**

"Jag är den enda människan här", sa prinsessan.

**"Eat me if you like," added Keshavati.**

"Ät mig om du vill", tillade Keshavati.

**To this the Rakshasi replied:**

På detta svarade Rakshasin:

**"Let me eat up your enemies"**

"Låt mig äta upp dina fiender"

**"Why should I eat you?" she asked the princess.**

"Varför skulle jag äta dig?" frågade hon prinsessan.

**She laid herself down on the ground.**

Hon lade sig ner på marken.

**And she looked like a part of the Himalaya mountains.**

Och hon såg ut som en del av Himalayabergen.

**Keshavati had a phial of heated mustard oil.**

Keshavati hade en flaska med uppvärmd senapsolja.

**And she approached the foot of the Rakshasi.**

Och hon närmade sig foten av Rakshasi.

**"Mother, your feet are sore from walking"**

"Mamma, dina fötter är ömma av att gå"

**"Let me rub your sore feet with oil"**

"Låt mig gnida in dina ömma fötter med olja"

**And she began to rub with oil the Rakshasi's feet.**

Och hon började gnida in Rakshasins fötter med olja.

**Then a few tear-drops fell from the eyes of the princess.**

Sedan föll några tårar från prinsessans ögon.

**And the tear-drops landed on the monster's legs.**

Och tårdropparna landade på monstrets ben.

**The Rakshasi tasted the tear-drops with her lips.**

Rakshasin smakade på tårdropparna med läpparna.

**And she found the tear-drops tasted briny.**

Och hon tyckte att tårdropparna smakade salt.

**"Why are you weeping, darling?" asked the Rakshasi.**

"Varför gråter du, älskling?" frågade Rakshasin.

"What aileth thee?" she wanted to know.

"Vad är det som väjer för dig?" ville hon veta.

**The princess tried to stop herself from crying.**

Prinsessan försökte hålla tillbaka gråten.

**"Mother, I am weeping because you are old"**

"Mor, jag gråter för att du är gammal"

**"When you die one of the Rakshasas will devour me"**

"När du dör kommer en av Räckhasorna att sluka mig"

**"When I die?! Don't be foolish, girl"**

"När jag dör?! Var inte dum, flicka"

**"Don't you know that Rakshasas never die?"**

"Vet du inte att rakshasor aldrig dör?"

**"We are not naturally immortal"**

"Vi är inte naturligt odödliga"

**"There is a secret to our strength"**

"Det finns en hemlighet bakom vår styrka"

**"But no human can unravel this secret"**

"Men ingen människa kan avslöja denna hemlighet"

**"But let me tell you the secret"**

"Men låt mig berätta hemligheten för dig"

**"So that you are comforted a little"**

"Så att du blir lite tröstad"

**"Do you see the pool of water in the palace?"**

"Ser du vattenpölen i palatset?"

**"In that pool of water is a Sphatikasthamba"**

"I den där vattenpölen finns en Sphatikasthamba"

**"The Sphatikasthamba is deep in the water"**

"Sphatikasthamba ligger djupt nere i vattnet"

**"And on the Sphatikasthamba are two bees"**

"Och på Sphatikasthamba finns två bin"

**"A human being would have to dive into the water"**

"En människa skulle behöva dyka ner i vattnet"

**"The human being would have to bring the bees onto dry land"**

"Människan skulle behöva föra bina upp på torra land "

**"Then the human being would have to kill the two bees"**

"Då skulle människan behöva döda de två bina"

**"But not a drop of their blood must touch the ground"**
"Men inte en droppe av deras blod får röra marken"
**"Only then can a human kill a Rakshasa"**
"Först då kan en människa döda en Rakshasa"
**"But if the blood touches the ground, a thousand Rakshasas will rise"**
"Men om blodet vidrör marken, kommer tusen Rakshasor att resa sig"
**"But what human will find out this secret?"**
"Men vilken människa kommer att få reda på denna hemlighet?"
**"And what human can achieve this feat?"**
"Och vilken människa kan uppnå denna bedrift?"
**"No human knows the secret to the life of a Rakshasa"**
"Ingen människa känner till hemligheten bakom en Rakshasas liv"
**"And no human can achieve such a feat"**
"Och ingen människa kan uppnå en sådan bedrift"
**"So there is no reason to be sad, my darling"**
"Så det finns ingen anledning att vara ledsen, min älskling"
**"I am practically immortal," she confirmed.**
"Jag är praktiskt taget odödlig", bekräftade hon.
**Keshavati treasured the secret in her memory.**
Keshavati bevarade hemligheten i sitt minne.
**And then she went back to sleep.**
Och sedan somnade hon om.

**Next morning the Rakshasas, as usual, went away.**
Nästa morgon gick Rakshasorna, som vanligt, iväg.
**Champa came out of his hiding-place.**
Champa kom ut ur sitt gömställe.
**And he roused Keshavati from her sleep.**
Och han väckte Keshavati ur hennes sömn.
**The princess told him the secret she had learnt.**
Prinsessan berättade för honom hemligheten hon hade fått veta.
**Champa-Dal immediately started to prepare himself.**

Champa-Dal började omedelbart förbereda sig.
**He brought to the pool a knife.**
Han tog med sig en kniv till poolen.
**And he brought a quantity of ashes.**
Och han medförde en mängd aska.
**He took off his heavy clothes.**
Han tog av sig sina tunga kläder.
**He put a drop or two of mustard oil into each ear.**
Han hällde en eller två droppar senapsolja i varje öra.
**To prevent water from entering into his ears.**
För att förhindra att vatten kommer in i hans öron.
**He swam out into the middle of the water.**
Han simmade ut mitt i vattnet.
**And from there he dove down into the pool.**
Och därifrån dök han ner i dammen.
**Soon he reached the top of the crystal pillar.**
Snart nådde han toppen av kristallpelaren.
**And on Sphatikasthamba were the two bees.**
Och på Sphatikasthamba fanns de två bina.
**He caught hold of the two bees he found there.**
Han grep tag i de två bina han hittade där.
**And he swam up again in a singular breath.**
Och han simmade upp igen i ett enda andetag.
**He took the knife he had left at the edge of the water.**
Han tog kniven som han hade lämnat vid vattenbrynet.
**And over the ashes he cut up the bees.**
Och över askan högg han sönder bina.
**A drop or two of the blood fell from the bees.**
En droppe eller två av blodet föll från bina.
**But their blood did not touch the ground.**
Men deras blod nådde inte marken.
**Instead, their blood landed on the ashes.**
Istället landade deras blod på askan.
**A terrible scream was heard at a distance.**
Ett fruktansvärt skrik hördes på avstånd.
**The scream was the wailing of the Rakshasas.**
Skriket var Rakshasornas klagan.

They were all running home as fast as they could.
De sprang alla hem så fort de kunde.
They wanted to prevent the bees from being killed.
De ville förhindra att bina dödades.
But they could not reach the palace in time.
Men de kunde inte nå palatset i tid.
Because the bees had already perished.
Eftersom bina redan hade dött ut.
The moment the bees were killed, all the Rakshasas died.
I det ögonblick bina dödades dog alla Rakshasor.
Their carcasses fell on the very spot they were standing.
Deras kadaver föll just där de stod.
Their carcasses now blocked the gateway of the palace.
Deras kadaver blockerade nu palatsets port.
In this manner the seven hundred Rakshasas were
destroyed.
På detta sätt förintades de sjuhundra Rakshasorna.


Afterwards Champa-Dal and Keshavati got married.
Efteråt gifte sig Champa-Dal och Keshavati.
They made the traditional exchange of garlands of flowers.
De utbytte blomstergirlanger på traditionellt sätt.
The princess had never been out of the house.
Prinsessan hade aldrig varit ute ur huset.
So she naturally expressed a desire to see the outer world.
Så uttryckte hon naturligtvis en önskan att se världen utanför.
Every morning and evening they went on long walks.
Varje morgon och kväll gick de på långa promenader.
There was a large river Keshavati wished to bathe in.
Det fanns en stor flod som Keshavati ville bada i.
As she bathed one of Keshavati's hairs came off.
När hon badade föll ett av Keshavatis hårstrån av.
There was a special custom in those times.
Det fanns en speciell sedvänja på den tiden.
A woman never threw away a hair away by itself.
En kvinna kastade aldrig bort ett hårstrå av sig själv.
A sea-shell was floating in the water.

Ett snäckskal flöt i vattnet.
**So Keshavati tied the strand of hair to the sea-shell.**
Så band Keshavati hårstrået fast vid snäckskalet.
**And then the couple returned to the palace.**
Och sedan återvände paret till palatset.
**Meanwhile the sea-shell floated down the stream.**
Under tiden flöt snäckskal nedför bäcken.
**And in due time the sea-shell reached another bathing spot.**
Och med tiden nådde snäckskalket en annan badplats.
**This was the bathing spot Sahasra-Dal went to.**
Det var detta badplatsen Sahasra-Dal besökte.
**Here Champa-Dal's brother performed his ablutions.**
Här utförde Champa-Dals bror sina tvagning.
**On this day Sahasra-Dal was in the water.**
Denna dag var Sahasra-Dal i vattnet.
**He was bathing and swimming with his friends.**
Han badade och simmade med sina vänner.
**And so the sea-shell floated past the men.**
Och så flöt snäckskal förbi männen.
**The men were in a playful mood that day.**
Männen var på lekfullt humör den dagen.
**"Whoever gets to the sea-shell first wins"**
"Den som först når snäckskal vinner"
**And so they all swam towards the sea-shell.**
Och så simmade de alla mot snäckskal.
**Sahasra-Dal was the strongest swimmer among his friends.**
Sahasra-Dal var den starkaste simmaren bland sina vänner.
**And so he was the first the reach the sea-shell.**
Och så var han den förste som nådde snäckskal.
**Examining the seashell, he found a hair tied to it.**
När han undersökte snäckskalet fann han ett hårstrå som var
fastbundet vid det.
**But it was a hair of extraordinary length.**
Men det var ett hårstrå av extraordinär längd.
**He had never seen such a long hair.**
Han hade aldrig sett så långt hår.
**The strand of hair was exactly seven cubits long.**

Hårstråets var exakt sju alnar långt.
**"This strand of hair must belong to a woman"**
"Det här hårstråets måste tillhöra en kvinna"
**"And this woman must be very remarkable"**
"Och den här kvinnan måste vara mycket anmärkningsvärd"
**"I must see who this remarkable woman is"**
"Jag måste se vem denna fantastiska kvinna är"
**Sahasra-Dal was determined to find the remarkable woman.**
Sahasra-Dal var fast besluten att hitta den anmärkningsvärda kvinnan.
**He went home from the river in a pensive mood.**
Han gick hem från floden i ett fundersamt humör.
**And he did not proceed to the zenana for breakfast.**
Och han fortsatte inte till zenana för frukost.
**Instead he remained in the outer part of the palace.**
Istället stannade han kvar i den yttre delen av palatset.
**The queen-mother heard about Sahasra-Dal's melancholy.**
Drottningmodern hörde talas om Sahasra-Dals melankoli.
**And she heard he had not come to breakfast.**
Och hon hörde att han inte hade kommit till frukost.
**So she went to him and asked the reason.**
Så gick hon till honom och frågade om orsaken.
**He showed her the strand of hair he had found.**
Han visade henne hårstråets han hade hittat.
**"I must see the woman who's head this strand of hair adorned"**
"Jag måste se kvinnan vars huvud är prydt med denna hårstrå"
**The queen-mother was happy to help her son-in-law.**
Drottningmodern var glad att kunna hjälpa sin svärson.
**"Very well," she said to him.**
"Mycket bra", sa hon till honom.
**"You shall soon have that lady in the palace"**
"Ni kommer snart att ha den damen i palatset"
**"I promise you to bring her here"**
"Jag lovar dig att ta henne hit"
**The queen mother already had a plan.**

Drottningmodern hade redan en plan.

**Her favourite maid-servant would be good at the job.**

Hennes favoritpiga skulle vara duktig på jobbet.

**Because this maid-servant was very resourceful.**

Eftersom denna tjänstekvinna var mycket påhittig.

**Of course the queen-mother did not really know her maid.**

Naturligtvis kände drottningmodern egentligen inte sin kammarjungfru.

**She did not know her favourite maid was a Rakshasi.**

Hon visste inte att hennes favoritpiga var en Rakshasi.

**"Please find the owner of this strand of hair," she asked.**

"Snälla, hitta ägaren till det här hårstrået", bad hon.

**And her maid-servant more than politely agreed.**

Och hennes tjänstekvinna gick mer än artigt med på det.

**"It would my pleasure to find this woman"**

"Det skulle vara ett nöje att hitta den här kvinnan"

**"I will soon bring her to the palace"**

"Jag ska snart ta henne till palatset"

**"I will need a boat build from Hajol wood"**

"Jag behöver bygga en båt av Hajol-trä"

**"The oars of the boat must be made from Mon-Paban wood"**

"Båtens åror måste vara gjorda av Mon-Paban-trä"

**The boat makers soon made the boat.**

Båtmakarna tillverkade snart båten.

**And the boat was launched on the stream.**

Och båten sjösattes på strömmen.

**The maid-servant went on board of the boat.**

Tjänstejungfrun gick ombord på båten.

**With her she took some baskets of wicker.**

Med sig tog hon några korgar med rotting.

**The baskets of wicker were of curious workmanship.**

Korgarna av rotting var av märkligt utfört.

**She also took with her some sweetmeats.**

Hon tog också med sig lite godis.

**Into the sweetmeats some poison had been mixed.**

I sötsakerna hade något gift blandats.

**She snapped her fingers thrice.**

Hon knäppte med fingrarna tre gånger.

**And then she uttered the following charm:**

Och sedan uttalade hon följande besvärjelse:

**"Boat of Hajol! Oars of Mon Paban!"**

"Båt av Hajol! Åror från Mon Paban!"

**"Take me to the Ghat,"**

"Ta mig till Ghat,"

**"The Ghat in which Keshavati bathes"**

"Ghat där Keshavati badar"

**The boat heeded to her command.**

Båten lydde hennes befallning.

**And the boat flew like lightning over the waters.**

Och båten flög som blixten över vattnet.

**And the boat left many towns and cities behind.**

Och båten lämnade många städer och byar bakom sig.

**At last the boat stopped at a bathing-place.**

Till slut stannade båten vid en badplats.

**The Rakshasi maid-servant had reached her goal.**

Rakshasi-tjänstepiken hade nått sitt mål.

**She concluded it was the bathing ghat of Keshavati.**

Hon drog slutsatsen att det var Keshavati-badghaten.

**She landed with the sweetmeats in her hand.**

Hon landade med sötsakerna i handen.

**She went to the gate of the palace, and cried aloud:**

Hon gick till palatsets port och ropade högt:

**"Oh Keshavati! Keshavati! I am your aunt"**

"Åh Keshavati! Keshavati! Jag är din moster"

**"Oh Keshavati, I am your mother's sister"**

"Åh Keshavati, jag är din mors syster"

**"I have come to see you, my darling"**

"Jag har kommit för att träffa dig, min älskling"

**"I have come after so many years"**

"Jag har kommit efter så många år"

**"Are you home, Keshavati?" she asked.**

"Är du hemma, Keshavati?" frågade hon.

**The princess heard the words of the false-aunt.**

Prinsessan hörde den falska mosters ord.

**She came out of her room and to the entrance of the palace.**
Hon kom ut ur sitt rum och till palatsets ingång.
**She had no doubt that it was really her aunt.**
Hon tvivlade inte på att det verkligen var hennes moster.
**And she embraced and kissed her aunt.**
Och hon omfamnade och kysste sin moster.
**They both wept rivers of joy.**
De grät båda floder av glädje.
**Although you should know the Rakshasi wept first.**
Fast du borde veta att Rakshasin grät först.
**Keshavati wept with her out of empathy.**
Keshavati grät med henne av empati.
**Champa-Dal also believed the Rakshasi to be her aunt.**
Champa-Dal trodde också att Rakshasin var hennes moster.
**They all ate and drank and enjoyed the happy occasion.**
De åt och drack alla och njöt av den glada händelsen.
**And then they took rest in the middle of the day.**
Och sedan vilade de mitt på dagen.
**And they celebrated again in the evening.**
Och de firade igen på kvällen.

**The next day the celebrations continued at breakfast.**
Nästa dag fortsatte firandet vid frukosten.
**Champa-Dal had a habit of sleeping after breakfast.**
Champa-Dal hade för vana att sova efter frukost.
**Towards afternoon, the supposed aunt said to Keshavati:**
Mot eftermiddagen sa den förmodade fastern till Keshavati:
**"Let us both go to the river and wash ourselves:**
"Låt oss båda gå till floden och tvätta oss:
**Keshavati replied, "How can we go now?"**
Keshavati svarade: "Hur kan vi gå nu?"
**"My husband is sleeping," she explained.**
"Min man sover", förklarade hon.
**"Do not worry about your husband's sleep," said the aunt.**
"Oroa dig inte för din mans sömn", sa tanten.
**"Let him sleep as much as he likes"**
"Låt honom sova så mycket han vill"

**"Let me put these sweetmeats near his bedside"**
"Låt mig lägga de här sötsakerna nära hans sängkant"
**"That way, when he awakes, he has something to eat"**
"På så sätt har han något att äta när han vaknar"
**Then they then went to the river-side.**
Sedan gick de till flodstranden.
**They went close to the spot where the boat was.**
De gick nära platsen där båten låg.
**From a distance Keshavati saw the baskets of wicker-work.**
På avstånd såg Keshavati korgarna av rotting.
**"Aunt, what beautiful things are those!"**
"Moster, vilka vackra saker det där är!"
**"I wish I could get some of those wicker baskets"**
"Jag önskar att jag kunde få några av de där rottingkorgarna"
**Her aunt happily obliged her.**
Hennes moster gjorde det glatt.
**"Come, my child, and look at the wicker baskets"**
"Kom, mitt barn, och titta på korgarna"
**"You can have as many baskets as you like"**
"Du kan ha så många korgar du vill"
**Keshavati at first refused to go into the boat.**
Keshavati vägrade först att gå ombord på båten.
**But her aunt was very persuasive.**
Men hennes moster var mycket övertygande.
**And finally she went onto the boat.**
Och slutligen gick hon ombord på båten.
**But once on the boat her aunt did a strange thing.**
Men väl ombord på båten gjorde hennes moster något
konstigt.
**The aunt snapped her fingers thrice and said:**
Tanten knäppte med fingrarna tre gånger och sa:
**"Boat of Hajol! Oars of Mon-Paban!"**
"Båt av Hajol! Åror av Mon-Paban!"
**"Take me to the Ghat,"**
"Ta mig till Ghat,"
**"The Ghat in which Sahasra-Dal bathes"**
"Ghat där Sahasra-Dal badar"

**And the boat heeded to her command.**
Och båten lydde hennes befallning.
**And the boat flew like an arrow over the waters.**
Och båten flög som en pil över vattnet.
**Keshavati was frightened and began to cry.**
Keshavati blev rädd och började gråta.
**But the boat went on despite her crying.**
Men båten fortsatte trots hennes gråt.
**And the boat left behind many towns and cities.**
Och båten lämnade många städer och byar bakom sig.
**In a trice the boat reached its destination.**
På ett ögonblick nådde båten sin destination.
**The ghat where Sahasra-Dal was in the habit of bathing.**
Ghaten där Sahasra-Dal brukade bada.
**Keshavati was taken to the palace.**
Keshavati fördes till palatset.
**Sahasra-Dal admired her beauty and the length of her hair.**
Sahasra-Dal beundrade hennes skönhet och längden på
hennes hår.
**And the ladies of the palace tried their best to comfort her.**
Och palatsdamerna gjorde sitt bästa för att trösta henne.
**But she set up a loud cry of protest.**
Men hon satte upp ett högt protestrop.
**And she wanted to be taken back to her husband.**
Och hon ville bli förd tillbaka till sin man.
**Finally she saw that she had been taken captive.**
Till slut såg hon att hon hade blivit tillfångatagen.
**So she spoke to the ladies of the palace.**
Så talade hon med damerna i palatset.
**"Upon marriage I made a vow to my husband"**
"Vid giftermålet avlade jag ett löfte till min man"
**"I promised not to look upon the face of any other man"**
"Jag lovade att inte se någon annan mans ansikte"
**"I promised to uphold this vow for six months"**
"Jag lovade att hålla detta löfte i sex månader"
**She was then lodged away from the others in the palace.**
Hon inkvarterades sedan avskilt från de andra i palatset.

And she was given a small house to live in.
Och hon fick ett litet hus att bo i.
The window of the house overlooked the road.
Husets fönster vette mot vägen.
There she spent the livelong day.
Där tillbringade hon hela den långa dagen.
And there she spent the livelong night.
Och där tillbringade hon den långa natten.
Because she had very little sleep.
För hon hade sovit väldigt lite.
Because her time was spent in sighing and weeping.
Eftersom hennes tid gick åt till att suckna och gråta.

In the meantime Champa-Dal awoke from his sleep.
Under tiden vaknade Champa-Dal ur sin sömn.
He was distracted with the grief of not finding his wife.
Han var distraherad av sorgen över att inte ha hittat sin fru.
His suspicions turned to the aunt of Keshavati.
Hans misstankar riktades mot Keshavati's moster.
He knew she was a cheat and an impostor.
Han visste att hon var en bedragare och en bedragare.
It must have been her who carried away Keshavati.
Det måste ha varit hon som förde bort Keshavati.
He did not eat the sweetmeats left for him.
Han åt inte upp de sötsaker som lämnades åt honom.
Because he suspected the sweets to have been poisoned.
Eftersom han misstänkte att godiset var förgiftat.
He threw one of the sweets to a crow.
Han kastade ett av godisarna till en kråka.
The moment the crow ate the sweet, it dropped down dead.
I samma ögonblick som kråkan åt sötsaken, föll den död ner.
This confirmed his suspicion of the pretend aunt.
Detta bekräftade hans misstanke om låtsastanten.
Maddened with grief, he rushed out of the house.
Rasande av sorg rusade han ut ur huset.
He was determined to go wherever his feet took him.
Han var fast besluten att gå vart hans fötter än förde honom.

**Like a madman he blubbered, "Oh Keshavati! Oh Keshavati!"**

Liksom en galning brummade han: "Åh Keshavati! Åh Keshavati!"

**He travelled on foot day after day.**

Han reste till fots dag efter dag.

**And he followed whatever way his feet took him.**

Och han följde i vilken riktning hans fötter förde honom.

**Six months he spent travelling in this wearisome manner.**

Sex månader tillbringade han med att resa på detta tröttsamma sätt.

**After six month he reached the capital of Sahasra-Dal.**

Efter sex månader nådde han huvudstaden i Sahasra-Dal.

**He passed by the gate of the palace.**

Han gick förbi palatsets port.

**And from the road he could see a small house.**

Och från vägen kunde han se ett litet hus.

**And from in the house he could hear sighs.**

Och inifrån huset kunde han höra suckar.

**Champa-Dal instantly recognized his wife.**

Champa-Dal kände genast igen sin fru.

**And Keshavita instantly recognized her husband.**

Och Keshavita kände genast igen sin man.

**Keshavita told her husband everything that had happened.**

Keshavita berättade för sin man allt som hade hänt.

**"The woman asked to go bathing after breakfast"**

"Kvinnan bad om att få gå och bada efter frukosten"

**"At the river there was a boat"**

"Vid floden låg en båt"

**"The woman persuaded me onto the boat"**

"Kvinnan övertalade mig ombord på båten"

**"And then the boat took us to this place"**

"Och sedan tog båten oss till den här platsen"

**"I realized that I had been made captive"**

"Jag insåg att jag hade blivit tillfångatagen"

**"So I told them of my vows to you"**

"Så berättade jag för dem om mina löften till dig"

"But tomorrow will be the end of six month"
"Men imorgon är det slutet på sex månader"
There was a custom in those days.
Det fanns en sedvänja på den tiden.
The fulfilments of vows were publicly recited.
Uppfyllelsen av löften reciterades offentligt.
This was normally fulfilled by a learned Brahman.
Detta uppfylldes normalt av en lärd brahman.
They planned for Champa-Dal to take on this role.
De planerade att Champa-Dal skulle ta på sig den här rollen.
And so that evening the palace drum was beat.
Och så den kvällen slogs palatstrumman.
The king wanted a learned Brahman to make a recitation.
Kungen ville att en lärd brahman skulle hålla en recitation.
The story of Keshavati on the fulfilment of her vow.
Berättelsen om Keshavati om uppfyllandet av sitt löfte.
Champa-Dal touched the drum and volunteered.
Champa-Dal rörde vid trumman och anmälde sig frivilligt.
"I will make the recitation of Keshavita's vows"
"Jag ska recitera Keshavitas löften"
The next morning all assembled in the courtyard.
Nästa morgon samlades alla på gården.
The old king and the queen mother.
Den gamle kungen och drottningmodern.
Sahasra-Dal and his wife were there.
Sahasra-Dal och hans fru var där.
All the courtiers and the learned Brahmans of the country.
Alla hovmän och landets lärda brahmaner.
All royalty was under a huge canopy of silk.
Alla kungligheter var under ett enormt baldakin av siden.
Keshavati was also there, but behind a veil.
Keshavati var också där, men bakom en slöja.
So that she wouldn't be exposed to the rude gaze of people.
Så att hon inte skulle utsättas för människors otrevliga blickar.
Champa-Dal, the reciter, sat on a dais.
Champa-Dal, recitatören, satt på en podiet.
And he began to tell the story of Keshavati.

Och han började berätta Keshavati-historien.

**"There was once a poor dimwitted Brahman"**

"Det var en gång en fattig, tråkig brahman"

**"This dimwitted man had a wife, but no children"**

"Den här dumma mannen hade en fru, men inga barn"

**"But him not having children was probably for the best"**

"Men att han inte fick barn var nog det bästa"

**"Because he was barely able to meet his own needs"**

"Eftersom han knappt kunde tillgodose sina egna behov"

**"And he could hardly supply enough for his wife"**

"Och han kunde knappt förse sin fru med tillräckligt"

**"But his dimwittedness was not even his biggest problem"**

"Men hans tråkighet var inte ens hans största problem"

**And he continued the story as we have followed it.**

Och han fortsatte berättelsen så som vi har följt den.

**And sometimes he turned around to Keshavati.**

Och ibland vände han sig om till Keshavati.

**And he asked her if he was telling the story correctly.**

Och han frågade henne om han berättade historien rätt.

**And she told him he was telling the story correctly.**

Och hon sa att han berättade historien korrekt.

**"The Brahman woman concluded her fate was sealed"**

"Brahman-kvinnan drog slutsatsen att hennes öde var beseglat"

**"And she thought her husband would meet the same fate"**

"Och hon trodde att hennes man skulle möta samma öde"

**"And she did not expect her son to be spared either"**

"Och hon förväntade sig inte heller att hennes son skulle skonas"

**"That night she hardly slept at all"**

"Den natten sov hon knappt alls"

**"The Rakshasi had prevented her from seeing her husband"**

"Rakshasin hade hindrat henne från att träffa sin man"

**"Early next morning Champa-Dal went to school"**

"Tidigt nästa morgon gick Champa-Dal till skolan"

**"Before he went to school, she gave her son a golden bottle"**

"Innan han började skolan gav hon sin son en gyllene flaska"

"In the golden bottle was her own breast milk"
"I den gyllene flaskan fanns hennes egen bröstmjölk"
"Carefully watch the colour of the milk"
"Var noga med att titta på mjölkens färg "
**During the recitation the Rakshasi maid-servant grew pale.**
Under recitationen blev Rakshasi-tjänstekvinnan blek.
**She perceived that her real character was going to be discovered.**
Hon insåg att hennes sanna karaktär skulle avslöjas.
**And Sahasra-Dal was astonished at the knowledge of the reciter.**
Och Sahasra-Dal var förvånad över recitatörens kunskap.
**The reciter clearly told the history of the prince's life.**
Recitatoren berättade tydligt historien om prinsens liv.
"A drop or two of the blood fell from the bees"
"En droppe eller två av blodet föll från bina"
**"But their blood did not touch the ground"**
"Men deras blod nådde inte marken"
**"Instead, their blood landed on the ashes"**
"Istället föll deras blod på askan"
**"A terrible scream was heard at a distance"**
"Ett fruktansvärt skrik hördes på avstånd"
**"The scream was the wailing of the Rakshasas"**
"Skriket var rakshasornas klagan"
**"They were all running home as fast as they could"**
"De sprang alla hem så fort de kunde"
**"They wanted to prevent the bees from being killed"**
"De ville förhindra att bina dödades"
**"But they could not reach the palace in time"**
"Men de kunde inte nå palatset i tid"
**"Because the bees had already been killed"**
"Eftersom bina redan hade dödats"
**"The moment the bees were killed, all the Rakshasas died"**
"I samma ögonblick som bina dödades dog alla rakshasor"
**"Their carcasses fell on the very spot they were standing"**
"Deras kroppar föll just där de stod"
**"Their carcasses now blocked the gateway of the palace"**

"Deras kadaver blockerade nu palatsets port"

**"In this manner the seven hundred Rakshasas were destroyed"**

"På detta sätt förintades de sjuhundra Räckhasorna"

**All where enthralled by the story of the Rakshasas.**

Alla var trollbundna av berättelsen om Rakshasorna.

**Because the story was being told by a true storyteller.**

För att historien berättades av en sann historieberättare.

**All enjoyed the story except for the maid-servant.**

Alla njöt av berättelsen utom tjänstekvinnan.

**Because her real character was bound to be discovered.**

För hennes sanna karaktär skulle avslöjas.

**"Champa-Dal touched the drum and volunteered.**

"Champa-Dal rörde vid trumman och anmälde sig frivilligt."

**"I will make the recitation of Keshavita's vows"**

"Jag ska recitera Keshavitas löften"

**"The next morning all assembled in the courtyard"**

"Nästa morgon samlades alla på gården"

**"The old king and the queen mother"**

"Den gamle kungen och drottningmodern"

**"Sahasra-Dal and his wife were there"**

"Sahasra-Dal och hans fru var där"

**"All the courtiers and the learned Brahmans of the country"**

"Alla hovmän och landets lärda brahmaner"

**"All royalty was under a huge canopy of silk"**

"Alla kungligheter var under ett enormt tak av siden"

**"Keshavati was also there, but behind a veil"**

"Keshavati var också där, men bakom en slöja"

**"So that she wouldn't be exposed to the rude gaze of people"**

"Så att hon inte skulle utsättas för människors oförskämda blickar"

**"Champa-Dal, the reciter, sat on a dais"**

"Champa-Dal, recitatören, satt på en podiet"

**"And he began to tell the story of Keshavati"**

"Och han började berätta historien om Keshavati"

**Sahasra-Dal jumped up from his seat.**

Sahasra-Dal hoppade upp från sin plats.

**And he embraced the reciter of the story.**
Och han omfamnade berättaren.
**"You can be none other than my brother Champa-Dal"**
"Du kan inte vara någon annan än min bror Champa-Dal"
**Then the prince was inflamed with rage.**
Då upptändes prinsen av raseri.
**He ordered the maid-servant to come into his presence.**
Han beordrade tjänstekvinnan att komma in i hans närvaro.
**A hole the height of a man was dug in the ground.**
Ett hål i manshöjd grävdes i marken.
**And the maid-servant was put into the hole, standing.**
Och tjänstekvinnan kastades stående ner i gropen.
**Prickly thorns were heaped around her.**
Taggiga törnen låg staplade runt henne.
**Up to the crown of her head she was covered in thorns.**
Upp till hjässan var hon täckt av törnen.
**In this way the maid-servant was buried alive.**
På detta sätt begravdes tjänstekvinnan levande.
**After this all lived happily together for many years.**
Efter detta levde alla lyckligt tillsammans i många år.
**Sahasra-Dal and his princess, and Champa-Dal and Keshavati.**
Sahasra-Dal och hans prinsessa, och Champa-Dal och Keshavati.

## The Story of Swet and Bachanta
### Berättelsen om Swet och Bachanta

**There was once upon a time a rich merchant.**
Det var en gång en rik köpman.
**This rich merchant had only one son.**
Denne rike köpman hade bara en son.
**And he loved his only son very much.**
Och han älskade sin ende son mycket.
**He gave to his son whatever he wanted.**
Han gav sin son vad han än ville.
**Of course his son wanted a beautiful house.**
Självklart ville hans son ha ett vackert hus.
**And he also wanted to have a large garden.**
Och han ville också ha en stor trädgård.
**So a beautiful house was built for him.**
Så byggdes ett vackert hus åt honom.
**And a fine garden was made for him too.**
Och en fin trädgård anlades också åt honom.
**The merchant's son was pleased with the garden.**
Köpmannens son var nöjd med trädgården.
**And he enjoyed walking in the garden.**
Och han tyckte om att promenera i trädgården.
**One day a bird's nest caught his attention.**
En dag fångade ett fågelbo hans uppmärksamhet.
**This bird happens to be called Toontooni.**
Den här fågeln råkar heta Toontooni.
**He put his hand into the small bird's nest.**
Han stack in handen i det lilla fågelboet.
**And in the nest he found an egg.**
Och i boet hittade han ett ägg.
**He took the egg out of its nest.**
Han tog ut ägget ur boet.
**There was an almirah in the wall of his house.**
Det fanns en almirah i väggen i hans hus.
**So he put the egg in the almirah.**
Så lade han ägget i almirahn.

He closed the door of the almirah.
Han stängde dörren till almirahn.
And then he thought no more of the egg.
Och sedan tänkte han inte mer på ägget.
The merchant's son had a house of his own.
Köpmannens son hade ett eget hus.
But he had a house without a household.
Men han hade ett hus utan ett hushåll.
So in his house there was no cook.
Så i hans hus fanns det ingen kock.
But he had no need for his own cook.
Men han behövde ingen egen kock.
Because his mother regularly sent him food.
Eftersom hans mamma regelbundet skickade honom mat.
In the morning she sent him breakfast.
På morgonen skickade hon honom frukost.
And every day she had dinner sent to him.
Och varje dag fick hon middag skickad till honom.
One day the egg in the almirah burst.
En dag sprack ägget i almirahn.
But it was not a bird that came out of the egg.
Men det var inte en fågel som kom ut ur ägget.
Out of the egg came a beautiful infant.
Ur ägget kom ett vackert spädbarn.
The infant was not a bird, but a human girl.
Spädbarnet var inte en fågel, utan en mänsklig flicka.
But the merchant's son knew nothing of the event.
Men köpmannens son visste ingenting om händelsen.
He had forgotten everything about the egg.
Han hade glömt allt om ägget.
The door of the wall-almirah had been kept closed.
Dörren till vägg-almirah hade hållits stängd.
However, the merchant's son did not lock the door.
Köpmannens son låste dock inte dörren.
The child grew up within the wall-almirah.
Barnet växte upp inom muren-almirah.
She had no knowledge of the merchant's son.

Hon hade ingen kännedom om köpmannens son.

**Nor did she know of anyone else.**

Hon kände inte heller till någon annan.

**When the child could walk it grew curious.**

När barnet kunde gå blev det nyfiket.

**And out of curiosity she opened the door.**

Och av nyfikenhet öppnade hon dörren.

**That day, too, the mother had sent breakfast.**

Även den dagen hade mamman skickat frukost.

**And the breakfast had been put on the floor.**

Och frukosten hade ställts på golvet.

**The child saw the food that was on the floor.**

Barnet såg maten som låg på golvet.

**Of course the child ate from the food.**

Självklart åt barnet av maten.

**And then the child returned into the wall.**

Och sedan återvände barnet in i väggen.

**The merchant's mother always made a lot of food.**

Köpmannens mor lagade alltid mycket mat.

**It was more food than he could possibly eat.**

Det var mer mat än han möjligen kunde äta.

**So he didn't notice that any food was missing.**

Så han märkte inte att någon mat saknades.

**The girl of the wall-almirah came out every day.**

Flickan från mur-almirah kom ut varje dag.

**And every day she ate a part of the food.**

Och varje dag åt hon en del av maten.

**After eating the food she returned to the almirah.**

Efter att ha ätit maten återvände hon till almirahn.

**But with time the girl got older and older.**

Men med tiden blev flickan äldre och äldre.

**And with age she got bigger and bigger.**

Och med åldern blev hon större och större.

**And the bigger she got the hungrier she got.**

Och ju större hon blev, desto hungrigare blev hon.

**And she began to eat more of the food each day.**

Och hon började äta mer av maten varje dag.

**Eventually the merchant's son noticed the missing food.**
Så småningom lade köpmannens son märke till den saknade
maten.
**But he had no way of knowing where the food went.**
Men han hade inget sätt att veta vart maten tog vägen.
**The last thing he suspected was a girl from inside the
almirah.**
Det sista han misstänkte var en flicka inifrån almirahn.
**And so he came to a very different conclusion.**
Och så kom han fram till en helt annan slutsats.
**"Why is mother sending such a small quantity of food?".**
"Varför skickar mamma så lite mat?"
**And he had a message sent to his mother.**
Och han skickade ett meddelande till sin mamma.
**"Why am I being sent insufficient food?".**
"Varför får jag inte tillräckligt med mat?"
**"And why is the dish served so slovenly?".**
"Och varför serveras rätten så slarvigt?"
**Of course we know why the food was insufficient.**
Naturligtvis vet vi varför maten var otillräcklig.
**And we know why the food was presented slovenly.**
Och vi vet varför maten presenterades slarvigt.
**The girl from in the wall ate from his food.**
Flickan inifrån väggen åt av hans mat.
**And as she ate she fingered the rice and curry.**
Och medan hon åt fingrade hon på riset och curryn.
**And she always hurried back into her cell in the wall.**
Och hon skyndade sig alltid tillbaka in i sin cell i väggen.
**So that she would not be seen by anyone.**
Så att hon inte skulle synas av någon.
**She had no time to put the rice in proper order.**
Hon hade ingen tid att ordna riset ordentligt.
**The mother was astonished at her son's complaint.**
Modern blev förvånad över sin sons klagomål.
**She gave him more than he could eat.**
Hon gav honom mer än han kunde äta.
**The food was served up on a silver plate.**

Maten serverades på ett silverfat.

**And she neatly arranged the food herself.**

Och hon ordnade maten snyggt själv.

**But her son repeated the same complaint again.**

Men hennes son upprepade samma klagomål igen.

**Day after day he complained of the small portions.**

Dag efter dag klagade han på de små portionerna.

**Day after day he complained of the messy food.**

Dag efter dag klagade han på den kladdiga maten.

**And so his mother began to suspect foul play.**

Och så började hans mamma misstänka ett brott.

**She told her son to watch over the food.**

Hon sa åt sin son att hålla koll på maten.

**"See if anyone is eating your food".**

"Se om någon äter din mat".

**The next day a servant brought the food.**

Nästa dag kom en tjänare med maten.

**The servant laid the food in a clean place.**

Tjänaren lade fram maten på en ren plats.

**Normally the merchant's son took a bath.**

Vanligtvis badade köpmannens son.

**But this day he did not go for a bath.**

Men den här dagen badade han inte.

**Instead, on this day he hid himself nearby.**

Istället gömde han sig denna dag i närheten.

**From his hiding place he could see the food.**

Från sitt gömställe kunde han se maten.

**The merchant's son did not have to wait for long.**

Köpmannens son behövde inte vänta länge.

**Soon he saw the wall-almirah open.**

Snart såg han väggen-almirah öppen.

**And he saw a beautiful damsel step out.**

Och han såg en vacker jungfru komma ut.

**She could not have been more than sixteen.**

Hon kunde inte ha varit äldre än sexton.

**She sat on the carpet by the breakfast.**

Hon satt på mattan vid frukosten.

And she began to eat from the food left on the floor.
Och hon började äta av maten som låg kvar på golvet.
The merchant's son came out of his hiding-place.
Köpmannens son kom ut ur sitt gömställe.
And the damsel could not escape from him.
Och flickan kunde inte fly från honom.
"Who are you, beautiful creature?".
"Vem är du, vackra varelse?"
"You do not seem to be earth-born".
"Du verkar inte vara jordfödd."
"Are you one of the daughters of the gods?".
"Är du en av gudarnas döttrar?"
The girl replied, "I do not know who I am".
Flickan svarade: "Jag vet inte vem jag är."
"But there is one thing I do know," the girl continued.
"Men det finns en sak jag vet", fortsatte flickan.
"One day I found myself in the almirah in the wall".
"En dag befann jag mig i almiran i muren."
"And since then I have been living in the wall".
"Och sedan dess har jag bott i väggen."
The merchant's son thought her story was strange.
Köpmannens son tyckte att hennes historia var märklig.
But then he thought a bit more about the story.
Men sedan tänkte han lite mer på historien.
And he remembered what happened sixteen years ago.
Och han kom ihåg vad som hände för sexton år sedan.
He remembered the nest of the toontoori bird.
Han kom ihåg toonoorifågelns bo.
And he remembered finding an egg in the nest.
Och han mindes att han hittat ett ägg i boet.
And he remembered putting the egg in the almirah.
Och han kom ihåg att han lade ägget i almirahn.
The wall-almirah girl was of uncommon beauty.
Wall-almirah-flickan var av ovanlig skönhet.
And the merchant's son was struck by her beauty.
Och köpmannens son slogs av hennes skönhet.
Her beauty made a deep impression on his mind.

Hennes skönhet gjorde ett djupt intryck på hans sinne.
**And he resolved in his mind to marry her.**
Och han bestämde sig för att gifta sig med henne.
**From then on the girl didn't stay in the almirah.**
Från och med då stannade inte flickan kvar i almirahn.
**She was given a room in the merchant's son's house.**
Hon fick ett rum i köpmannens sons hus.
**The next day the merchant's son wrote a message.**
Nästa dag skrev köpmannens son ett meddelande.
**And he had the message sent to his mother.**
Och han skickade meddelandet till sin mamma.
**You can guess the general theme of the message.**
Du kan gissa meddelandets övergripande tema.
**The merchant's son said he would like to get married.**
Köpmannens son sa att han gärna ville gifta sig.
**The mother of the merchant's son reproached herself.**
Köpmannens sons mor förebrådde sig själv.
**She had not tried to find a wife for his son.**
Hon hade inte försökt hitta en hustru åt hans son.
**She felt she should have thought of his marriage.**
Hon kände att hon borde ha tänkt på hans äktenskap.
**And so she promptly replied to her son's message.**
Och så svarade hon genast på sin sons meddelande.
**She and her father were going to send out ghataks.**
Hon och hennes pappa skulle skicka ut ghataker.
**The ghataks were going to go to different countries.**
Ghatakerna skulle åka till olika länder.
**There they were going to look for suitable brides.**
Där skulle de leta efter lämpliga brudar.
**But the merchant's son said there would be no need.**
Men köpmannens son sa att det inte skulle behövas.
**He had secured himself a lovely young lady.**
Han hade säkrat sig en vacker ung dam.
**If they had no objection, he would introduce her to them.**
Om de inte hade några invändningar skulle han presentera
henne för dem.
**And so the young lady was taken to the merchant's house.**

Och så fördes den unga damen till köpmannens hus.
**The merchant and his wife welcomed the stranger.**
Köpmannen och hans hustru välkomnade främlingen.
**And they were also struck by her unmatched beauty.**
Och de var också imponerade av hennes oöverträffade skönhet.
**The girl was of perfect loveliness and grace.**
Flickan var av fullkomlig skönhet och elegans.
**The parents made no questions to her birth.**
Föräldrarna ifrågasatte inte hennes födelse.
**And the nuptials were celebrated there and then.**
Och bröllopet firades där och då.

**In the course of time the merchant's son had two sons.**
Med tiden fick köpmannens son två söner.
**The elder of the sons he named Swet.**
Den äldste av sönerna gav han namnet Swet.
**And the younger son he named Basanta.**
Och den yngre sonen gav han namnet Basanta.
**After the passing of more time the old merchant died.**
Efter en längre tid dog den gamle köpmannen.
**So the merchant's son now became the merchant.**
Så blev köpmannens son nu köpmannen.
**And after some time his mother died too.**
Och efter en tid dog även hans mor.
**Swet and Basanta grew up to be fine lads.**
Swet och Basanta växte upp och blev duktiga pojkar.
**And the elder son was in due time married.**
Och den äldste sonen gifte sig i sinom tid.
**Sometime after Swet's marriage his mother also died.**
Någon gång efter Swets äktenskap dog också hans mor.
**The girl from in the wall was no more.**
Flickan från väggen var inte mer.
**The widower lost no time in marrying again.**
Änklingen förlorade ingen tid utan gifte sig om.
**And he had a new young and beautiful wife.**
Och han hade en ny ung och vacker fru.

**Swet's wife was older than his stepmother.**
Swets fru var äldre än hans styvmor.
**So his wife became the mistress of the house.**
Så blev hans hustru husets älskarinna.
**The stepmother was like all stepmothers are.**
Styvmodern var som alla styvmödrar är.
**She hated Swet and Basanta with a perfect hatred.**
Hon hatade Swet och Basanta med ett fullkomligt hat.
**And the two ladies also couldn't stand each other.**
Och de två damerna tålde inte heller varandra.
**It so happened one day that a fisherman came.**
Det hände sig så en dag att en fiskare kom.
**The fisherman brought to the merchant a fish.**
Fiskaren kom med en fisk till köpmannen.
**This fish was of singular and remarkable beauty.**
Denna fisk var av enastående och anmärkningsvärd skönhet.
**It was unlike any other fish that had been seen.**
Den var olik alla andra fiskar som man hade sett.
**And the fish had other qualities too.**
Och fisken hade även andra egenskaper.
**The fisherman explained the wonders of the fish.**
Fiskaren förklarade fiskens underverk.
**"Two things will happen if you eat this fish".**
"Två saker kommer att hända om du äter den här fisken."
**"When you laugh maniks will drop from your mouth".**
"När du skrattar kommer det att falla manikurer ur din mun."
**"And when you weep pearls will drop from your eyes".**
"Och när ni gråter faller pärlor från era ögon."
**The merchant was astounded by what he had heard.**
Köpmannen blev förbluffad över vad han hade hört.
**And he wanted the wonderful properties of the fish.**
Och han ville ha fiskens underbara egenskaper.
**And so he bought the fish at one thousand rupees.**
Och så köpte han fisken för tusen rupier.
**And he put the fish into the hands of Swet's wife.**
Och han lade fisken i Swets frus händer.
**Because Swet's wife was the mistress of the house.**

Eftersom Swets fru var husets älskarinna.
**He strictly instructed her to cook the fish well.**
Han instruerade henne strikt att tillaga fisken väl.
**And he told her to give the fish to him alone to eat.**
Och han sa åt henne att ge fisken åt honom ensam att äta.
**The house-mother however knew the fish's secret.**
Husmodern kände dock till fiskens hemlighet.
**She had overheard what the fisherman had said.**
Hon hade hört vad fiskaren hade sagt.
**Secretly she made a different plan in her mind.**
I hemlighet gjorde hon upp en annan plan.
**She was going to cook the fish for her husband.**
Hon skulle laga fisken åt sin man.
**And she was going to share the fish with his brother.**
Och hon skulle dela fisken med hans bror.
**For her father-in-law she was going to prepare a frog.**
Till sin svärfar skulle hon tillaga en groda.
**Soon she had finished cooking the marvelous fish.**
Snart var hon klar med att tillaga den fantastiska fisken.
**And she had finished cooking a frog too.**
Och hon hade också tillagat färdigt en groda.
**But from the kitchen she could hear a squabble.**
Men från köket hörde hon ett gräl.
**She could hear who it was that was arguing.**
Hon kunde höra vem det var som bråkade.
**Her stepmother-in-law and her husband's brother.**
Hennes styvmor och hennes mans bror.
**And she understood the cause of the argument.**
Och hon förstod orsaken till grälet.
**Basanta was still but a young lad.**
Basanta var fortfarande bara en ung pojke.
**But he was passionately fond of his pigeons.**
Men han var passionerat förtjust i sina duvor.
**And he tamed his pigeons very well.**
Och han tämjde sina duvor mycket bra.
**Nonetheless, one of his pigeons had escaped.**
Ändå hade en av hans duvor rymt.

**And the pigeon flew into his stepmother's room.**
Och duvan flög in i hans styvmors rum.
**His stepmother hid the pigeon in her clothes.**
Hans styvmor gömde duvan i sina kläder.
**Basanta rushed after the pigeon into the room.**
Basanta rusade efter duvan in i rummet.
**And he loudly demanded to have the pigeon back.**
Och han krävde högljutt att få tillbaka duvan.
**His stepmother denied having the pigeon.**
Hans styvmor förnekade att hon hade duvan.
**Swet, however, did know she had the pigeon.**
Swet visste dock att hon hade duvan.
**And the older brother forcibly took the bird.**
Och den äldre brodern tog fågeln med våld.
**And he freed the pigeon from her clothes.**
Och han befriade duvan från hennes kläder.
**And he gave the pigeon back to his brother.**
Och han gav tillbaka duvan till sin bror.
**The stepmother cursed and swore, and added;**
Styvmodern svor och svor, och tillade;
**"Wait until the head of the house comes home".**
"Vänta tills husets överhuvud kommer hem."
**"He will get no water till he sheds your blood".**
"Han skall inte få vatten förrän han har utgjutit ditt blod."
**Swet's wife called her husband and said to him;**
Swets fru ringde sin man och sade till honom;
**"My dearest lord, that woman is a most wicked woman".**
"Min käraste herre, den kvinnan är en ytterst ond kvinna."
**"And she has boundless influence over my father-in-law".**
"Och hon har gränslöst inflytande över min svärfar."
**"She will make him do what she has threatened".**
"Hon kommer att få honom att göra vad hon har hotat med."
**"All our lives are in imminent danger".**
"Allas våra liv är i omedelbar fara."
**"But let us first eat a little," she added.**
"Men låt oss först äta lite", tillade hon.
**"And then let us all three run away from this place".**

"Och låt oss sedan alla tre fly härifrån."
**Swet forthwith called Basanta to him.**
Swet kallade genast Basanta till sig.
**And he told him what he had heard from his wife.**
Och han berättade för honom vad han hade hört av sin fru.
**They resolved to run away before nightfall.**
De bestämde sig för att fly innan natten föll.
**The woman placed before her husband the fish.**
Kvinnan ställde fisken framför sin man.
**And her brother-in-law ate of the fish too.**
Och hennes svåger åt också av fisken.
**And they ate of the fish heartily.**
Och de åt av fisken med glädje.
**The woman packed up all her jewels in a box.**
Kvinnan packade alla sina juveler i en låda.
**There was only one horse in the stables.**
Det fanns bara en häst i stallet.
**But the horse was of uncommon fleetness.**
Men hästen var ovanligt snabb.
**They could all sit on the horse together.**
De kunde alla sitta på hästen tillsammans.
**Swet held the reins of the horse.**
Swet höll i hästens tyglar.
**The woman sat in the middle of the horse.**
Kvinnan satt mitt på hästen.
**And she had the jewel-box in her lap.**
Och hon hade juvelskrinet i knät.
**And Basanta sat on the rear of the horse.**
Och Basanta satt på hästens bakdel.
**The horse galloped with the utmost swiftness.**
Hästen galopperade med största snabbhet.
**They passed through many a plain and noted town.**
De passerade genom många enkla och ansedda städer.
**After midnight they found themselves in a forest.**
Efter midnatt befann de sig i en skog.
**And they were not far from the banks of a river.**
Och de var inte långt från en flods stränder.

Here the most untoward event took place.

Här utspelade sig den mest oväntade händelsen.

Swet's wife began to feel the pains of child-birth.

Swets fru började känna smärtorna av förlossningen.

They dismounted from the horse without delay.

De steg av hästen utan dröjsmål.

And within an hour Swet's wife gave birth to a son.

Och inom en timme födde Swets fru en son.

What were the two brothers to do in this forest?

Vad skulle de två bröderna göra i den här skogen?

They knew that a fire had to be kindled.

De visste att en eld måste tändas.

The mother and the new-born baby needed warmth.

Modern och det nyfödda barnet behövde värme.

But from where was there fire to be gotten?

Men varifrån skulle elden komma?

There were no human habitations visible.

Det fanns inga mänskliga boplatser synliga.

Nonetheless, a fire had to be procured.

Ändå var man tvungen att anlägga en eld.

And it was the winter month of December.

Och det var vintermånaden december.

The mother and the baby would certainly perish.

Modern och barnet skulle säkerligen omkomma.

Swet told Basanta to sit beside his wife.

Swet sa åt Basanta att sitta bredvid sin fru.

And he set out in the darkness of the night.

Och han gav sig av i nattens mörker.

And he went in search of wood to make a fire.

Och han gick för att leta efter ved att göra upp eld.

Swet walked many a mile through the darkness.

Swet gick många mil genom mörkret.

But despite the distance he saw no human habitations.

Men trots avståndet såg han inga mänskliga boplatser.

But eventually his eyes were given some help.

Men så småningom fick hans ögon lite hjälp.

The genial light of Sukra somewhat illumined his path.

Sukras ljuva ljus upplyste i viss mån hans väg.
**And he saw at a distance what seemed a large city.**
Och han såg på avstånd vad som verkade vara en stor stad.
**He was congratulating himself on his journey's end.**
Han gratulerade sig själv till slutet av sin resa.
**And he congratulated himself for finding fire.**
Och han gratulerade sig själv för att han hittat eld.
**The fire that was going to benefit his poor wife.**
Elden som skulle gynna hans stackars fru.
**His wife that was lying cold in the forest.**
Hans fru som låg kall i skogen.
**The fire that was going to save his new-born child.**
Elden som skulle rädda hans nyfödda barn.
**The new-born baby born into the coldness.**
Det nyfödda barnet som fötts in i kylan.
**Suddenly an elephant shot across his path.**
Plötsligt sköt en elefant över hans väg.
**The elephant was gorgeously caparisoned.**
Elefanten var vackert uppställd.
**And the elephant gently picked him with his trunk.**
Och elefanten lyfte försiktigt upp honom med sin snabel.
**He placed him on the rich howdah on its back.**
Han placerade honom på den rika howdahen på dess rygg.
**The elephant then walked rapidly towards the city.**
Elefanten gick sedan snabbt mot staden.
**Swet was quite taken aback by the events.**
Swet blev ganska överraskad av händelserna.
**He did not understand the elephant's actions.**
Han förstod inte elefantens handlingar.
**And he wondered what was in store for him.**
Och han undrade vad som väntade honom.
**A crown is that which was in store for him.**
En krona är det som var i beredskap för honom.
**He was being taken to the chief city of a kingdom.**
Han fördes till den främsta staden i ett kungarike.
**In this kingdom every morning a king was elected.**
I detta rike valdes varje morgon en kung.

Because the kings of this city lasted but a day.

Eftersom kungarna i denna stad bara levde en dag.

Every night the new king joined the queen in her room.

Varje kväll anslöt sig den nye kungen till drottningen i hennes rum.

And every morning the previous king was found dead.

Och varje morgon hittades den förre kungen död.

No one knew what caused the deaths of the kings.

Ingen visste vad som orsakade kungarnas död.

Not even the queen knew what caused their death.

Inte ens drottningen visste vad som orsakade deras död.

So this kingdom had its own king-maker.

Så detta rike hade sin egen kungamakare.

The elephant who suddenly took hold of Swet.

Elefanten som plötsligt tog tag i Swet.

Early in the morning the elephant roamed about.

Tidigt på morgonen strövade elefanten omkring.

Sometimes the elephant went to distant places.

Ibland åkte elefanten till avlägsna platser.

And every evening the elephant returned with a man.

Och varje kväll återvände elefanten med en man.

The man on the elephant's became their king.

Mannen på elefanten blev deras kung.

The elephant majestically marched through the streets.

Elefanten marscherade majestätiskt genom gatorna.

A crowd of people welcomed their new king.

En folkmassa välkomnade sin nye kung.

But Swet did not yet understand their cheers.

Men Swet förstod ännu inte deras jubel.

The elephant entered the kingdom's palace.

Elefanten gick in i kungarikets palats.

And the elephant placed Swet on the throne.

Och elefanten placerade Swet på tronen.

Amid much rejoicing he was proclaimed king.

Under stor glädje utropades han till kung.

But there were lamentations in the crowd too.

Men det fanns klagomål även i folkmassan.

In the course of the day he heard of the curse.
Under dagens lopp hörde han talas om förbannelsen.
The nightly death of every newly elected king.
Den nattliga döden av varje nyvald kung.
But Swet was possessed of great discretion.
Men Swet besatt stor diskretion.
And he had the courage not to try an escape.
Och han hade modet att inte försöka fly.
He took every precaution that he could take.
Han vidtog alla försiktighetsåtgärder han kunde vidta.
But he did not know how to avert the catastrophe.
Men han visste inte hur han skulle avvärja katastrofen.
And he knew not what expedients to adopt.
Och han visste inte vilka åtgärder han skulle ta till.
Because he didn't know the nature of the danger.
Eftersom han inte kände till farans natur.
He resolved, however, upon two things;
Han beslutade emellertid om två saker;
He was going to go armed into the bedchamber.
Han skulle gå beväpnad in i sovrummet.
And he was going to stay awake the whole night.
Och han skulle vara vaken hela natten.
The queen was young and of exquisite beauty.
Drottningen var ung och av utsökt skönhet.
Guileless and benevolent was the expression of her face.
Skyldigt och välvilligt var uttrycket i hennes ansikte.
It was impossible to attribute her any malice.
Det var omöjligt att tillskriva henne någon illvilja.
No one believed she caused all the kings' deaths.
Ingen trodde att hon orsakade alla kungars död.
In the queen's chamber Swet spent an agreeable evening.
I drottningens kammare tillbringade Swet en angenäm kväll.
As the night advanced the queen fell asleep.
Allt eftersom natten framskred somnade drottningen.
But Swet kept awake, and was on the alert.
Men Swet höll sig vaken och var på sin alert.
He looked at every creek and corner of the room.

Han tittade på varje bäck och hörn av rummet.

**And he expected every minute to be murdered.**

Och han förväntade sig varje minut att bli mördad.

**But the queen did not rise to murder him.**

Men drottningen reste sig inte för att mörda honom.

**And no one entered the room to murder him either.**

Och ingen gick in i rummet för att mörda honom heller.

**Nor did he feel anything other than sleepiness.**

Inte heller kände han något annat än sömnighet.

**But in the dead of night he perceived something.**

Men mitt i natten uppfattade han något.

**A thread was coming out the queen's nostril.**

En tråd kom ut ur drottningens näsborre.

**The thread was so thin that it was almost invisible.**

Tråden var så tunn att den nästan var osynlig.

**Slowly the thread reached several yards in length.**

Sakta men säkert blev tråden flera meter lång.

**And eventually all the thread came out.**

Och till slut kom hela tråden ut.

**Only then did the thread begin to grow thicker.**

Först då började tråden bli tjockare.

**Soon the thread took on its real shape.**

Snart tog tråden sin riktiga form.

**The thread was in fact a huge serpent.**

Tråden var i själva verket en enorm orm.

**Immediately Swet cut off the head of the serpent.**

Omedelbart högg Swet av ormens huvud.

**The body of the serpent wriggled violently.**

Ormens kropp vred sig våldsamt.

**He sat quiet in the room, expecting other adventures.**

Han satt tyst i rummet och väntade på andra äventyr.

**But nothing else happened the rest of the night.**

Men inget annat hände resten av natten.

**The queen slept longer than usual.**

Drottningen sov längre än vanligt.

**Because she had been relieved of the huge snake.**

För att hon hade blivit befriad från den väldiga ormen.

**Early next morning the ministers came.**
Tidigt nästa morgon kom ministrarna.
**They were expecting to hear of the king's death.**
De väntade på att få höra om kungens död.
**The ladies of the bedchamber knocked at the door.**
Damerna i sovrummet knackade på dörren.
**But to their astonishment Swet come out.**
Men till deras förvåning kom Swet ut.
**The folk learned the mystery of all the kings' deaths.**
Folket fick veta mysteriet med alla kungars död.
**And now the country rejoiced their permanent king.**
Och nu jublade landet över sin ständige kung.
**There is a strange thing you probably noticed.**
Det är en konstig sak som du förmodligen har lagt märke till.
**Swet did not remember his wife he left behind.**
Swet mindes inte sin fru som han lämnat efter sig.
**It is a strange thing, nevertheless it is true.**
Det är en märklig sak, men det är ändå sant.
**Nor did he remember the defenseless new-born babe.**
Inte heller mindes han det försvarslösa nyfödda barnet.
**And he did not remember his brother either.**
Och han mindes inte heller sin bror.
**He had no time to remember when the elephant came.**
Han hade ingen tid att komma ihåg när elefanten kom.
**On the first night he had to worry for his own life.**
Den första natten var han tvungen att oroa sig för sitt eget liv.
**And now the crown brought on his forgetfulness.**
Och nu väckte kronan hans glömska.
**But he had entrusted his wife and child to Basanta.**
Men han hade anförtrott sin fru och sitt barn till Basanta.
**And his brother sat waiting for many weary hours.**
Och hans bror satt och väntade i många trötta timmar.
**Every moment he expected to see Swet return with fire.**
Varje ögonblick förväntade han sig att se Swet återvända med eld.
**But the whole night passed away without his return.**
Men hela natten förflöt utan att han återkom.

At sunrise he went to the bank of the river.
Vid soluppgången gick han till flodens strand.
There he anxiously looked about for his brother.
Där tittade han ängsligt omkring efter sin bror.
But his waiting and searching were all in vain.
Men allt hans väntan och sökande var förgäves.
Distressed beyond measure, he wept at the riverside.
Oändligt bedrövad grät han vid flodstranden.
As he was weeping a boat was passing by.
Medan han grät kom en båt förbi.
In the boat a merchant was returning from business.
I båten var en köpman på väg tillbaka från affärer.
The boat was not far from the shore.
Båten var inte långt från stranden.
So the merchant could see Basanta weeping.
Så kunde köpmannen se Basanta gråta.
Something struck the attention of the merchant.
Något fångade köpmannens uppmärksamhet.
By the weeping man appeared to be a pile of pearls.
Bredvid den gråtande mannen verkade det finnas en hög med pärlor.
The merchant requested the boatman to halt.
Köpmannen bad båtmannen att stanna.
And the merchant went to the weeping man.
Och köpmannen gick till den gråtande mannen.
By the weeping man was in fact a pile of pearls.
Bredvid den gråtande mannen låg i själva verket en hög med pärlor.
And the pearls were of the highest quality.
Och pärlorna var av högsta kvalitet.
And another thing astonished the merchant.
Och en annan sak förvånade köpmannen.
The pile of pearls grew larger every second.
Pärlhögen blev större för varje sekund.
Because the man was crying, but not tears.
För mannen grät, men inte tårar.
Because his tears turned to pearls on the ground.

För hans tårar förvandlades till pärlor på marken.
**The merchant stowed away the pearls into his boat.**
Köpmannen stuvade undan pärlorna i sin båt.
**Then the merchant got his servants to help him.**
Då fick köpmannen sina tjänare att hjälpa honom.
**And together they captured the crying man.**
Och tillsammans fångade de den gråtande mannen.
**They put him on board of the vessel.**
De satte honom ombord på fartyget.
**And he tied him to one of the ship's masts.**
Och han band honom fast vid en av skeppets master.
**Basanta, of course, tried his best to resist.**
Basanta försökte naturligtvis sitt bästa att göra motstånd.
**But what could he do against so many sailors?**
Men vad kunde han göra mot så många sjömän?
**He thought of his brother who never returned.**
Han tänkte på sin bror som aldrig återvände.
**He thought of his sister-in-law in the forest.**
Han tänkte på sin svägerska i skogen.
**And he thought of his newly born niece.**
Och han tänkte på sin nyfödda systerdotter.
**And he cried even more bitterly than before.**
Och han grät ännu bittrare än förut.
**His weeping mightily pleased the merchant.**
Hans gråt behagade köpmannen mycket.
**Because even more pearls were falling to the ground.**
För att ännu fler pärlor föll till marken.
**And the merchant became richer and richer.**
Och köpmannen blev rikare och rikare.
**Eventually the merchant reached his native town.**
Så småningom nådde köpmannen sin hemstad.
**When they got there he confined Basanta in a room.**
När de kom dit spärrade han in Basanta i ett rum.
**At stated hours every day he had him whipped.**
Vid bestämda tider varje dag lät han honom piska.
**In order to make him shed yet more tears.**
För att få honom att fälla ännu fler tårar.

And every tear converted into a bright pearl.
Och varje tår förvandlades till en ljus pärla.
The merchant one day said to his servants;
Köpmannen sade en dag till sina tjänare;
"The fellow is making me rich by his weeping".
"Mannen gör mig rik genom sin gråt."
"Let us see what he gives me by laughing".
"Låt oss se vad han ger mig genom att skratta."
Accordingly, he began to tickle his captive.
Följaktligen började han kittla sin fånge.
Upon being tickled Basanta began to laugh.
När Basanta blev kittlad började han skratta.
Of course he was not laughing out of happiness.
Naturligtvis skrattade han inte av glädje.
But none the less maniks dropped from his mouth.
Men likväl rann manikurer ur hans mun.
After this Basanta was not just whipped anymore.
Efter detta piskades inte längre bara Basanta.
Now he was alternately whipped and tickled.
Nu blev han omväxlande piskad och kittlad.
All day and far into the night he was exploited.
Hela dagen och långt in på natten utnyttjades han.
The merchant's wealth increased day and night.
Köpmannens rikedom ökade dag och natt.
Soon he became the wealthiest man in the land.
Snart blev han den rikaste mannen i landet.
But let us return to Basanta's subjugation later.
Men låt oss återvända till Basantas underkuvande senare.
Now let us turn our attention to Swet's wife.
Låt oss nu rikta vår uppmärksamhet mot Swets fru.


Swet's abandoned wife was still in the forest.
Swets övergivna fru var fortfarande kvar i skogen.
She had just given birth to her child.
Hon hade just fött sitt barn.
But now she was alone in the forest.
Men nu var hon ensam i skogen.

**First her husband had abandoned her.**
Först hade hennes man övergivit henne.
**And now her brother-in-law abandoned her too.**
Och nu har hennes svåger övergivit henne också.
**Imagine how overwhelmed with grief she felt.**
Tänk dig hur överväldigad av sorg hon kände sig.
**Alone, and in a forest, far from civilization.**
Ensam, och i en skog, långt från civilisationen.
**Her case was indeed deserving of sympathy.**
Hennes fall förtjänade verkligen sympati.
**She wept rivers of sad and lonely tears.**
Hon grät floder av sorgsna och ensamma tårar.
**Excessive grief, however, brought her relief.**
Överdriven sorg gav henne dock lättnad.
**She fell asleep with the new-born in her arms.**
Hon somnade med den nyfödda i famnen.
**While she was deep in sleep another tragedy took place.**
Medan hon sov djupt inträffade ytterligare en tragedi.
**It so happened that the Kotwal was passing by.**
Det råkade sig så att Kotwal passerade förbi.
**He had recently suffered his own misfortune.**
Han hade nyligen drabbats av sin egen olycka.
**But his misfortune was of a different nature.**
Men hans olycka var av en annan art.
**The children his wife bore died shortly after birth.**
Barnen som hans fru födde dog kort efter födseln.
**And he was now going to bury the last infant.**
Och nu skulle han begrava det sista spädbarnet.
**He was heading to the banks of the river.**
Han var på väg mot flodens stränder.
**The place where the other infants were buried.**
Platsen där de andra spädbarnen begravdes.
**But then he saw the woman sleeping in the forest.**
Men så såg han kvinnan sova i skogen.
**And in her arms he saw her holding a baby.**
Och i hennes armar såg han henne hålla ett spädbarn.
**The infant was a lively and beautiful boy.**

Spädbarnet var en livlig och vacker pojke.
**His liveliness did not disturb his mother's sleep.**
Hans livlighet störde inte hans mors sömn.
**The Kotwal wanted the lovely infant very much.**
Kotwal ville väldigt gärna ha det vackra spädbarnet.
**He quietly took the child from his mother.**
Han tog tyst barnet från sin mor.
**And in her arms he placed his own dead child.**
Och i hennes armar lade han sitt eget döda barn.
**Of course this is not what he could tell his wife.**
Naturligtvis var det inte vad han kunde säga till sin fru.
**"We both thought that our son had died".**
"Vi trodde båda att vår son hade dött."
**"And I carried his body to the river bank".**
"Och jag bar hans kropp till flodstranden."
**"And that was when a miracle occurred".**
"Och det var då ett mirakel inträffade."
**"Once more our son opened his young eyes".**
"Återigen öppnade vår son sina unga ögon."
**"And now we have a beautiful and lively boy".**
"Och nu har vi en vacker och livlig pojke."
**But Swet's wife did not know the true events.**
Men Swets fru kände inte till de verkliga händelserna.
**When she woke she held the dead child in her arms.**
När hon vaknade höll hon det döda barnet i sina armar.
**And she thought it was her child that had died.**
Och hon trodde att det var hennes barn som hade dött.
**The distress of her mind may easily be imagined.**
Hennes sinnes ångest kan lätt föreställas.
**The whole world became dark to her.**
Hela världen blev mörk för henne.
**She was distracted by the loss of her child.**
Hon var distraherad av förlusten av sitt barn.
**And in her distraction she formed a resolution.**
Och i sin distraktion formade hon ett beslut.
**She had resolved to take her own life.**
Hon hade bestämt sig för att ta sitt eget liv.

The river was not far from where she had slept.
Floden var inte långt från där hon hade sovit.
And she determined to drown herself in the river.
Och hon bestämde sig för att dränka sig i floden.
She took in her hand the bundle of jewels.
Hon tog juvelpaketet i handen.
And then she proceeded to the river-side.
Och sedan fortsatte hon till flodstranden.
An old Brahman was at no great distance.
En gammal brahman var inte på långt avstånd.
The Brahman was performing his morning ablutions.
Brahmanen utförde sina morgontvagningar.
He noticed the woman going into the water.
Han lade märke till kvinnan som gick ner i vattnet.
Naturally he thought that she was going to bathe.
Naturligtvis trodde han att hon skulle bada.
But then he saw her going into the deep waters.
Men så såg han henne ge sig ut i det djupa vattnet.
Something akin to suspicion arose in his mind.
Något liknande misstanke uppstod i hans sinne.
The Brahman discontinued his devotions.
Brahmanen upphörde med sin hängivenhet.
He too waded out towards the river's depth.
Även han vadade ut mot flodens djup.
And he ordered the woman to come to him.
Och han befallde kvinnan att komma till honom.
Swet's wife heard the old man calling her.
Swets fru hörde den gamle mannen ropa på henne.
So she retraced her steps to the old man.
Så gick hon tillbaka till den gamle mannen.
"What were your intentions?" asked the Braham.
"Vad var dina avsikter?" frågade Braham.
And the woman confirmed his suspicions.
Och kvinnan bekräftade hans misstankar.
"I was going to put an end to my life".
"Jag skulle göra slut på mitt liv."
And she thanked the Brahman for saving her.

Och hon tackade brahmanen för att han räddat henne.

**"Accept these jewels as a sign of appreciation".**

"Acceptera dessa juveler som ett tecken på uppskattning."

**The Brahman accepted the sign of appreciation.**

Brahmanen accepterade tecknet av uppskattning.

**But he was more interested in her story.**

Men han var mer intresserad av hennes historia.

**And at his request she related her story.**

Och på hans begäran berättade hon sin historia.

**She had escaped from her stepmother in law.**

Hon hade rymt från sin styvmor.

**In the forest she gave birth to a child.**

I skogen födde hon ett barn.

**First her husband went looking for fire.**

Först letade hennes man efter eld.

**But her husband never came back to her.**

Men hennes man kom aldrig tillbaka till henne.

**Then her brother-in-law looked for her husband.**

Sedan letade hennes svåger efter hennes man.

**But her brother-in-law did not return either.**

Men hennes svåger återvände inte heller.

**Eventually she fell asleep with her child.**

Till slut somnade hon med sitt barn.

**But when she woke her child was dead.**

Men när hon vaknade var hennes barn dött.

**And that's when she decided to drown herself.**

Och det var då hon bestämde sig för att dränka sig själv.

**She felt the relieve of telling her fate.**

Hon kände lättnaden av att få berätta sitt öde.

**The Brahman invited the woman to his house.**

Brahmanen bjöd in kvinnan till sitt hus.

**And the woman was accepted into his family.**

Och kvinnan blev accepterad i hans familj.

**The Brahman's wife treated her like a daughter.**

Brahmans hustru behandlade henne som en dotter.

**And she spent years with her new family.**

Och hon tillbringade år med sin nya familj.

Swet spend those years in his kingdom.
Swet tillbringade de åren i sitt rike.
Basanta spent those years being tortured.
Basanta tillbringade dessa år med att bli torterad.
And the adopted son of the Kotwal grew up.
Och Kotwals adopterade son växte upp.
The Brahman's house was not far from the Kotwal's.
Brahmanens hus låg inte långt från Kotwals.
So the Kotwal's son met the Brahman's adopted daughter.
Så träffade Kotwals son brahmans adopterade dotter.
And the lad thought he fell in love with her.
Och pojken trodde att han blev förälskad i henne.
He spoke to his father about the woman.
Han pratade med sin far om kvinnan.
And the father spoke to the Brahman about the woman.
Och fadern talade till brahmanen om kvinnan.
The Brahman's rage knew no bounds.
Brahmans raseri kände inga gränser.
"What is this insolence!" the Brahman protested.
"Vad är detta för oförskämdhet!" protesterade brahmanen.
"Your son is the son of an infidel".
"Din son är son till en otrogen."
"How can he aspire to the hand of a Brahman's daughter!?".
"Hur kan han aspirera på en brahmans dotters hand!?"
"A dwarf may as well aspire to catch hold of the moon!".
"En dvärg kan lika gärna sträva efter att få tag på månen!"
But the Kotwal's son determined to have her by force.
Men Kotwals son bestämde sig för att få henne med våld.
One day he scaled the wall of the Brahman's house.
En dag klättrade han uppför väggen på brahminens hus.
He got upon the thatched roof of the cow-house.
Han klättrade upp på ladugårdens halmtak.
And from that lofty position he reconnoitered.
Och från den höga positionen rekognoscerade han.
And he saw two young calves below him.
Och han såg två unga kalvar nedanför sig.
And he overheard the conversation of two young calves.

Och han hörde samtalet mellan två unga kalvar.
**"Men accuse us of brutish ignorance and immorality".**
"Män anklagar oss för brutal okunnighet och omoral."
**"But in my opinion men are fifty times worse".**
"Men enligt min mening är män femtio gånger värre."
**"What makes you say so, brother?" the calf asked.**
"Vad får dig att säga det, broder?" frågade kalven.
**"Have you witnessed instances of human depravity?".**
"Har du bevittnat exempel på mänsklig förfall?"
**"Who is a greater monster than the Kotwal's son?".**
"Vem är ett större monster än Kotwals son?"
**"The same lad standing on the thatched roof".**
"Samma pojke som står på halmtaket".
**"The roof of this hut above our heads".**
"Taket på denna hydda ovanför våra huvuden".
**"I thought he was just the son of our Kotwal".**
"Jag trodde att han bara var son till vår Kotwal."
**"I never heard that he was exceptionally vicious".**
"Jag har aldrig hört att han var exceptionellt grym."
**"You may have never heard of his wickedness".**
"Du kanske aldrig har hört talas om hans ondska."
**"But now you will hear of his wickedness from me".**
"Men nu skall du få höra talas om hans ondska från mig."
**"This wicked lad is now making immoral plans".**
"Den här onde pojken smider nu omoraliska planer."
**"He is trying get married to his own mother!".**
"Han försöker gifta sig med sin egen mamma!"
**The First Calf then related the whole story.**
Den första kalven berättade sedan hela historien.
**And the inquisitive Second Calf listened.**
Och den nyfikne Andra Kalven lyssnade.
**And the calf told Swet's and Basanta's story.**
Och kalven berättade Swets och Basantas historia.
**"A merchant built a house for his son"**
"En köpman byggde ett hus åt sin son"
**"In the garden of the house was a Toontooni bird"**
"I husets trädgård fanns en Toontooni-fågel"

**"In the nest of the Toontooni bird was an egg"**
"I Toontoonifågelns bo låg ett ägg"
**"The merchant's son put the egg in an almirah"**
"Köpmannens son lade ägget i en almirah"
**"Out of the egg came a beautiful girl"**
"Ur ägget kom en vacker flicka"
**"Eventually the merchant's son married this beautiful girl"**
"Så småningom gifte sig köpmannens son med denna vackra flicka"
**"Together they had two children; Swet and Basanta"**
"Tillsammans fick de två barn; Swet och Basanta"
**"Some time later the grandfather of the children died"**
"En tid senare dog barnens farfar"
**"Some time later again their grandmother died too"**
"En tid senare dog deras mormor också"
**"At the right time, the oldest son, Swet, got married"**
"Vid rätt tidpunkt gifte sig den äldste sonen, Swet"
**"His mother, the Toontooni woman, died sometime later"**
"Hans mor, Toontooni-kvinnan, dog någon gång senare"
**"Soon after their father married a younger woman"**
"Strax efter gifte sig deras far med en yngre kvinna"
**"But their new stepmother hated her stepsons"**
"Men deras nya styvmor hatade sina styvsöner"
**"And she also hated her new stepdaughter-in-law"**
"Och hon hatade också sin nya styvdotter"
**"One day a fisherman happened to visit the merchant"**
"En dag råkade en fiskare besöka köpmannen"
**"The Fisherman had sold the merchant a magical fish"**
"Fiskaren hade sålt en magisk fisk till köpmannen"
**"Whoever ate the fish would laugh maniks"**
"Den som åt fisken skulle skratta åt helvete"
**"And whoever ate the fish would weep pearls"**
"Och den som åt fisken grät pärlor"
**"The same day there was an argument over some pigeons"**
"Samma dag uppstod ett gräl om några duvor"
**"The stepmother was terribly vengeful to her stepsons"**

"Styvmodern var fruktansvärt hämndlysten mot sina styvsöner"

**"And she swore revenge on her stepsons"**

"Och hon svor hämnd på sina styvsöner "

**"That day Swet, his wife, and Basanta escaped"**

"Den dagen rymde Swet, hans fru och Basanta"

**"But before leaving they ate the magical fish"**

"Men innan de åkte åt de den magiska fisken"

**"On their journey Swet's wife gave birth to a baby boy"**

"På sin resa födde Swets fru en pojke"

**"Swet went to look for wood to make a fire"**

"Sweet gick för att leta efter ved att göra upp eld"

**"But he was carried away by an elephant"**

"Men han blev bortförd av en elefant"

**"He was taken to a Queen haunted by a snake"**

"Han fördes till en drottning som var hemsökt av en orm "

**"But he succeeded in killing the serpent"**

"Men han lyckades döda ormen"

**"And so he became king of the land"**

"Och så blev han kung över landet"

**"Basanta went looking for his brother"**

"Basanta letade efter sin bror"

**"But he was captured by a merchant"**

"Men han blev tillfångatagen av en köpman"

**"And now he's flogged and tickled daily"**

"Och nu blir han piskad och kittlad dagligen"

**"And he cries pearls and laughs maniks"**

"Och han gråter pärlor och skrattar manik"

**"The Kotwal's son had died that night"**

"Kotwals son hade dött den natten"

**"So the Kotwal exchanged the two babies"**

"Så Kotwal utbytte de två bebisarna"

**"The mother couldn't bear the loss of her child"**

"Mamma stod inte ut med förlusten av sitt barn"

**"So she made the decision to drown herself"**

"Så hon tog beslutet att dränka sig själv"

**"But there was a Brahman that saved her life"**

"Men det fanns en brahman som räddade hennes liv"
**"And this Brahman took her into his home"**
"Och denne brahman tog henne in i sitt hem"
**"The Kotwal's son grew up a hardy boy"**
"Kotwals son växte upp som en tålig pojke"
**"And he fell in love with the woman"**
"Och han blev förälskad i kvinnan"
**"And now he stands on the roof"**
"Och nu står han på taket"
**"And he's intent on having the woman"**
"Och han är fast besluten att ha kvinnan"
**All this the Kotwal's son heard.**
Allt detta hörde Kotwals son.
**And he was struck with horror.**
Och han slogs av fasa.
**He forthwith got down from the thatch.**
Han steg genast ner från taket.
**And he went home to his father.**
Och han gick hem till sin far.
**And he said he must speak with the king.**
Och han sade att han måste tala med kungen.
**The father protested against the request.**
Fadern protesterade mot begäran.
**But he got an interview with the king.**
Men han fick en intervju med kungen.
**He told the king about the two calves.**
Han berättade för kungen om de två kalvarna.
**And he repeated the whole story.**
Och han upprepade hela historien.
**The king now remembered his poor wife.**
Kungen kom nu ihåg sin stackars hustru.
**So a servant was sent to the Brahman.**
Så sändes en tjänare till brahmanen.
**And the Brahman was richly rewarded.**
Och brahmanen blev rikligt belönad.
**And his wife was brought back to the palace.**
Och hans fru fördes tillbaka till palatset.

**His wife was put in her proper position.**
Hans fru sattes i sin rätta position.
**And she became queen of the kingdom.**
Och hon blev drottning av kungariket.
**The reputed son of the Kotwal was readopted.**
Kotwals påstådda son återadopterades.
**And he was proclaimed heir to the throne.**
Och han utropades till tronarvinge.
**Basanta was brought out of the dungeon.**
Basanta fördes ut ur fängelsehålan.
**And the wicked merchant was buried alive.**
Och den onde köpmannen begravdes levande.
**And thorns were put in his burying-place.**
Och törnena lades i hans grav.
**And all lived together happily for many years.**
Och alla levde lyckligt tillsammans i många år.
**Swet, his wife and son, and Basantas.**
Swet, hans fru och son, och Basantas.

# The Evil Eye of Sani
Sanis onda öga

**Once upon a time Sani and Lakshmi fell out with each other.**
Det var en gång en tid då Sani och Lakshmi blev osams.
**Sani, also known as Saturn, is the God of bad luck.**
Sani, även känd som Saturnus, är oturens gud.
**And Lakshmi is the Goddess of good luck.**
Och Lakshmi är lyckans gudinna.
**And these two Gods fell out with each other in heaven.**
Och dessa två gudar blev osams i himlen.
**Sani said he was higher in rank than Lakshmi.**
Sani sa att han var högre i rang än Lakshmi.
**And Lakshmi said she was higher in rank than Sani.**
Och Lakshmi sa att hon var högre i rang än Sani.
**But there were just as many Gods as there were Goddesses.**
Men det fanns lika många gudar som det fanns gudinnor.
**Therefore the dispute could not be settled in heaven.**
Därför kunde tvisten inte avgöras i himlen.
**The contending deities agreed to refer the matter to humans.**
De stridende gudarna kom överens om att hänskjuta ärendet
till människorna.
**The humans had a name for wisdom and justice.**
Människorna hade ett namn för visdom och rättvisa.
**There lived at that time upon earth a man named Sribatsa.**
Vid den tiden levde en man på jorden vid namn Sribatsa.
**(Sri is another name of Lakshmi).**
(Sri är ett annat namn för Lakshmi).
**(And "batsa" is another word for child).**
(Och "batsa" är ett annat ord för barn).
**(so Sribatsa literally means "the child of fortune").**
(så Sribatsa betyder bokstavligen "lyckans barn").
**Sribatsa had as much wisdom as he had wealth.**
Sribatsa hade lika mycket visdom som han hade rikedom.
**And he was as fair as he was rich, too.**
Och han var lika rättvis som han var rik också.
**He was therefore a good judge for the dispute.**

Han var därför en god domare i tvisten.
**And the God and Goddess agreed he could judge their case.**
Och Guden och Gudinnan kom överens om att han kunde
döma i deras fall.
**One day, accordingly, Sribatsa was contacted.**
En dag kontaktades följaktligen Sribatsa.
**He was told that Sani and Lakshmi would come to him.**
Han fick veta att Sani och Lakshmi skulle komma till honom.
**And he was told they wished for him to settle their dispute.**
Och han fick veta att de ville att han skulle avgöra deras tvist.
**This put Sribatsa in a delicate situation.**
Detta försatte Sribatsa i en delikat situation.
**He could say Sani was higher in rank than Lakshmi.**
Han kunde säga att Sani var högre i rang än Lakshmi.
**But then she would be angry with him and forsake him.**
Men då skulle hon bli arg på honom och överge honom.
**He could say Lakshmi was higher in rank than Sani.**
Han kunde säga att Lakshmi var högre i rang än Sani.
**But then Sani would cast his evil eye upon him.**
Men då skulle Sani kasta sitt onda öga på honom.
**He made up his mind not to say anything directly.**
Han bestämde sig för att inte säga något direkt.
**The god and the goddess had to observe his actions.**
Guden och gudinnan var tvungna att observera hans
handlingar.
**And from his actions they could gather their opinions.**
Och från hans handlingar kunde de samla sina åsikter.
**Sribatsa ordered two chairs to be made.**
Sribatsa beställde att två stolar skulle tillverkas.
**One of the chairs was made from gold.**
En av stolarna var gjord av guld.
**And the other chair was made from silver.**
Och den andra stolen var gjord av silver.
**And he placed the two chairs beside himself.**
Och han ställde de två stolarna bredvid sig.
**The day came when Sani and Lakshmi visited Sribatsa.**
Dagen kom då Sani och Lakshmi besökte Sribatsa.

He told Sani to sit upon the silver chair.
Han sa åt Sani att sätta sig på den silverfärgade stolen.
And he told Lakshmi to sit upon the gold chair.
Och han sa till Lakshmi att han skulle sitta på den gyllene stolen.
Sani became mad with rage, and spoke angrily;
Sani blev rasande av raseri och talade ilsket;
"You consider me lower in rank than Lakshmi"
"Du anser mig vara lägre i rang än Lakshmi"
"I will cast my eye on you for three years"
"Jag ska rikta min blick mot dig i tre år"
"We shall see how you fare at the end of that period"
"Vi får se hur det går för dig i slutet av den perioden"
The god then went away in great anger.
Guden gick sedan sin väg i stor ilska.
Lakshmi, before she went away, said to Sribatsa;
Innan Lakshmi gick därifrån sade hon till Sribatsa;
"My child, do not fear. I'll befriend you"
"Mitt barn, var inte rädd. Jag ska bli din vän."
The god and the goddess then went away.
Guden och gudinnan gick sedan sin väg.
Sribatsa spoke to his wife, Chantamani;
Sribatsa talade med sin fru, Chantamani;
"Dearest, the evil eye of Sani will be upon me"
"Käraste, Sanis onda öga kommer att vara över mig"
"I had better go away from the house"
"Jag borde nog gå hemifrån"
"If I stay evil will befall you and me"
"Om jag stannar kvar kommer ondska att drabba dig och mig"
"But if I go, evil will overtake me only"
"Men om jag går, skall ondskan drabba mig allena"
Chintamani said, "it cannot be that way"
Chintamani sa: "Det kan inte vara så."
"Wherever you go, I will go with you"
"Vart du än går, går jag med dig"
"Your good luck shall be my good luck"
"Din lycka ska bli min lycka"

"And your bad luck shall be my bad luck"
"Och din otur ska bli min otur"
The husband tried hard to persuade his wife to stay.
Mannen försökte hårt övertala sin fru att stanna.
But all his efforts were of no use.
Men alla hans ansträngningar var förgäves.
She refused to abandon her husband.
Hon vägrade att överge sin man.
Sribatsa told his wife to make an opening in their mattress.
Sribatsa sa till sin fru att göra en öppning i deras madrass.
And he told her to stow away all their money and jewels.
Och han sa åt henne att gömma undan alla deras pengar och juveler.
On the eve of leaving their house, Sribatsa invoked Lakshmi.
Inför den tid då de skulle lämna sitt hus åkallade Sribatsa Lakshmi.
Upon being invoked, Lakshmi forthwith appeared.
När Lakshmi åkallades, dök han genast upp.
"Mother Lakshmi, the evil eye of Sani is upon us"
"Moder Lakshmi, Sanis onda öga är över oss"
"We are going away into exile"
"Vi ska iväg i exil"
"Please befriend us, and take care of our property"
"Var vänlig och ta hand om vår egendom"
The goddess of good luck answered.
Lyckans gudinna svarade.
"Do not fear; I'll befriend you"
"Var inte rädd, jag ska bli din vän"
"In the end all will be right"
"Till slut kommer allt att bli bra"
They then set out on their journey.
Sedan gav de sig ut på sin resa.
Sribatsa rolled up the mattress and put it on his head.
Sribatsa rullade ihop madrassen och lade den över huvudet.
They had not gone many miles when they saw a river.
De hade inte gått många mil när de såg en flod.

**There was a canoe with a man sitting in it.**
Det fanns en kanot med en man som satt i den.
**The travelers requested the ferryman to take them across.**
Resenärerna bad färjemannen att ta dem över.
**The ferryman said he could only take one at a time.**
Färjekarlen sa att han bara kunde ta en åt gången.
**"Tere are three of you," he objected.**
"Ni är tre", invände han.
**"There is you, your wife, and your mattress"**
"Där är du, din fru och din madrass"
**Sribatsa proposed in what order they should ferry over the river.**
Sribatsa föreslog i vilken ordning de skulle ta sig över floden.
**"First my wife should be taken across the river"**
"Först bör min fru tas över floden"
**"After my wife, take the mattress across the river"**
"Efter min fru, ta madrassen över floden"
**"And then you can take me across the river"**
"Och sedan kan du ta mig över floden"
**But the ferryman would not hear of it.**
Men färjekarlen ville inte höra talas om det.
**"Only one at a time," he repeated.**
"Bara en åt gången", upprepade han.
**"First let me take across the mattress"**
"Låt mig först ta över madrassen"
**Sribatsa saw no reason to object to the proposal.**
Sribatsa såg ingen anledning att invända mot förslaget.
**The ferryman started taking the mattress across the river.**
Färjekarlen började ta madrassen över floden.
**He had reached halfway across the river.**
Han hade nått halvvägs över floden.
**But then, from nowhere, a fierce gale arose.**
Men så, från ingenstans, uppstod en våldsam storm.
**The ferryman lost control of his canoe.**
Färjkarlen tappade kontrollen över sin kanot.
**The mattress was blown into the river.**
Madrassen blåstes ut i floden.

The river carried everything away with it.
Floden förde med sig allt.
And the ferrymen, canoe, and mattress were never seen again.
Och färjemännen, kanoten och madrassen sågs aldrig mer.
But that was not even the strangest events.
Men det var inte ens de märkligaste händelserna.
Because the river also disappeared into thin air.
För att floden också försvann i tomma intet.
Where there was water there was now dry ground.
Där det fanns vatten fanns nu torr mark.
Sribatsa knew the evil eye of Sani had been watching.
Sribatsa visste att Sanis onda öga hade vakat över honom.

Sribatsa and his wife had not a pice in their pockets.
Sribatsa och hans fru hade inte en enda penning i fickorna.
Together, impoverished, they went to a nearby village.
Tillsammans, fattiga, begav de sig till en närliggande by.
The village was dwelt in mostly by wood-cutters.
Byn beboddes mestadels av skogshuggare.
At sunrise the woodcutters went to cut wood.
Vid soluppgången gick vedhuggarna för att hugga ved.
And the wood they cut they sold in a faraway town.
Och veden de högg av sålde de i en avlägsen stad.
Sribatsa asked to work with the wood-cutters.
Sribatsa bad om att få arbeta med vedhuggarna.
And the wood-cutters agreed to let him cut wood.
Och vedhuggarna gick med på att låta honom hugga ved.
He could fell trees as well as the best of them.
Han kunde fälla träd lika bra som de bästa av dem.
But Sribatsa was different from the wood-cutters.
Men Sribatsa var annorlunda än vedhuggarna.
The wood-cutters cut any and every sort of wood.
Vedhuggarna sågar alla typer av trä.
But Sribatsa cut only the precious types of wood.
Men Sribatsa högg bara av de värdefulla träslagen.
His efforts were focused on cutting down sandal-wood.

Hans ansträngningar var inriktade på att hugga ner sandelträ.
**The wood-cutters brought to market large loads of common wood.**
Vedhuggarna förde stora laster av vanligt virke till marknaden.
**Sribatsa brought only a few pieces of sandal-wood to the market.**
Sribatsa tog bara med sig några få bitar sandelträ till marknaden.
**He was paid a great deal more money than the others.**
Han fick betalt mycket mer än de andra.
**Things went on this way for some days.**
Det fortsatte så här i några dagar.
**And the wood-cutters became jealous of Sribatsa.**
Och vedhuggarna blev avundsjuka på Sribatsa.
**In their jealousy they plotted against Sribatsa.**
I sin svartsjuka konspirerade de mot Sribatsa.
**And finally they drove Sribatsa and his wife from the village.**
Och slutligen drev de ut Sribatsa och hans fru från byn.

**Sribatsa and his wife made their way to another village.**
Sribatsa och hans fru tog sig till en annan by.
**In this village there were many women that weaved.**
I den här byn fanns det många kvinnor som vävde.
**Here Chintamani made herself useful by spinning cotton.**
Här gjorde Chintamani sig nyttig genom att spinna bomull.
**Chintamani was an intelligent and skillful woman.**
Chintamani var en intelligent och skicklig kvinna.
**So she spun finer thread than the other women.**
Så spann hon finare tråd än de andra kvinnorna.
**And she got paid more money than the other women.**
Och hon fick mer betalt än de andra kvinnorna.
**This roused the envy of the native women of the village.**
Detta väckte avund hos byns infödda kvinnor.
**But the envy of the other women was not all.**
Men de andra kvinnornas avundsjuka var inte allt.

Sribatsa wanted to gain the good grace of the weavers.
Sribatsa ville vinna vävarnas välvilja.
So he invited the women that spun cotton to a feast.
Så bjöd han in kvinnorna som spunnet bomull till en fest.
The dishes of the feat were all cooked by his wife.
Rätterna till bedriften lagades alla av hans fru.
Chintamani was a good weaver, and an excellent in cook.
Chintamani var en duktig vävare och en utmärkt kock.
She placed the delicacies before the women.
Hon ställde fram delikatesserna framför kvinnorna.
And the barbarous weavers were quite charmed.
Och de barbariska vävarna var ganska charmade.
The men went to their homes with their bellies full.
Männen gick hem med magarna fulla.
But when they got home, they reproached their wives.
Men när de kom hem, förebrådde de sina fruar.
"Why do you not cook like the wife of Sribatsa"
"Varför lagar du inte mat som Sribatsas hustru?"
And the men called their wives good-for-nothing women.
Och männen kallade sina hustrur odugliga kvinnor.
This made the women hate Chintamani the more.
Detta gjorde att kvinnorna hatade Chintamani ännu mer.

One day Chintamani went to the river-side.
En dag gick Chintamani till flodstranden.
She wanted to bathe along with the other women of the
village.
Hon ville bada tillsammans med de andra kvinnorna i byn.
A boat had been lying on the bank, stranded on the sand.
En båt hade legat på stranden, strandsatt på sanden.
The boat had been stranded there for many days.
Båten hade legat strandsatt där i många dagar.
They had tried to move the boat, but in vain.
De hade försökt flytta båten, men förgäves.
It so happened that Chintamani touched the boat.
Det råkade så att Chintamani rörde vid båten.
It was an accident, for she did not mean to touch the boat.

Det var en olycka, för hon hade inte för avsikt att röra båten.

**But whether she meant to or not, the boat moved.**

Men oavsett om hon menade det eller inte, så rörde sig båten.

**And soon the boat was heading off to the river.**

Och snart var båten på väg ut mot floden.

**The boatmen were astonished by what they had seen.**

Båtmännen blev förvånade över vad de hade sett.

**They thought that the woman had uncommon power.**

De trodde att kvinnan hade ovanlig makt.

**And so they thought she might be useful in future.**

Och därför trodde de att hon kunde vara användbar i framtiden.

**They therefore caught hold of her, against her will.**

De grep därför tag i henne, mot hennes vilja.

**And they put her in the boat, and rowed off.**

Och de satte henne i båten och rodde iväg.

**The women of the village were present for this kidnapping.**

Byns kvinnor var närvarande vid kidnappningen.

**But they did not offer Chintamani any assistance.**

Men de erbjöd inte Chintamani någon hjälp.

**Because Chintamani had put them in a bad light.**

Eftersom Chintamani hade satt dem i dålig dager.


**Sribatsa heard how his wife had been carried away by boatmen.**

Sribatsa hörde hur hans fru hade blivit bortförd av båtmän.

**I will let you imagine how he became mad with grief.**

Jag ska låta dig föreställa dig hur han blev galen av sorg.

**He left the village and went to the river-side.**

Han lämnade byn och gick till flodstranden.

**And he resolved to follow the course of the stream.**

Och han bestämde sig för att följa strömmens gång.

**Along the stream he was sure to meet the kidnappers' boat.**

Längs bäcken skulle han garanterat möta kidnapparnas båt.

**He travelled on and on, along the side of the river.**

Han reste vidare, längs flodens strand.

**And he travelled till it eventually became dark.**

Och han reste tills det slutligen blev mörkt.
**Where he was there were no huts to be seen.**
Där han var fanns inga hyddor att se.
**So he climbed into a tree to sleep for the night.**
Så klättrade han upp i ett träd för att sova över natten.
**In the next morning he got down from the tree.**
Nästa morgon klev han ner från trädet.
**At the foot of the tree he saw a Kapila-cow.**
Vid foten av trädet såg han en Kapila-ko.
**A Kapila-cow never has any calves of her own.**
En Kapila-ko får aldrig några egna kalvar.
**But she can be milked at all hours of the day.**
Men hon kan mjölkas dygnet runt.
**Sribatsa milked the cow without her objecting.**
Sribatsa mjölkade kon utan att hon invände.
**And he drank the milk to his heart's content.**
Och han drack mjölken till sitt hjärtas belåtenhet.
**And then he noticed something else about the cow.**
Och sedan lade han märke till något annat med kon.
**The dung of the cow was of a bright yellow color.**
Kons gödsel hade en klargul färg.
**In fact, the dung of the cow was made of pure gold.**
Faktum är att kons gödsel var gjord av rent guld.
**The golden cow dung was still in a soft state.**
Den gyllene kogödseln var fortfarande i ett mjukt tillstånd.
**So he was able to write his name in the golden dung.**
Så kunde han skriva sitt namn i den gyllene dyngan.
**During the course of the day the dung hardened.**
Under dagens lopp hårdnade dyngan.
**And finally the dung looked like a brick of gold.**
Och slutligen såg dyngan ut som en gyllene tegelsten.
**The tree he had slept in grew on the river-side.**
Trädet han hade sovit i växte vid flodstranden.
**And the Kapila-cow supplied him with milk all day.**
Och Kapila-kon försåg honom med mjölk hela dagen.
**So Sribatsa decided to wait there for the boat.**
Så bestämde sig Sribatsa för att vänta där på båten.

In the morning the cow deposited the precious article.

På morgonen lämnade kon det dyrbara föremålet.

**And at night the cow deposited the precious article.**

Och på natten lät kon det dyrbara föremålet stå.

**So the gold bricks increased every day.**

Så ökade guldtegelstenarna för varje dag.

**And on each golden brick he had engraved his name.**

Och på varje gyllene tegelsten hade han graverat sitt namn.

**He stacked the bricks on top of each other.**

Han staplade tegelstenarna ovanpå varandra.

**From a distance it looked like a hillock of gold.**

På avstånd såg det ut som en guldkulle.


**But now we must leave Sribatsa to stack his gold.**

Men nu måste vi låta Sribatsa samla sitt guld.

**And we must turn our attention to Chintamani.**

Och vi måste rikta vår uppmärksamhet mot Chintamani.

**Chintamani was a graceful woman of great beauty.**

Chintamani var en graciös kvinna med stor skönhet.

**She had worried her beauty might be her ruin.**

Hon hade oroat sig för att hennes skönhet skulle bli hennes undergång.

**So she offered a prayer as she was being kidnapped.**

Så bad hon en bön medan hon blev kidnappad.

**"Lakshmi, O Mother Lakshmi! have pity upon me"**

"Lakshmi, o Moder Lakshmi! förbarma dig över mig"

**"Thou hast made me beautiful, you have"**

"Du har gjort mig vacker, det har du"

**"But now my beauty will undoubtedly be my ruin"**

"Men nu kommer min skönhet utan tvekan att bli min ruin"

**"I am bound to loss my honor and my chastity"**

"Jag är dömd att förlora min heder och min kyskhet"

**"I therefore beseech thee, gracious Mother;"**

"Jag ber dig därför, nådiga Moder;"

**"Take my beauty from me, and make me ugly"**

"Ta min skönhet ifrån mig och gör mig ful"

**"Cover my body with some loathsome disease"**

"Täck min kropp med någon avskyvärd sjukdom"
**"That way the boatmen might not touch me"**
"På så sätt kanske båtmännen inte rör mig"
**Chintamani was in the arms of the boatmen.**
Chintamani var i båtmännens armar.
**But the Goddess of good fortune heard her prayer.**
Men lyckans gudinna hörde hennes bön.
**In the twinkling of an eye her form changed.**
På ett ögonblick förändrades hennes skepnad.
**Her naturally beautiful form faded away.**
Hennes naturligt vackra form försvann.
**And she was turned into a vile carcass.**
Och hon förvandlades till ett vidrigt kadaver.
**The boatmen were putting her down in the boat.**
Båtsmännen höll på att sätta ner henne i båten.
**They found her body was covered with loathsome sores.**
De fann att hennes kropp var täckt av motbjudande sår.
**And the sores were giving out a disgusting stench.**
Och såren gav ifrån sig en vidrig stank.
**They therefore threw her into the hold of the boat.**
De kastade henne därför in i båtens lastrum.
**And they left her amongst the cargo of the ship.**
Och de lämnade henne bland skeppets last.
**Morning and evening they sent her some food.**
Morgon och kväll skickade de henne lite mat.
**A little boiled rice, and some water to drink.**
Lite kokt ris och lite vatten att dricka.
**Chintamani was miserable in the hull of the ship.**
Chintamani var eländig i skeppets skrov.
**But she greatly preferred misery to the alternative.**
Men hon föredrog elände mycket mer än alternativet.
**She would rather be miserable than loss her chastity.**
Hon skulle hellre vara olycklig än att förlora sin kyskhet.

**The boatmen had gone to some port to sell cargo.**
Båtsmännen hade gått till någon hamn för att sälja last.
**While sailing back they caught sight something.**

Medan de seglade tillbaka fick de syn på något.

**By the river-side there seemed to be a hillock of gold.**

Vid flodstranden tycktes det finnas en kulle av guld.

**Sribatsa had been keeping watch by the river.**

Sribatsa hade hållit vakt vid floden.

**So he was delighted to see a boat approach him.**

Så han blev glad över att se en båt närma sig honom.

**Because he fondly imagined his wife might be on board.**

För att han innerligt föreställde sig att hans fru kanske skulle vara ombord.

**The boatmen went greedily to the hillock of gold.**

Båtsmännen gick girigt till guldkullen.

**Of course Sribatsa told them the gold was his.**

Naturligtvis berättade Sribatsa för dem att guldet var hans.

**But that didn't help Sribatsa very much.**

Men det hjälpte inte Sribatsa särskilt mycket.

**The sailors took him prisoner on the boat.**

Sjömännen tog honom till fånga på båten.

**And they loaded the gold onto their vessel.**

Och de lastade guldet på sitt fartyg.

**They happened to imprison him close to the ugly woman.**

De råkade fängsla honom nära den fula kvinnan.

**Of course the husband and wife recognized each other.**

Självklart kände mannen och hustrun igen varandra.

**In spite of the change Chintamani had undergone.**

Trots den förändring som Chintamani hade genomgått.

**And despite their excitement they kept their composure.**

Och trots sin upphetsning behöll de lugnet.

**And they thought it prudent not to speak to each other.**

Och de tyckte det var klokt att inte tala med varandra.

**Instead they communicated their ideas through gestures.**

Istället kommunicerade de sina idéer genom gester.

**There is something you should know about the boatmen.**

Det finns något du borde veta om båtmännen.

**These boatmen were very fond of playing at dice.**

Dessa båtmän var mycket förtjusta i att spela tärning.

**Sribatsa appeared to them to be a respectable man.**

Sribatsa framstod för dem som en respektabel man.
**So they always asked him to join in the game.**
Så bad de honom alltid att vara med i leken.
**Sribatsa happened to be an expert dice player.**
Sribatsa råkade vara en skicklig tärningsspelare.
**Despite their efforts he won almost every game.**
Trots deras ansträngningar vann han nästan varje match.
**You can imagine how the sailors felt about losing.**
Ni kan föreställa er hur sjömännen kände sig efter att ha förlorat.
**And in jealousy the boatmen threw him overboard.**
Och i avundsjuka kastade båtmännen honom överbord.
**Chintamani saw the men throw her husband overboard.**
Chintamani såg männen kasta hennes man överbord.
**Fortunately for Sribatsa, his wife had great presence of mind.**
Lyckligtvis för Sribatsa hade hans fru stor sinnesnärvaro.
**The boatmen had allowed her a pillow to rest her head.**
Båtsmännen hade gett henne en kudde att vila huvudet på.
**And she simultaneously threw this pillow into the water.**
Och samtidigt kastade hon den här kudden i vattnet.
**Sribatsa was able to grab hold of the pillow.**
Sribatsa lyckades gripa tag i kudden.
**And the pillow helped him float down the stream.**
Och kudden hjälpte honom att flyta nedför bäcken.
**Up until nightfall the river carried him downstream.**
Ända till nattens inbrott bar floden honom nedströms.
**At nightfall he arrived at what seemed to be a garden.**
Vid skymningen anlände han till vad som verkade vara en trädgård.
**Because it was dark there was nothing he could do.**
Eftersom det var mörkt fanns det ingenting han kunde göra.
**So all night he stayed in the garden, cold and wet.**
Så hela natten stannade han i trädgården, kall och blöt.
**I should tell you who this garden belonged to.**
Jag borde berätta vem den här trädgården tillhörde.
**This was the garden of an old widowed woman.**

Detta var en gammal änka och en kvinnas trädgård.
**This woman used to supply flowers for the king.**
Den här kvinnan brukade förse kungen med blommor.
**But one day some blight had come over her garden.**
Men en dag hade någon förfallit över hennes trädgård.
**Almost all the trees and plants ceased flowering.**
Nästan alla träd och växter slutade blomma.
**She had therefore given up the business she had.**
Hon hade därför gett upp den verksamhet hon hade.
**And she was no longer the royal flower supplier.**
Och hon var inte längre den kungliga blomsterleverantören.
**However, Sribatsa's arrival had rejuvenated her garden.**
Sribatsas ankomst hade dock föryngrat hennes trädgård.
**She could scarcely believe her eyes in the morning.**
Hon kunde knappt tro sina ögon på morgonen.
**The whole garden was ablaze with flowers again.**
Hela trädgården stod återigen i blom.
**There was no plant that was not in bloom.**
Det fanns ingen växt som inte blommade.
**And every tree she had was begemmed with flowers.**
Och varje träd hon hade var prydet med blommor.
**She had no way of knowing the cause of the miracle.**
Hon hade inget sätt att veta orsaken till miraklet.
**And so she took a walk through the garden.**
Och så tog hon en promenad genom trädgården.
**But she soon found the cause of all the flowers.**
Men hon hittade snart orsaken till alla blommorna.
**At the edge of her garden was a cold, wet man.**
Vid kanten av hennes trädgård satt en kall, våt man.
**He was shivering and almost dead from hypothermia.**
Han huttrade och var nästan död av hypotermi.
**She immediately brought the man into to her cottage.**
Hon tog omedelbart med sig mannen in i sin stuga.
**And she lighted a fire to give him some warmth.**
Och hon tände en eld för att ge honom lite värme.
**She nursed him and showed him every attention.**
Hon ammade honom och visade honom all uppmärksamhet.

And she ascribed the miracle to his presence.
Och hon tillskrev miraklet hans närvaro.
She made him as comfortable as she could.
Hon gjorde det så bekvämt för honom som möjligt.
And then she ran to the king's palace.
Och sedan sprang hon till kungens palats.
She asked to speak to the king's chief servant.
Hon bad att få tala med kungens överste tjänare.
And she told him the good fortune she had had.
Och hon berättade för honom om den lycka hon hade haft.
"I can again supply the palace with flowers"
"Jag kan återigen förse palatset med blommor"
Her flowers had been very much missed at the palace.
Hennes blommor hade varit mycket saknade på palatset.
So she was immediately restored to her former position.
Så återställdes hon omedelbart till sin tidigare position.
She was again the flower-woman of the royal household.
Hon var återigen den kungliga hushållets blomsterkvinna.


Sribatsa spent a few more days recovering his health.
Sribatsa tillbringade ytterligare några dagar med att återhämta
sig.
And eventually he had all his vitality back.
Och så småningom fick han tillbaka all sin vitalitet.
He asked the woman if he could speak with a minister.
Han frågade kvinnan om han fick tala med en präst.
So the woman took him to the palace with her.
Så tog kvinnan honom med sig till palatset.
One of the king's ministers gave him an appointment.
En av kungens ministrar utsåg honom till förmån.
And he was at once found to be a man of intelligence.
Och han visade sig genast vara en intelligent man.
So was offered a position in the king's service.
Så erbjöds han en position i kungens tjänst.
In fact, he was allowed to choose what job he wanted.
Faktum är att han fick välja vilket jobb han ville ha.
He asked to be collector of tolls on the river.

Han bad om att få bli uppbördsman av vägtullar på floden.
**The minister was happy to give Sribatsa the job.**
Ministern var glad att ge Sribatsa jobbet.
**The kingdom needed someone to collect river-tolls.**
Kungariket behövde någon som kunde samla in flodtullar.
**And Sribatsa immediately started his new job.**
Och Sribatsa började omedelbart sitt nya jobb.
**It wasn't long before his plan came to fruition.**
Det dröjde inte länge innan hans plan förverkligades.
**The boat his wife was on was coming down the river.**
Båten som hans fru var på var på väg nerför floden.
**Under the king's authority he detained the boat.**
Under kungens auktoritet kvarhöll han båten.
**And he charged the boatmen with the theft of gold-bricks.**
Och han anklagade båtmännen för stöld av guldtegelstenar.
**The king liked the sound of a boat full of gold.**
Kungen tyckte om ljudet av en båt full av guld.
**So the king himself came to the river-side.**
Så kom kungen själv till flodstranden.
**Even he was amazed by the quantity of gold they had.**
Till och med han var förvånad över mängden guld de hade.
**And every gold brick had Sribatsa's inscription.**
Och varje guldtegelsten hade Sribatsas inskription.
**At the same time he rescued his wife from the boatmen.**
Samtidigt räddade han sin fru från båtmännen.
**Back on dry land she returned to her previous beauty.**
Tillbaka på torra land återvände hon till sin tidigare skönhet.
**He told the king the story of their misfortune.**
Han berättade för kungen historien om deras olycka.
**And the king had them as a guest in his palace.**
Och kungen hade dem som gäster i sitt palats.
**The king gave them presents of horses and elephants.**
Kungen gav dem presenter i form av hästar och elefanter.
**And on the horses and elephants they rode to their country.**
Och på hästar och elefanter red de till sitt land.
**The evil eye of Sani was now turned away from Sribatsa.**
Sanis onda öga var nu vänt bort från Sribatsa.

**And he again became what he formerly was.**
Och han blev återigen den han en gång var.
**He was again Sribatsa; the Child of Fortune.**
Han var återigen Sribatsa; Lyckans Barn.

### The Boy whom Seven Mothers Suckled
Pojken som sju mödrar ammade

**Once on a time there reigned a king who had seven queens.**
Det var en gång en kung som hade sju drottningar.
**He was very sad, for the seven queens were all barren.**
Han var mycket ledsen, för de sju drottningarna var alla
ofruktsamma.
**One day, however, he met a holy mendicant.**
En dag mötte han emellertid en helig tiggare.
**The holy mendicant told the king about a certain forest.**
Den heliga tiggaren berättade för kungen om en viss skog.
**In this forest there grew a special kind of tree.**
I den här skogen växte en speciell sorts träd.
**On a branch of this tree hung seven mangoes.**
På en gren av detta träd hängde sju mangofrukter.
**These mangos could restore the fertilities of his queens.**
Dessa mangos kunde återställa hans drottningars fertilitet.
**But the king had to pluck the mangoes himself.**
Men kungen var tvungen att plocka mangon själv.
**The king followed the advice of the mendicant.**
Kungen följde tiggarens råd.
**And he set off to go to the forest with the mango tree.**
Och han gav sig av för att gå till skogen med mangoträdet.
**Soon he had found the tree the mendicant spoke of.**
Snart hade han hittat trädet som tiggaren talade om.
**And he plucked the seven mangoes that grew upon one
branch.**
Och han plockade de sju mangofrukterna som växte på en
gren.
**He gave a mango to each of the queens to eat.**
Han gav en mango till var och en av drottningarna att äta.
**In a short time the king's heart was filled with joy.**
Inom kort fylldes kungens hjärta av glädje.
**He was told that the seven queens were all with child.**
Han fick veta att de sju drottningarna alla var havande.

One day the king was out hunting.

En dag var kungen ute på jakt.

On his path he saw a young lady of peerless beauty.

På sin väg såg han en ung dam av oöverträffad skönhet.

He instantly fell in love with the beautiful woman.

Han blev genast förälskad i den vackra kvinnan.

And he brought her to his palace, and married her.

Och han förde henne till sitt palats och gifte sig med henne.

This lady was, however, not a human being.

Denna kvinna var dock inte en människa.

But what this woman was was a Rakshasi.

Men vad den här kvinnan var var en Rakshasi.

But the king of course did not know this.

Men kungen visste naturligtvis inte detta.

The king became dotingly fond of her.

Kungen blev innerligt förtjust i henne.

And he did whatever she told him to do.

Och han gjorde vad hon än sa åt honom att göra.

One day she made a very particular request of the king.

En dag framförde hon en mycket specifik begäran till kungen.

"You say that you love me more than anyone else"

"Du säger att du älskar mig mer än någon annan"

"Let me see whether you really love me as much as you say"

"Låt mig se om du verkligen älskar mig så mycket som du säger"

"If you love me, make your seven other queens blind"

"Om du älskar mig, gör dina sju andra drottningar blinda"

"And once they are blind, let them be killed"

"Och när de väl är blinda, låt dem dödas"

The king became very sad at the terrible request.

Kungen blev mycket ledsen över den fruktansvärda begäran.

He was especially sad because the queens were all pregnant.

Han var särskilt ledsen eftersom drottningarna alla var havande.

But he had no choice but to comply with her request.

Men han hade inget annat val än att efterkomma hennes begäran.

The eyes of the queens were plucked out of their sockets.

Drottningarnas ögon rycktes ut ur deras hålor.

And the queens were delivered up to the chief minister.

Och drottningarna överlämnades till överministern.

It was up to the chief minister to destroy the queens.

Det var upp till statsministern att förgöra drottningarna.

But the chief minister was a merciful man.

Men statsministern var en barmhärtig man.

In the side of the hill there was secret a cave.

I sidan av kullen fanns en hemlig grotta.

Instead of killing the queens, the minister hid them.

Istället för att döda drottningarna gömde ministern dem.

In course of time the eldest of the seven queens gave birth.

Med tiden födde den äldsta av de sju drottningarna ett barn.

"What shall I do with the child," said she.

"Vad ska jag göra med barnet?" sa hon.

"We are blind and are dying for want of food."

"Vi är blinda och dör av brist på mat."

"Let me kill the child," she proposed.

"Låt mig döda barnet", föreslog hon.

"Let us all eat of the child's flesh," she added.

"Låt oss alla äta av barnets kött", tillade hon.

Just as she said she would, she killed the infant.

Precis som hon sa att hon skulle, dödade hon spädbarnet.

She gave to each of her sister-queens a part of the child.

Hon gav till var och en av sina syskon-drottningar en del av barnet.

And the sister queens ate their part of the child.

Och systerdrottningarna åt sin del av barnet.

But the youngest queen did not eat her share.

Men den yngsta drottningen åt inte sin del.

Instead, she laid her part of the child beside her.

Istället lade hon sin del av barnet bredvid sig.

In a few days the second queen also was delivered of a child.

Några dagar senare födde även den andra drottningen ett barn.

**She did with her child as her eldest sister had done with hers.**

Hon gjorde med sitt barn som hennes äldsta syster hade gjort med sitt.

**So did the third, the fourth, the fifth, and the sixth queen.**

Det gjorde även den tredje, den fjärde, den femte och den sjätte drottningen.

**Eventually the seventh queen gave birth to a son.**

Så småningom födde den sjunde drottningen en son.

**But she did not follow the example of her sister-queens.**

Men hon följde inte sina syskon-drottningars exempel.

**Instead, she resolved to raise the child.**

Istället bestämde hon sig för att uppfostra barnet.

**The other queens demanded their portions of the newly-born.**

De andra drottningarna krävde sina andelar av den nyfödda.

**But she still had the portions she had not eaten.**

Men hon hade fortfarande kvar de portioner hon inte hade ätit.

**And she gave her sister-queens back their children's parts.**

Och hon gav sina systrar-drottningar tillbaka deras barns roller.

**The other queens at once perceived that their portions were dry.**

De andra drottningarna märkte genast att deras portioner var torra.

**Therefore the parts could not be of the newly born child.**

Därför kunde delarna inte vara av det nyfödda barnet.

**"I have decided not to kill me child," she explained.**

"Jag har bestämt mig för att inte döda mitt barn", förklarade hon.

**"I will not eat him, but try to raise him instead"**

"Jag ska inte äta honom, utan försöka uppfostra honom istället"

**The others were glad to hear this news.**

De andra blev glada över att höra dessa nyheter.

**They all said that they would help her in nursing the child.**

De sa alla att de skulle hjälpa henne med att amma barnet.

**And so the child was suckled by seven mothers.**

Och så ammades barnet av sju mödrar.

**And the child became the hardiest and strongest boy that ever lived.**

Och barnet blev den härdigaste och starkaste pojken som någonsin levt.

**In the meantime the Rakshasi-queen was doing infinite mischief.**

Under tiden gjorde Rakshasidrottningen oändligt mycket olycka.

**And she got the royal household into all sorts of trouble.**

Och hon försatte kungahuset i alla möjliga problem.

**What she ate at the royal table did not fill her capacious stomach.**

Det hon åt vid det kungliga bordet mättade inte hennes rymliga mage.

**She therefore, in the darkness of night, went hunting.**

Hon gick därför på jakt i nattens mörker.

**Gradually she ate up all the members of the royal family.**

Gradvis åt hon upp alla medlemmar av kungafamiljen.

**She ate all the king's servants, and his attendants.**

Hon åt alla kungens tjänare och hans anhängare.

**She ate all his horses, elephants, and cattle.**

Hon åt alla hans hästar, elefanter och boskap.

**And eventually only her royal consort and the king were left.**

Och så småningom var bara hennes kungliga gemål och kungen kvar.

**After that she used to go out in the evenings into the city.**

Efter det brukade hon gå ut in till stan på kvällarna.

**And she ate up stray human beings wherever she found any.**

Och hon åt upp vilsegångna människor var hon än fann några.

**The king was left without any servants.**

Kungen blev lämnad utan några tjänare.

**There was no person left to cook for him.**

Det fanns ingen kvar som kunde laga mat åt honom.

**Because no one would accept this job.**

För ingen skulle acceptera det här jobbet.

**But at last someone volunteered their services.**

Men till slut anmälde sig någon frivilligt.

**The boy who had been suckled by seven mothers.**

Pojken som hade ammats av sju mödrar.

**He had now grown up to be a stalwart youth.**

Han hade nu vuxit upp till en standhaftig yngling.

**He attended on the king and prepared his food.**

Han betjänade kungen och lagade hans mat.

**But he took every care while with the queen.**

Men han tog all försiktighet i akt medan han var med drottningen.

**And he made sure that she did not swallow him up.**

Och han såg till att hon inte uppslukade honom.

**The Rakshasi-queen seized her victims only at night.**

Rakshasidrottningen grep sina offer endast på natten.

**So the boy he went home long before nightfall.**

Så pojken gick hem långt före skymningen.

**So she had to find another way to get rid of the boy.**

Så hon var tvungen att hitta ett annat sätt att bli av med pojken.

**The boy always boasted that he could do any work.**

Pojken skröt alltid om att han kunde göra vilket arbete som helst.

**So the queen invented a disease for herself.**

Så drottningen uppfann en sjukdom för sig själv.

**She said that there was a cure for her disease.**

Hon sa att det fanns ett botemedel mot hennes sjukdom.

**But she said the cure was not easy to get.**

Men hon sa att botemedlet inte var lätt att få.

**This made the boy even more interested in the task.**

Detta gjorde pojken ännu mer intresserad av uppgiften.

**She said there was a melon which cured her disease.**

Hon sa att det fanns en melon som botade hennes sjukdom.

The melon was twelve cubits in length.

Melonen var tolv alnar lång.

But the stone of the lemon was thirteen cubits long.

Men citronstenen var tretton alnar lång.

The fruit could only be gotten from her mother.

Frukten kunde bara fås från hennes mamma.

And her mother lived on the other side of the ocean.

Och hennes mamma bodde på andra sidan havet.

She gave him a letter of introduction to her mother.

Hon gav honom ett introduktionsbrev till sin mor.

But actually the note told her to eat the boy.

Men lappen sa faktiskt att hon skulle äta pojken.

The boy had suspected there was some foul play.

Pojken misstänkte att det förelåg ett brott.

So he tore up the letter and proceeded on his journey.

Så rev han sönder brevet och fortsatte sin resa.

The dauntless youth passed through many lands.

Den orädde ynglingen reste genom många länder.

After much travel he stood on the shore of the ocean.

Efter mycket resa stod han vid havets strand.

On the other side of the ocean was the country of the Rakshasis.

På andra sidan havet låg Rakshasis land.

He then bawled as loud as he could, and said;

Sedan skrek han så högt han kunde och sade;

"Granny! granny! come and save your daughter"

"Mormor! mormor! kom och rädda din dotter"

"Your daughter, my mother, is dangerously ill"

"Din dotter, min mor, är allvarligt sjuk"

On the other side of the ocean an old Rakshasi heard him.

På andra sidan havet hörde en gammal Rakshasi honom.

The old Rakshasi crossed the ocean to the boy.

Den gamle Rakshasin korsade havet till pojken.

The boy told her the message of the queen.

Pojken berättade för henne drottningens budskap.

And the Rakshasi took the boy on her back.

Och Rakshasin tog pojken på ryggen.

**She re-crossed the ocean to the land of the Rakshasi.**
Hon korsade havet åter till Rakshasis land.
**And the boy was at once given the medicinal melon.**
Och pojken fick genast den medicinska melonen.
**The Rakshasi told him to hurry back to her daughter.**
Rakshasin sade åt honom att skynda sig tillbaka till hennes
dotter.
**But the boy said he was too tired to keep travelling.**
Men pojken sa att han var för trött för att fortsätta resa.
**And he begged to be allowed to rest one day.**
Och han bad om att få vila en dag.
**The old Rakshasi consented to her grandson's wishes.**
Den gamla Rakshasin samtyckte till sin sonsons önskemål.

**The boy noticed interesting things in the Rakshasi's room.**
Pojken lade märke till intressanta saker i Rakshasis rum.
**There was a stout club and a rope hanging in the room.**
Det hängde en stoutklubba och ett rep i rummet.
**The boy inquired what the stout club and rope were for.**
Pojken frågade vad den kraftiga klubban och repet var till för.
**"Child, with that club and rope I cross the ocean"**
"Barn, med den klubban och repet korsar jag havet"
**"One just has to take the club and the rope in his hands"**
"Man behöver bara ta klubban och repet i sina händer"
**"And then you have to say the following magical words:"**
"Och sedan måste du säga följande magiska ord:"
**"O stout club! O strong rope!"**
"O, du kraftiga klubba! O starka rep!"
**"Take me at once to the other side"**
"Ta mig genast till andra sidan"
**"Then they will take him to the other side of the ocean"**
"Sedan kommer de att ta honom till andra sidan havet"
**The boy noticed another interesting thing in the room.**
Pojken lade märke till en annan intressant sak i rummet.
**There was a bird in a cage in the corner of the room.**
Det fanns en fågel i en bur i hörnet av rummet.
**The boy also wanted to know what this bird was for.**

Pojken ville också veta vad den här fågeln var till för.
**"The bird contains a secret, my child"**
"Fågeln bär på en hemlighet, mitt barn"
**"But that secret must not be disclosed to mortals"**
"Men den hemligheten får inte avslöjas för dödliga"
**"But how can I hide this secret from my own grandchild?"**
"Men hur kan jag dölja den här hemligheten för mitt eget
barnbarn?"
**"That bird, child, contains the life of your mother.**
"Den fågeln, barn, innehåller din mors liv."
**"If the bird is killed, your mother will at once die"**
"Om fågeln dödas, kommer din mor genast att dö"
**Armed with these secrets, the boy went to bed that night.**
Beväpnad med dessa hemligheter gick pojken och la sig den
kvällen.


**Next morning the old Rakshasi went to distant countries.**
Nästa morgon begav sig den gamle Rakshasin till avlägsna
länder.
**Together with all the other Rakshasis, she went to forage.**
Tillsammans med alla andra Rakshasis gick hon för att leta
föda.
**The boy took down the bird-cage from the ceiling.**
Pojken tog ner fågelburen från taket.
**And the boy took the club and the rope.**
Och pojken tog klubban och repet.
**And then he spoke the magic words to the club and rope.**
Och sedan uttalade han de magiska orden till klubban och
repet.
**"O stout club! O strong rope!"**
"O, du kraftiga klubba! O starka rep!"
**"Take me at once to the other side"**
"Ta mig genast till andra sidan"
**In the twinkling of an eye the boy was put on this side of the
ocean.**
På ett ögonblick placerades pojken på den här sidan av havet.
**He then retraced his steps, back to the queen.**

Sedan gick han tillbaka samma väg, tillbaka till drottningen.
**To her astonishment he really had the medicinal lemon.**
Till hennes förvåning hade han verkligen den medicinska
citronen.
**But the bird in the cage he kept carefully concealed.**
Men fågeln i buren höll han noggrant gömd.

**In the course of time the people of the city came to the king.**
Med tiden kom stadens invånare till kungen.
**And they told the king of their troubles.**
Och de berättade för kungen om sina bekymmer.
**"A monstrous bird comes from the palace every evening"**
"En monstruös fågel kommer från palatset varje kväll"
**"The bird seizes the people in the streets"**
"Fågeln griper tag i människorna på gatorna"
**"And the bird swallows the people up whole"**
"Och fågeln uppslukar människorna hela"
**"This has been going on for a long time"**
"Det här har pågått länge"
**"And now the city has become almost desolate"**
"Och nu har staden blivit nästan öde"
**The king did not know what this monstrous bird was.**
Kungen visste inte vad denna monstruösa fågel var.
**But the king's servant, the boy, said he knew.**
Men kungens tjänare, pojken, sade att han visste.
**"I will kill the monstrous bird," he offered.**
"Jag ska döda den monstruösa fågeln", erbjöd han sig.
**"But the queen has to stand beside us," he added.**
"Men drottningen måste stå bredvid oss", tillade han.
**The king saw no reason to object to the proposal.**
Kungen såg ingen anledning att invända mot förslaget.
**And so the queen was made to stand beside the king.**
Och så fick drottningen stå bredvid kungen.
**The boy then took the bird out from its cage.**
Pojken tog sedan ut fågeln ur buren.
**On seeing the bird she fell into a fainting fit.**
När hon såg fågeln föll hon i ett svimningsanfall.

Then the boy turned to the king, and spoke.
Sedan vände sig pojken till kungen och talade.
**"King, you will soon perceive who the monstrous bird is"**
"Kung, du kommer snart att inse vem den monstruösa fågeln
är"
**"You will see what devours your people every evening"**
"Du ska se vad som förtär ditt folk varje kväll"
**"I tear off each limb of this bird"**
"Jag sliter av varje lem på denna fågel"
**"The corresponding limb of the man-eater will fall off"**
"Motsvarande lem hos människoätaren kommer att falla av"
**The boy then tore off one leg of the bird in his hand.**
Pojken slet sedan av ena benet på fågeln i handen.
**All assembled were astonished at what happened next.**
Alla de församlade var förvånade över vad som hände sedan.
**One of the legs of the queen fell off.**
Ett av drottningens ben föll av.
**Then the boy squeezed the throat of the bird.**
Sedan kramade pojken fågelns hals.
**And as he squeezed the bird, the queen gave up the ghost.**
Och när han kramade fågeln, gav drottningen upp andan.
**The boy then retold his history to the king.**
Pojken återberättade sedan sin historia för kungen.
**"You used to have seven barren wives"**
"Du brukade ha sju ofruktsamma hustrur"
**"To treat their barrenness, you gave them each a mango"**
"För att behandla deras ofruktbarhet gav du dem varsin
mango"
**"And each of your wives fell pregnant with a child"**
"Och var och en av era hustrur blev havande med ett barn"
**"However, you then married an eighth wife"**
"Men du gifte dig sedan med en åttonde hustru"
**"This wife ordered you to blind your other wives"**
"Denna fru beordrade dig att blinda dina andra fruar"
**"And she ordered you to have your other wives killed"**
"Och hon beordrade dig att dina andra fruar skulle dödas"
**"Your minister blinded your seven wives"**

"Din präst förblindade dina sju fruar"
**"But he was too good hearted to kill your wives"**
"Men han var för godhjärtad för att döda dina fruar"
**"Your seven wives were taken to a hiding place"**
"Dina sju fruar fördes till ett gömställe"
**"And in this hiding place they each gave birth"**
"Och i detta gömställe födde de var och en"
**"But they were forced to eat their newly born children"**
"Men de tvingades äta sina nyfödda barn"
**"Only my mother did not let me be eaten"**
"Bara min mamma lät mig inte bli uppäten"
**"Instead, I was suckled by seven mothers"**
"Istället ammades jag av sju mödrar"
**"And I grew up strong and capable"**
"Och jag växte upp stark och kapabel"
**"Eventually I came to work in your palace"**
"Så småningom kom jag att arbeta i ditt palats"
**"Your wife, my stepmother, sent me on a mission"**
"Din fru, min styvmor, skickade mig på ett uppdrag"
**"She sent me to her mother for a medicine"**
"Hon skickade mig till sin mamma för att få medicin"
**"However, her mother was a Rakshasi"**
"Men hennes mor var en rakshasi"
**"From her I found the secret of your wife's life"**
"Från henne fann jag hemligheten i din frus liv"
**"And so I brought the bird that held your wife's life"**
"Och så tog jag med mig fågeln som höll din frus liv"
**The king had listened to the story his son told him.**
Kungen hade lyssnat på historien som hans son berättade för honom.
**The seven queens were brought back to the palace.**
De sju drottningarna fördes tillbaka till palatset.
**And their eyes were miraculously restored.**
Och deras ögon återställdes mirakulöst.
**The boy that was suckled by seven mothers was crowned.**
Pojken som ammades av sju mödrar kröntes.
**And he was recognized by the king as his rightful heir.**

Och han erkändes av kungen som sin rättmätiga arvinge.
**And they lived together happily.**
Och de levde lyckligt tillsammans.

# The Story of Prince Sobur
## Berättelsen om prins Sobur

**Once upon a time there lived a merchant.**

Det var en gång en köpman.

**This merchant had seven daughters.**

Denna köpman hade sju döttrar.

**One day the merchant asked them a question.**

En dag ställde köpmannen en fråga till dem.

**"From whose fortune do you live?"**

"Vems förmögenhet lever du av?"

**The eldest daughter answered first.**

Den äldsta dottern svarade först.

**"Papa, I live from your fortune"**

"Pappa, jag lever på din förmögenhet"

**The second daughter gave the same answer.**

Den andra dottern gav samma svar.

**The same answer was given by the third daughter.**

Samma svar gav den tredje dottern.

**His fourth daughter also lived from his fortune.**

Hans fjärde dotter levde också på hans förmögenhet.

**His fifth daughter was no different.**

Hans femte dotter var inget undantag.

**And his sixth daughter was like the rest.**

Och hans sjätte dotter var som de andra.

**But his youngest daughter surprised him.**

Men hans yngsta dotter överraskade honom.

**She had a very different answer.**

Hon hade ett helt annat svar.

**"I live from my own fortune"**

"Jag lever av min egen förmögenhet"

**He did not like this answer.**

Han gillade inte detta svar.

**Her answer made the merchant very angry.**

Hennes svar gjorde köpmannen mycket arg.

**"You are very ungrateful," he told her.**

"Du är väldigt otacksam", sa han till henne.

"See how well you do on your own"
"Se hur bra du klarar dig på egen hand"
"I am kicking you out of my house"
"Jag kastar ut dig ur mitt hus"
"You will not have a rupee in your pocket"
"Du kommer inte att ha en rupie i fickan"
He called his palanquins to come.
Han kallade sina palanquiner att komma.
And he ordered them to take the girl away.
Och han beordrade dem att ta bort flickan.
"Leave her in the midst of a forest"
"Lämna henne mitt i skogen"
The girl begged to be allowed one thing.
Flickan bad om att få en sak.
"Please let me take my work-box"
"Snälla, låt mig ta min arbetslåda"
"In the box are my needles and threads"
"I lådan finns mina nålar och trådar"
Her father allowed her to take her box.
Hennes pappa lät henne ta sin låda.
She got into the seat of the palanquins.
Hon satte sig på palanquinernas plats.
And the bearers lifted her up.
Och bärarna lyfte upp henne.
And they put her onto their shoulders.
Och de satte henne på sina axlar.
As the bearers ran they chanted.
Medan bärarna sprang mässade de.
"Hoon! Hoon! Hoon! Hoon! Hoon!"
"Hun! Hoon! Hoon! Hoon! Hoon!"
But they didn't get very far.
Men de kom inte särskilt långt.
An old woman stood in their way.
En gammal kvinna stod i deras väg.
She came up to the carriage.
Hon kom fram till vagnen.
"Where are you taking my daughter?"

"Vart tar du min dotter?"
**She was the maid of the child.**
Hon var barnets hembiträde.
**"We have been given orders by the merchant"**
"Vi har fått order av köpmannen"
**"He told us to take her away"**
"Han sa åt oss att ta bort henne"
**"We will leave her in a forest"**
"Vi lämnar henne i en skog"
**"We are going to do his bidding"**
"Vi ska göra som han vill"
**"I must go with her," said the old woman.**
"Jag måste följa med henne", sa den gamla kvinnan.
**But the bearers were not sure.**
Men bärarna var inte säkra.
**Bearers run when they carry a sedan chair.**
Bärare springer när de bär en sedanstol.
**"How will you be able to keep pace with us?"**
"Hur ska ni kunna hålla jämna steg med oss?"
**The old woman was not deterred.**
Den gamla kvinnan lät sig inte avskräckas.
**"It does not matter how I do it"**
"Det spelar ingen roll hur jag gör det "
**"I must go where my daughter goes"**
"Jag måste gå dit min dotter går"
**The youngest daughter begged the bearers.**
Den yngsta dottern bad bärarna.
**"Please carry my mother with me"**
"Var snäll och bär min mamma med mig"
**And the bearers gracefully agreed.**
Och bärarna gick graciöst med på det.
**They carried mother and child to the forest.**
De bar mor och barn till skogen.
**"Hoon! Hoon! Hoon! Hoon! Hoon!"**
"Hun! Hoon! Hoon! Hoon! Hoon!"
**In the afternoon they reached a dense forest.**
På eftermiddagen nådde de en tät skog.

**They went deeper and deeper into the forest.**
De gick djupare och djupare in i skogen.
**Towards sunset they reached their goal.**
Mot solnedgången nådde de sitt mål.
**They stopped at the foot of an old tree.**
De stannade vid foten av ett gammalt träd.
**They lowered the girl and the old woman.**
De sänkte ner flickan och den gamla kvinnan.
**And they left them in the forest.**
Och de lämnade dem i skogen.
**Then they retraced their steps home.**
Sedan gick de tillbaka hemåt.

**The merchant's youngest daughter looked around.**
Köpmannens yngsta dotter tittade sig omkring.
**You would not have wanted to be in her shoes.**
Du skulle inte ha velat vara i hennes skor.
**Her situation was truly pitiable.**
Hennes situation var verkligt beklaglig.
**She was hardly fourteen years old.**
Hon var knappt fjorton år gammal.
**She had grown up in luxury.**
Hon hade vuxit upp i lyx.
**But now there was no luxury for her.**
Men nu fanns det ingen lyx för henne.
**She was in the heart of a dark forest.**
Hon var mitt i en mörk skog.
**She had not a rupee in her pocket.**
Hon hade inte en rupie i fickan.
**And she had nothing for protection.**
Och hon hade inget som skydd.
**Nothing except an old, decrepit, woman.**
Ingenting förutom en gammal, skröplig kvinna.
**Even the trees of the forest pitied her.**
Till och med skogens träd tyckte synd om henne.
**The young girl and old woman sat together.**
Den unga flickan och den gamla kvinnan satt tillsammans.

They were at the foot of an old tree.
De stod vid foten av ett gammalt träd.
And together they cried over their situation.
Och tillsammans grät de över sin situation.
I should say this all happened long ago.
Jag borde säga att allt detta hände för länge sedan.
In these times the trees could talk.
I dessa tider kunde träden prata.
And the old tree spoke to the girl.
Och det gamla trädet talade till flickan.
"Unhappy women, I much pity you"
"Olyckliga kvinnor, jag tycker mycket synd om er"
"There are wild beasts in this forest"
"Det finns vilda djur i den här skogen"
"Soon they will come out of their lairs"
"Snart kommer de ut ur sina hålor"
"They will roam about for prey"
"De kommer att ströva omkring efter byte"
"And they are sure to devour you two"
"Och de kommer garanterat att sluka er två"
"But I can help you, if you want"
"Men jag kan hjälpa dig om du vill"
"I will make an opening for you"
"Jag ska göra en öppning för dig"
"When you see the opening, go into it"
"När du ser öppningen, gå in i den"
"And then I will close the opening up"
"Och sedan stänger jag öppningen"
"As long as you are in me you'll be safe"
"Så länge du är i mig är du trygg"
"This way the wild beasts can't touch you"
"På det här sättet kan inte vilda djuren röra dig"
And then the tree split itself in two.
Och sedan delade sig trädet i två delar.
The two women went inside the tree.
De två kvinnorna gick in i trädet.
And the old tree resumed its natural shape.

Och det gamla trädet återfick sin naturliga form.

**The shade of night darkened the forest.**
Nattens skugga förmörkade skogen.
**Everything the tree had said was true.**
Allt trädet hade sagt var sant.
**The wild beasts came out of their lairs.**
Vilddjuren kom ut ur sina lyor.
**The fierce tiger came out at night.**
Den vildsinta tigern kom ut på natten.
**The wild bear left his lair.**
Den vilda björnen lämnade sin lya.
**The rhinoceros roamed the forest.**
Noshörningen strövade omkring i skogen.
**The bushy bear was there that night.**
Den yviga björnen var där den natten.
**The great elephant could be heard.**
Den stora elefanten kunde höras.
**And there was the horned buffalo.**
Och där var den hornade buffeln.
**They all growled as they circled the tree.**
De morrade alla medan de gick runt trädet.
**They had gotten the scent of human blood.**
De hade känt doften av människoblod.
**They could hear the growls of the beasts.**
De kunde höra djurens morrande.
**The beasts came dashing against the tree.**
Djuren kom rusande mot trädet.
**They broke the old tree's branches.**
De bröt av det gamla trädets grenar.
**Their horns pierced the tree's trunk.**
Deras horn genomborrade trädets stam.
**They scratched its bark with their claws.**
De kliade dess bark med sina klor.
**But all their efforts were in vain.**
Men alla deras ansträngningar var förgäves.
**The girl and woman were safe in the tree.**

Flickan och kvinnan var trygga i trädet.
**Towards dawn the wild beasts went away.**
Mot gryningen försvann de vilda djuren.
**After sunrise the good tree spoke again.**
Efter soluppgången talade det goda trädet igen.
**"The wild beasts have gone back"**
"Vilddjuren har återvänt"
**"They are in their lairs again"**
"De är i sina hålor igen"
**"But they did their best to torment me"**
"Men de gjorde sitt bästa för att plåga mig"
**"The sun has risen up again"**
"Solen har gått upp igen"
**"So you can come out now"**
"Så du kan komma ut nu"
**The tree split itself into two again.**
Trädet delade sig i två delar igen.
**The girl and the old woman came out.**
Flickan och den gamla kvinnan kom ut.
**They saw the extent of the damage.**
De såg omfattningen av skadorna.
**The tree's branches had been broken off.**
Trädets grenar hade brutits av.
**The tree's trunk had been pierced.**
Trädets stam hade blivit genomborrad.
**The bark had been stripped off.**
Barken hade skalats av.
**"Good mother, we thank you"**
"Goda mamma, vi tackar dig"
**"You have been very kind to us"**
"Ni har varit väldigt snälla mot oss"
**"You gave us shelter from the beasts"**
"Du gav oss skydd från djuren"
**"But it was at a great cost to yourself"**
"Men det kostade dig mycket"
**"You have many wounds from the wilds beasts"**
"Du har många sår från vilddjuren"

"You must be in great pain?"
"Du måste ha väldigt ont?"
Close by there was a flowing river.
I närheten fanns en strömmande flod.
The young girl went to the river bank.
Den unga flickan gick till flodstranden.
At the bank of the river she found mud.
Vid flodstranden hittade hon lera.
She covered the tree with the mud.
Hon täckte trädet med lera.
She especially covered the damaged parts.
Hon täckte särskilt de skadade delarna.
The tree thanked her for the treatment.
Trädet tackade henne för behandlingen.
"My good girl, I thank you"
"Min goda flicka, jag tackar dig"
"I am greatly relieved of my pain"
"Jag är väldigt lättad från min smärta"
"I am, however, more concerned for you"
"Jag är dock mer orolig för dig"
"You must be hungry"
"Du måste vara hungrig"
"You have not eaten since yesterday"
"Du har inte ätit sedan igår"
"But what can I give you?"
"Men vad kan jag ge dig?"
"I have no fruit of my own"
"Jag har ingen egen frukt"
"But I do have some advice"
"Men jag har några råd"
"Give the old woman whatever money you have"
"Ge den gamla kvinnan vad pengar du än har"
"Let her go into the city"
"Låt henne gå in i staden"
"In the city she can buy some food"
"I stan kan hon köpa lite mat"
They explained their situation to the tree.

De förklarade sin situation för trädet.
**"We have been sent out with no money"**
"Vi har blivit utskickade utan pengar "
**But she searched through her work-box anyway.**
Men hon letade igenom sin arbetslåda ändå.
**And in the box she found five cowries.**
Och i lådan hittade hon fem kaurior.
**The tree continued to give its advice.**
Trädet fortsatte att ge sina råd.
**"Go with your cowries to the city"**
"Gå med era kaurior till staden"
**"Use the cowries to buy some fried rice"**
"Använd cowries för att köpa lite stekt ris"
**So the old woman went to the city.**
Så gick den gamla kvinnan till staden.
**Fortunately the city was not far away.**
Som tur var var staden inte långt borta.
**She went to the first shopkeeper she found.**
Hon gick till den första butiksinnehavaren hon hittade.
**"Please give me five cowries worth of rice"**
"Snälla ge mig ris för fem cowries"
**The shopkeeper laughed at her.**
Butiksinnehavaren skrattade åt henne.
**"Where can rice be had for five cowries?"**
"Var kan man få ris för fem cowries?"
**"Be off, you old hag," he told her.**
"Stick iväg, din gamla häxa", sa han till henne.
**So she tried to barter at another shop.**
Så försökte hon byta i en annan butik.
**This shopkeeper could see her distress.**
Den här butiksinnehavaren kunde se hennes nöd.
**And the shopkeeper took pity on her.**
Och butiksinnehavaren tyckte synd om henne.
**She gave her a large quantity of rice.**
Hon gav henne en stor mängd ris.
**The old woman returned with the rice.**
Den gamla kvinnan återvände med riset.

**And the tree gave further instructions.**
Och trädet gav ytterligare instruktioner.
**"Eat less than half of the rice"**
"Ät mindre än hälften av riset"
**"Go to the embankments of the river bank"**
"Gå till flodbankarnas vallar"
**"Cast the remaining rice on the river bank"**
"Kasta det återstående riset på flodstranden"
**They did not understand the sense of it.**
De förstod inte innebörden av det.
**"Why sow the riverbank with rice?"**
"Varför sår man ris på flodstranden?"
**But they did as they were advised.**
Men de gjorde som de blev rådda.
**And they threw their rice onto the ground.**
Och de kastade sitt ris på marken.

**They spent the day lamenting their fate.**
De tillbringade dagen med att beklaga sitt öde.
**Just as before the beasts came out at night.**
Precis som förut kom bestarna ut på natten.
**The tree housed them inside of its trunk again.**
Trädet förvarade dem i sin stam igen.
**Again they mutilated and tortured the tree.**
Återigen stympade och torterade de trädet.
**But that night something else happened.**
Men den natten hände något annat.
**The women only saw it the next day.**
Kvinnorna såg det först dagen efter.
**The rice had attracted hundreds of peacocks.**
Riset hade lockat till sig hundratals påfåglar.
**The peacocks competed for the rice.**
Påfåglarna tävlade om riset.
**And their feathers fell on the floor.**
Och deras fjädrar föll ner på golvet.
**The tree had known what would happen.**
Trädet visste vad som skulle hända.

And the tree advised them what to do next.

Och trädet gav dem råd om vad de skulle göra härnäst.

**"Go back to the bank of the river"**

"Gå tillbaka till flodens strand"

**"Go to where you cast the rice"**

"Gå dit du kastade riset"

**"There you will see many feathers"**

"Där kommer du att se många fjädrar"

**"Collect all the feathers you can find"**

"Samla alla fjädrar du kan hitta"

**"Use the feathers to make a beautiful fan"**

"Använd fjädrarna för att göra en vacker solfjäder"

**"And take the feather-fan to the city"**

"Och ta fjäderfläkten till staden"

**The two women did as they were advised.**

De två kvinnorna gjorde som de blev rådda att göra.

**It was good the girl had taken her work-box.**

Det var tur att flickan hade tagit sin arbetslåda.

**In her work-box was some string.**

I hennes arbetslåda låg lite snöre.

**The tied the feathers together.**

De knöt ihop fjädrarna.

**And she had made a fan from the feathers.**

Och hon hade gjort en solfjäder av fjädrarna.

**She took the feather fan to the city.**

Hon tog fjäderfläkten till staden.

**The son of the king happened to be there.**

Kungens son råkade vara där.

**He admired the feathers greatly.**

Han beundrade fjädrarna mycket.

**He paid a large sum of money for the feathers.**

Han betalade en stor summa pengar för fjädrarna.

**Each morning a quantity of feathers was collected.**

Varje morgon samlades en mängd fjädrar in.

**And each day a feather fan was made and sold.**

Och varje dag tillverkades och såldes en fjäderfläkt.

**Within a short time the two women got rich.**

Inom kort tid blev de två kvinnorna rika.
**The tree then advised them to build a house.**
Trädet rådde dem sedan att bygga ett hus.
**"Employ men to burn bricks for you"**
"Anställ män som bränner tegelstenar åt er"
**"Get them to cut beams and rafters"**
"Få dem att såga bjälkar och takbjälkar"
**"Make them plaster the walls with lime"**
"Få dem att kalka väggarna"
**In a few months a stately house was built.**
På några månader byggdes ett ståtligt hus.
**The tree was pleased for the women.**
Trädet var glatt för kvinnornas skull.
**"You should add a garden to your house"**
"Du borde bygga en trädgård till ditt hus"
**"And you want to be able to store water"**
"Och man vill kunna lagra vatten"
**"Dig a water tank in your garden"**
"Gräv en vattentank i din trädgård"

**The girl had not had much time.**
Flickan hade inte haft mycket tid.
**So she didn't think of her family.**
Så tänkte hon inte på sin familj.
**The merchant's luck had taken a turn.**
Köpmannens tur hade tagit en vändning.
**The goddess of wealth frowned upon him.**
Rikedomens gudinna rynkade pannan åt honom.
**He was struck by a sudden misfortune.**
Han drabbades av en plötslig olycka.
**All at once he lost all of his money.**
Helt plötsligt förlorade han alla sina pengar.
**He was forced to sell his house.**
Han tvingades sälja sitt hus.
**But he made a great loss on the property.**
Men han gjorde en stor förlust på fastigheten.
**He and his family were left penniless.**

Han och hans familj lämnades utan pengar.
**So they were forced to live elsewhere.**
Så de tvingades bo någon annanstans.
**They happened to move to a nearby village.**
De råkade flytta till en närliggande by.
**The palace was not far from their new house.**
Palatset låg inte långt från deras nya hus.
**But the merchant was not rich anymore.**
Men köpmannen var inte längre rik.
**And he still had to support his family.**
Och han var fortfarande tvungen att försörja sin familj.
**He had been reduced to doing manual labor.**
Han hade reducerats till att utföra manuellt arbete.
**He applied for the job at the palace.**
Han sökte jobbet på palatset.
**He was going to dig the hole for the water.**
Han skulle gräva hålet för vattnet.
**His wife also offered to work with him.**
Hans fru erbjöd sig också att arbeta med honom.
**But they got there too late to work.**
Men de kom dit för sent för att kunna arbeta.
**The water tank had already been finished.**
Vattentanken var redan klar.
**And they did not know whose house it was.**
Och de visste inte vems hus det var.
**The merchant's daughter was looking out the window.**
Köpmannens dotter tittade ut genom fönstret.
**She happened to see her parents in the garden.**
Hon råkade se sina föräldrar i trädgården.
**She could see the rags they were wearing.**
Hon kunde se trasorna de hade på sig.
**Her eyes filled with tears at the sight.**
Hennes ögon fylldes med tårar vid synen.
**She could not believe what she saw.**
Hon kunde inte tro sina ögon.
**Her parents had come to her for work.**
Hennes föräldrar hade kommit till henne för att arbeta.

**She immediately called her servants.**
Hon kallade genast på sina tjänare.
**"Outside in the garden are my parents"**
"Ute i trädgården är mina föräldrar"
**"Please offer them these fine clothes"**
"Snälla erbjud dem dessa fina kläder"
**"And ask them to come into the palace"**
"Och be dem komma in i palatset"
**Her servants did as they were told.**
Hennes tjänare gjorde som de blev tillsagda.
**But her parents were frightened beyond measure.**
Men hennes föräldrar var oändligt rädda.
**They had seen that the tank was finished.**
De hade sett att tanken var färdig.
**There used to be a strange tradition.**
Det fanns en märklig tradition förr.
**In those days human sacrifices were offered.**
På den tiden offrades människooffer.
**One of those occasions was after digging a pool.**
Ett av dessa tillfällen var efter att ha grävt en pool.
**You can imagine her parents' fear.**
Du kan föreställa dig hennes föräldrars rädsla.
**They had come to dig the water tank.**
De hade kommit för att gräva vattentanken.
**But now servants were calling them.**
Men nu ropade tjänare på dem.
**They thought they going to be sacrificed.**
De trodde att de skulle bli offrade.
**"Throw away your rags" they said.**
"Kasta bort era trasor", sa de.
**"Here, wear these fine clothes"**
"Här, ta på dig de här fina kläderna"
**And their fears increased even more.**
Och deras rädsla ökade ännu mer.
**But they did not have to fear for long.**
Men de behövde inte frukta länge.
**Their rich daughter came out to meet them.**

Deras rika dotter kom ut för att möta dem.
**She hugged and kissed her parents.**
Hon kramade och kysste sina föräldrar.
**And she told them everything that had happened.**
Och hon berättade för dem allt som hade hänt.
**The father felt that she had been right.**
Pappan tyckte att hon hade haft rätt.
**"You do live from your own fortune"**
"Du lever ju på din egen förmögenhet"
**The daughter did not blame her father.**
Dottern klandrade inte sin far.
**And she gave him a large fortune.**
Och hon gav honom en stor förmögenhet.
**With the money he moved back to the city.**
Med pengarna flyttade han tillbaka till staden.
**Soon he became a merchant again.**
Snart blev han återigen köpman.
**And he went to distant countries for trade.**
Och han reste till avlägsna länder för att handla.

**One day he got ready for another business venture.**
En dag gjorde han sig redo för ytterligare ett affärsprojekt.
**But that day something strange happened.**
Men den dagen hände något märkligt.
**The ship was ready to leave the port.**
Fartyget var redo att lämna hamnen.
**But for some reason the ship did not move.**
Men av någon anledning rörde sig inte fartyget.
**No one could explain what was happening.**
Ingen kunde förklara vad som hände.
**But the merchant had an idea.**
Men köpmannen hade en idé.
**"Perhaps my daughters would like presents"**
"Kanske skulle mina döttrar vilja ha presenter"
**"I need to ask them what they would like"**
"Jag måste fråga dem vad de vill ha"
**He went to see his daughters.**

Han gick för att träffa sina döttrar.
**He asked them what they would like.**
Han frågade dem vad de ville ha.
**And he promised to bring them presents.**
Och han lovade att ge dem presenter.
**But the ship would still not move.**
Men skeppet ville fortfarande inte röra sig.
**He had not asked all his daughters.**
Han hade inte frågat alla sina döttrar.
**His youngest daughter was not there.**
Hans yngsta dotter var inte där.
**She was living in a different city.**
Hon bodde i en annan stad.
**So he ordered his servants go to her palace.**
Så beordrade han sina tjänare att gå till hennes palats.
**The messenger came at the wrong time.**
Budbäraren kom vid fel tidpunkt.
**The young girl was engaged in devotions.**
Den unga flickan var engagerad i andakter.
**But the messenger asked her anyway.**
Men budbäraren frågade henne ändå.
**She just told him "sobur"**
Hon sa just till honom "sobur".
**The meaning of this was "wait"**
Betydelsen av detta var "vänta"
**But the messenger didn't know this.**
Men budbäraren visste inte detta.
**He thought she wanted something called "sobur"**
Han trodde att hon ville ha något som hette "sobur".
**So he went back to the city of the merchant.**
Så återvände han till köpmannens stad.
**And he delivered the message he received.**
Och han framförde det budskap han fått.
**"Your daughter wants something called 'sobur'"**
"Din dotter vill ha något som heter 'sobur'"
**This time the ship could move again.**
Den här gången kunde fartyget röra sig igen.

So the merchant started on his travels.
Så började köpmannen sina resor.
He visited many ports on his journey.
Han besökte många hamnar på sin resa.
And he made good profits from his trades.
Och han gjorde goda vinster på sina affärer.
Finding the presents was not difficult.
Att hitta presenterna var inte svårt.
He found everything his oldest daughters wanted.
Han hittade allt som hans äldsta döttrar ville ha.
But his youngest daughter's wish was difficult.
Men hans yngsta dotters önskan var svår.
He could not find the thing called "sobur"
Han kunde inte hitta det som kallas "sobur".
He asked at every port he came to.
Han frågade i varje hamn han kom till.
"Do you have something called 'sobur'?"
"Har du något som heter 'sobur'?"
But the merchants all shook their heads.
Men alla köpmännen skakade på huvudet.
"We've never heard of 'sobur'"
"Vi har aldrig hört talas om 'sobur'"
His voyage had almost come to its end.
Hans resa hade nästan nått sitt slut.
He was soon going to head back home.
Han skulle snart åka hem igen.
But he wanted "sobur" for his daughter.
Men han ville ha "sobur" till sin dotter.
So he went calling through the streets.
Så han gick och ringde genom gatorna.
"Sobur, does anyone have sobur?!"
"Sobur, har någon sobur?!"
The son of the King was in his castle.
Kungens son var i sitt slott.
He happened to be looking out the window.
Han råkade titta ut genom fönstret.
And the calls attracted his attention.

Och samtalen drog till sig hans uppmärksamhet.
**Because his name happened to be Sobur.**
För att han råkade heta Sobur.
**He came to the merchant to speak with him.**
Han kom till köpmannen för att tala med honom.
**"I have the Sobur that you want"**
"Jag har den Sobur du vill ha"
**"Take this box, but be careful with it"**
"Ta den här lådan, men var försiktig med den"
**"In the box is a magical feather fan and mirror"**
"I lådan finns en magisk fjäderfläkt och spegel"
**"This is the Sobur your daughter wishes for"**
"Det här är den Sobur din dotter önskar sig"
**The merchant thanked the prince for the box.**
Köpmannen tackade prinsen för lådan.
**And he returned back to his country.**
Och han återvände till sitt land.

**He gave the box to his daughter.**
Han gav lådan till sin dotter.
**But the daughter didn't think about it.**
Men dottern tänkte inte på det.
**She thought it was just a common box.**
Hon trodde att det bara var en vanlig låda.
**She had forgotten about the messenger.**
Hon hade glömt bort budbäraren.
**But one day she decided to open the box.**
Men en dag bestämde hon sig för att öppna lådan.
**Inside the box she found a beautiful fan.**
Inuti lådan hittade hon en vacker solfjäder.
**In the feather fan there was a beautiful mirror.**
I fjäderfläkten fanns en vacker spegel.
**She waved the feather fan to cool herself.**
Hon viftade med fjäderfläkten för att svalka sig.
**And Prince Sobur appeared before her.**
Och prins Sobur dök upp inför henne.
**"You called me, so here I am," he said.**

"Du ringde mig, så här är jag", sa han.

**"What is it you wish for?" he asked.**

"Vad önskar du dig?" frågade han.

**She was astonished at what she saw.**

Hon blev förvånad över vad hon såg.

**A handsome prince had suddenly appeared!**

En stilig prins hade plötsligt dykt upp!

**"Who are you?" she asked the prince.**

"Vem är du?" frågade hon prinsen.

**"And how did you suddenly appear?"**

"Och hur dök du plötsligt upp?"

**The prince explained what had happened.**

Prinsen förklarade vad som hade hänt.

**"Your father was looking for 'sobur'"**

"Din pappa letade efter 'sobur'"

**"I am prince Sobur," he explained.**

"Jag är prins Sobur", förklarade han.

**"I gave your father a box"**

"Jag gav din pappa en låda"

**"In this box there is a feather fan and mirror"**

"I den här lådan finns en fjäderfläkt och en spegel"

**"When you shake the feather fan I will appear"**

"När du skakar fjäderfläkten kommer jag att dyka upp"

**She asked the prince to stay as a guest.**

Hon bad prinsen att stanna som gäst.

**And for two days the prince stayed with her.**

Och i två dagar stannade prinsen hos henne.

**And she entertained him in her palace.**

Och hon underhöll honom i sitt palats.

**During that time the two fell in love.**

Under den tiden blev de två kära.

**They made their vows to each.**

De avlade sina löften till var och en.

**And they became husband and wife.**

Och de blev man och hustru.

**After this the prince returned to his father.**

Efter detta återvände prinsen till sin far.

**He told him that he had selected a wife.**
Han berättade för honom att han hade valt en fru.
**The day for the wedding was decided.**
Dagen för bröllopet var bestämd.
**All the family was invited.**
Hela familjen var inbjuden.
**And they had a beautiful wedding.**
Och de hade ett vackert bröllop.

**But there was a death in the marriage bed.**
Men det inträffade en död i äktenskapssängen.
**The six daughters of the merchant were envious.**
Köpmannens sex döttrar var avundsjuka.
**They were jealous of their sister's success.**
De var avundsjuka på sin systers framgång.
**So they decided to destroy her happiness.**
Så de bestämde sig för att förstöra hennes lycka.
**They broke several glass bottles.**
De krossade flera glasflaskor.
**And they ground the glass into fine powder.**
Och de malde glaset till fint pulver.
**Then they scattered the powder on the bed.**
Sedan strödde de ut pulvret på sängen.
**The prince suspected no danger.**
Prinsen misstänkte ingen fara.
**He laid himself down in the bed.**
Han lade sig ner i sängen.
**Soon he felt an acute pain.**
Snart kände han en akut smärta.
**All of his whole body ached.**
Hela hans kropp värkte.
**The powder had gone through his skin.**
Pulvret hade gått igenom hans hud.
**The prince became restless through pain.**
Prinsen blev rastlös av smärta.
**And he started to kick and scream.**
Och han började sparka och skrika.

He was taken away to his own country.
Han fördes bort till sitt eget land.
The king and queen were very worried.
Kungen och drottningen var mycket oroliga.
They consulted all the kingdom's physicians.
De rådfrågade alla rikets läkare.
But their efforts were in vain.
Men deras ansträngningar var förgäves.
Day and night the young prince was screaming.
Dag och natt skrek den unge prinsen.
No one could ascertain the disease.
Ingen kunde konstatera sjukdomen.
So they had no way of knowing the remedy.
Så de hade inget sätt att veta botemedlet.
You can imagine the grief of his wife.
Ni kan föreställa er hans frus sorg.
The marriage knot had only just been tied.
Äktenskapsknuten hade just knutits.
She thought a terrible disease had attacked him.
Hon trodde att en fruktansvärd sjukdom hade angripit
honom.
Then he was carried hundreds of miles away.
Sedan fördes han hundratals mil bort.
She had never been to his country.
Hon hade aldrig varit i hans land.
But she was determined to go there.
Men hon var fast besluten att åka dit.
And she was determined to nurse him better.
Och hon var fast besluten att amma honom bättre.
She put on the garb of a Sannyasi.
Hon iklädde sig en sannyasi-dräkt.
And she carried a dagger in her hand.
Och hon bar en dolk i handen.
And then she set out on her journey.
Och sedan gav hon sig ut på sin resa.

The princess was still relatively young.

Prinsessan var fortfarande relativt ung.
**She was unaccustomed to long journeys.**
Hon var ovan vid långa resor.
**And she wasn't used to walking so far.**
Och hon var inte van vid att gå så långt.
**She soon got weary of walking.**
Hon blev snart trött på att gå.
**So she sat under a tree to rest.**
Så satte hon sig under ett träd för att vila.
**On the top of the tree there was a nest.**
På toppen av trädet fanns ett bo.
**It was the nest of two divine birds.**
Det var boet för två gudomliga fåglar.
**Bihangami and Bihangama lived here.**
Bihangami och Bihangama bodde här.
**They were not in their nest at the time.**
De var inte i sitt bo vid den tidpunkten.
**But two of their chicks were in the nest.**
Men två av deras kycklingar var i boet.
**Suddenly the chicks gave a scream.**
Plötsligt skrek kycklingarna.
**This roused the half-drowsy princess.**
Detta väckte den halvt dåsiga prinsessan.
**The little birds had seen huge serpent.**
De små fåglarna hade sett en enorm orm.
**The snake was about to climb the tree.**
Ormen var på väg att klättra upp i trädet.
**This would have been the end of the birds.**
Detta skulle ha varit slutet för fåglarna.
**But the Sannyasi took out her dagger.**
Men sannyasin tog fram sin dolk.
**And she cut the serpent in two.**
Och hon högg ormen itu.
**Of course even this frightened the young birds.**
Naturligtvis skrämde även detta ungfåglarna.
**And they flew from the nest screaming.**
Och de flög skrikande ut ur boet.

**Bihangama and Bihangami were on their way back.**
Bihangama och Bihangami var på väg tillbaka.
**They came sailing through the air.**
De kom seglande genom luften.
**They thought they already knew what had happened.**
De trodde att de redan visste vad som hade hänt.
**"I don't expect to see our children"**
"Jag förväntar mig inte att få se våra barn"
**"The nest will be empty again"**
"Boet kommer att vara tomt igen"
**"All our previous children were eaten"**
"Alla våra tidigare barn blev uppätna"
**"They were eaten by our great enemy the serpent"**
"De blev uppätna av vår store fiende ormen"
**"They will have met the same fate"**
"De kommer att ha mött samma öde"
**"I do not hear the cries of my young ones"**
"Jag hör inte mina ungars skrik"
**The two birds got to their nest.**
De två fåglarna kom till sina bo.
**And as predicted, the nest was empty.**
Och som förutspått var boet tomt.
**This seemed to confirm their suspicions.**
Detta verkade bekräfta deras misstankar.
**But soon the young birds returned.**
Men snart kom ungfåglarna tillbaka.
**The divine birds were pleasantly surprised.**
De gudomliga fåglarna blev positivt överraskade.
**The young birds told them what had happened.**
De unga fåglarna berättade för dem vad som hade hänt.
**"There was a young Sannyasi under the tree"**
"Det fanns en ung sannyasi under trädet"
**"He destroyed the serpent"**
"Han förintade ormen"
**"He cut the snake in two with his dagger"**
"Han högg ormen itu med sin dolk"
**The parents went to foot of the tree.**

Föräldrarna gick till foten av trädet.

**Two halves of the snake were still there.**

Två halvor av ormen var fortfarande där.

**"The young Sannyasi has saved our offspring"**

"Den unge Sannyasi har räddat vår avkomma"

**"I wish we could do him some service in return"**

"Jag önskar att vi kunde göra honom en tjänst tillbaka"

**The divine bird Bihangama replied.**

Den gudomliga fågeln Bihangama svarade.

**"We shall do our service to HER"**

"Vi ska göra HENNE vår tjänst"

**"The Sannyasi under the tree is not a man"**

"Sannyasin under trädet är inte en man"

**"The Sannyasi under the tree is a woman"**

"Sannyasin under trädet är en kvinna"

**"Last night she got married to Prince Sobur"**

"Igår kväll gifte hon sig med prins Sobur"

**"Shortly after their marriage he was poisoned"**

"Kort efter deras giftermål blev han förgiftad"

**"His skin was pierced with small shards of glass"**

"Hans hud var genomborrad av små glasskärvor"

**"His sisters-in-law envied his wife"**

"Hans svägerskor avundades hans fru"

**"Her sisters spread the powder over the bed"**

"Hennes systrar spred ut pudret över sängen"

**"He is still suffering from his pain"**

"Han lider fortfarande av sin smärta"

**"But he is in his native land"**

"Men han är i sitt hemland"

**"And now he is at the point of death"**

"Och nu är han på dödens rand"

**"Beneath the tree is his heroic bride"**

"Under trädet är hans heroiska brud"

**"She is wearing the garb of a Sannyasi"**

"Hon bär en sannyasis klädsel"

**"And she is going to nurse him"**

"Och hon ska amma honom"

The Bihangami asked the Bihangama.
Bihangami frågade Bihangama.
"Is there no cure for the prince?"
"Finns det inget botemedel mot prinsen?"
"Yes, there is a cure" replied the Bihangama.
"Ja, det finns ett botemedel", svarade Bihangama.
"There is hardened dung lying on the ground"
"Det ligger hårdnad gödsel på marken"
"She must take this hardened dung"
"Hon måste ta den härdade dyngan"
"Then she must reduce the dung to powder"
"Då måste hon pulverisera dyngan"
"And then she must bathe the prince"
"Och sedan måste hon bada prinsen"
"She must bathe him in seven jars of water"
"Hon ska bada honom i sju vattenkrukor"
"Then she must bathe him in seven jars of milk"
"Sedan ska hon bada honom i sju krukor mjölk "
"Then she must apply the powder to his body"
"Sedan måste hon applicera pulvret på hans kropp"
"After this Prince Sobur will get well"
"Efter detta kommer prins Sobur att bli frisk"
"I have no doubts about this remedy"
"Jag tvivlar inte på detta botemedel"
The Bihangami saw a problem though.
Bihangami såg dock ett problem.
"The princess is but a young girl"
"Prinsessan är bara en ung flicka"
"She cannot walk such a distance"
"Hon kan inte gå så långt"
"The journey would take her many days"
"Resan skulle ta henne många dagar"
"By that time the poor prince will have died"
"Vid den tiden kommer den stackars prinsen att ha dött"
"I can," replied the Bihangama.
"Det kan jag", svarade Bihangama.
"I will take the young lady on my back"

"Jag ska ta den unga damen på min rygg"
**"I will fly her to Prince Sobur's city"**
"Jag ska flyga henne till Prins Soburs stad"
**"If she takes no presents, I will fly her back"**
"Om hon inte tar några presenter flyger jag tillbaka henne"
**The merchant's daughter heard this conversation.**
Köpmannens dotter hörde detta samtal.
**She begged the Bihangama to take her on his back.**
Hon bad Bihangama att ta henne på sin rygg.
**And of course the bird willingly consented.**
Och naturligtvis samtyckte fågeln villigt.
**First she gathered some of the bird's dung.**
Först samlade hon ihop lite av fågelspillning.
**And then she reduced the dung to fine powder.**
Och sedan pulveriserade hon gödseln.
**She was armed with this potent medicine.**
Hon var beväpnad med denna kraftfulla medicin.
**And she got on the back of the kind bird.**
Och hon hoppade upp på den snälla fågelns rygg.

**The Bihangama flew as fast as lightning.**
Bihangama flög lika snabbt som blixten.
**They soon reached Prince Sobur's city.**
De nådde snart prins Soburs stad.
**The young Sannyasi went up to the palace.**
Den unge Sannyasi gick upp till palatset.
**And she spoke to the guards at the gate.**
Och hon talade med vakterna vid porten.
**"Send word to the king that I have a medicine"**
"Skicka bud till kungen att jag har medicin"
**"This medicine will save the prince's life"**
"Denna medicin kommer att rädda prinsens liv"
**"Within hours I will have cured the prince"**
"Inom några timmar kommer jag att ha botat prinsen"
**The king had tried all the best doctors.**
Kungen hade provat alla de bästa läkarna.
**But no doctor had been able to cure his son.**

Men ingen läkare hade kunnat bota hans son.
**So he didn't believe the Sannyasi's words.**
Så han trodde inte på Sannyasis ord.
**But his councilors advised him otherwise.**
Men hans rådgivare rådde honom annorlunda.
**The Sannyasi ordered for seven jars of water.**
Sannyasin beställde sju krukor vatten.
**And seven jars of milk were ordered.**
Och sju burkar mjölk beställdes.
**He poured a jar of water on the prince.**
Han hällde en kruka vatten över prinsen.
**And he poured a jar of milk on the prince.**
Och han hällde en kruka mjölk över prinsen.
**He had a feather from the divine bird.**
Han hade en fjäder från den gudomliga fågeln.
**And he used the feather to apply the powder.**
Och han använde fjädern för att applicera pudret.
**All of the prince's body was covered.**
Hela prinsens kropp var täckt.
**This was repeated another six times.**
Detta upprepades ytterligare sex gånger.
**The last treatment did the magic.**
Den sista behandlingen gjorde magin.
**The prince started to feel well again.**
Prinsen började må bra igen.
**The king was happier than words can describe.**
Kungen var lyckligare än ord kan beskriva.
**"Give the Sannyasi the finest treasures"**
"Ge sannyasierna de finaste skatterna"
**But the Sannyasi refused to take presents.**
Men sannyasi vägrade att ta emot presenter.
**"Let me have the ring on the prince's finger"**
"Låt mig få ringen på prinsens finger"
**The king and the prince were happy.**
Kungen och prinsen var glada.
**And they gave him what he wanted.**
Och de gav honom vad han ville ha.

The merchant's daughter hastened back.
Köpmannens dotter skyndade tillbaka.
The Bihangama was waiting at the sea-shore.
Bihangama väntade vid havsstranden.
They reached the tree of the divine birds.
De nådde de gudomliga fåglarnas träd.
The young bride walked back to her palace.
Den unga bruden gick tillbaka till sitt palats.

The following day she shook the magical feather fan.
Följande dag skakade hon den magiska fjäderfläkten.
Just as before, her husband appeared.
Precis som tidigare dök hennes man upp.
Of course he was happy to see his wife.
Självklart var han glad över att se sin fru.
But he was infinitely surprised.
Men han blev oändligt överraskad.
She had his ring on her finger.
Hon hade hans ring på fingret.
His own wife was his doctor.
Hans egen fru var hans läkare.
It was his wife that had cured him!
Det var hans fru som hade botat honom!
The prince took his bride to his palace.
Prinsen tog sin brud till sitt palats.
He forgave his sisters-in-law.
Han förlät sina svägerskor.
They lived happily for many years.
De levde lyckliga i många år.
And they were blessed with children.
Och de var välsignade med barn.

# The Origins of Opium
## Opiumets ursprung

**Once upon on a time there lived a Rishi.**
Det var en gång en Rishi.
**He lived on the banks of the holy Ganges.**
Han bodde vid den heliga Ganges stränder.
**This Rishi was a very religious man.**
Denne Rishi var en mycket religiös man.
**He spent his days performing religious rites.**
Han tillbringade sina dagar med att utföra religiösa riter.
**From sunrise to sunset he sat on the river bank.**
Från soluppgång till solnedgång satt han vid flodstranden.
**For the whole time he sat engaged in devotion.**
Hela tiden satt han upptagen i andakt.
**At night he took shelter in his hut.**
På natten tog han skydd i sin hydda.
**His hut was made from palm-leaves.**
Hans hydda var gjord av palmblad.
**The palms he had grown from saplings.**
Palmerna hade han odlat från plantor.
**There was no one around for miles.**
Det fanns ingen i närheten på flera kilometer.
**However, in the hut there was a mouse.**
Men i stugan fanns det en mus.
**She lived from what the Rishi left for her.**
Hon levde på vad Rishi lämnade åt henne.
**The Rishi was a kind-hearted man.**
Rishi var en godhjärtad man.
**He would not hurt any living thing.**
Han skulle inte skada någon levande varelse.
**So our mouse never ran away from him.**
Så vår mus sprang aldrig ifrån honom.
**In fact, our mouse went to him.**
Faktum är att vår mus gick till honom.
**She touched his feet when he was sitting.**
Hon rörde vid hans fötter när han satt.

**And she enjoyed playing with him.**
Och hon tyckte om att leka med honom.
**The Rishi also liked the little mouse.**
Rishi tyckte också om den lilla musen.
**So he wanted to be kind to her.**
Så han ville vara snäll mot henne.
**And he wanted someone to talk to.**
Och han ville ha någon att prata med.
**So he gave her the power of speech.**
Så gav han henne talförmågan.

**One night the mouse stood up.**
En natt reste sig musen upp.
**She got onto her hind legs.**
Hon ställde sig upp på bakbenen.
**And she stood in front of the Rishi.**
Och hon stod framför Rishi.
**And she put her front paws together.**
Och hon satte ihop sina framtassar.
**"Holy Sage, you have been kind to me"**
"Helige Vise, du har varit vänlig mot mig"
**"And you have given me human language"**
"Och du har gett mig mänskligt språk"
**"I hope it doesn't displease your reverence"**
"Jag hoppas att det inte misshagar er vördnad"
**"But I have one more boon to ask"**
"Men jag har ytterligare en välsignelse att be om"
**The Rishi listened to his mouse.**
Rishi lyssnade på sin mus.
**"What is it?" asked the Rishi.**
"Vad är det?" frågade Rishi.
**"Say what you want, little mouse"**
"Säg vad du vill, lilla mus"
**The mouse answered the Rishi.**
Musen svarade Rishi.
**"By day your reverence goes to the river"**
"Om dagen går din vördnad till floden "

**"And there you practice your devotions"**
"Och där utövar du dina andakter"
**"During this time a cat comes to the hut"**
"Under den här tiden kommer en katt till stugan"
**"This cat has been trying to catch me"**
"Den här katten har försökt fånga mig"
**"She still has some fear of your reverence"**
"Hon hyser fortfarande en viss rädsla för din vördnad"
**"Otherwise she would have eaten me long ago"**
"Annars hade hon ätit mig för länge sedan"
**"But I fear the cat will eat me someday"**
"Men jag är rädd att katten kommer att äta mig en dag"
**"So I have one prayer to ask of you"**
"Så jag har en bön att be dig om"
**"Please may I be changed into a cat!"**
"Snälla, må jag förvandlas till en katt!"
**"Then I would be a match for my foe"**
"Då skulle jag vara en match mot min fiende"
**The Rishi understood the mouse's plight.**
Rishi förstod musens svåra situation.
**He threw some holy water on the mouse.**
Han hällde lite vigvatten på musen.
**And the mouse instantly turned into a cat.**
Och musen förvandlades genast till en katt.


**She had lived as a cat for some days.**
Hon hade levt som en katt i några dagar.
**One night she went to the Rishi again.**
En kväll gick hon till Rishi igen.
**And the Rishi spoke to his pet.**
Och Rishi talade till sitt husdjur.
**"Well, little kitty, how are you!"**
"Nå, lilla kattunge, hur mår du!"
**"How do you like your present life!"**
"Hur trivs du med ditt nuvarande liv!"
**The cat thought about what to say.**
Katten funderade på vad hon skulle säga.

**But she didn't have to say anything.**
Men hon behövde inte säga någonting.
**The Rishi could tell by her expression.**
Rishi kunde se det på sitt ansiktsuttryck.
**"Why don't you like it?" asked the sage.**
"Varför gillar du det inte?" frågade den vise.
**"Are you not as strong as the other cats!"**
"Är du inte lika stark som de andra katterna!"
**"Yes, I am strong enough," answered the cat.**
"Ja, jag är stark nog", svarade katten.
**"Your reverence has made me a strong cat"**
"Din vördnad har gjort mig till en stark katt"
**"As strong as any cat in the world"**
"Lika stark som vilken katt som helst i världen"
**"Now I do not fear cats anymore"**
"Nu är jag inte längre rädd för katter"
**"But now I have got a new foe"**
"Men nu har jag en ny fiende"
**"By day your reverence goes to the river"**
"Om dagen går din vördnad till floden"
**"During this time dogs come to the hut"**
"Under den här tiden kommer hundarna till stugan"
**"These dogs have been barking at me"**
"De här hundarna har skällt på mig"
**"And I have been frightened for my life"**
"Och jag har varit rädd för mitt liv"
**"So I have one more prayer to ask of you"**
"Så jag har ytterligare en bön att be dig om"
**"Please may I be changed into a dog!"**
"Snälla, må jag förvandlas till en hund!"
**The Rishi understood the cat's plight.**
Rishi förstod kattens svåra belägenhet.
**He threw some holy water on the cat.**
Han hällde lite vigvatten på katten.
**And the cat instantly became a dog.**
Och katten förvandlades genast till en hund.

**She lived as a dog for some days.**
Hon levde som en hund i några dagar.
**But one night she spoke to the Rishi.**
Men en natt talade hon med Rishi.
**"I cannot thank your reverence enough"**
"Jag kan inte tacka er vördnad nog"
**"You have been most kind to me"**
"Du har varit oerhört snäll mot mig"
**"I was but a poor mouse"**
"Jag var bara en stackars mus"
**"You not only gave me speech"**
"Du gav mig inte bara tal"
**"But you also turned me into a cat"**
"Men du förvandlade mig också till en katt"
**"And your kindness didn't end there"**
"Och din vänlighet slutade inte där"
**"Then you changed me into a dog"**
"Sedan förvandlade du mig till en hund"
**"As a dog, however, I suffer greatly"**
"Som hund lider jag dock mycket"
**"I do not get enough to eat"**
"Jag får inte i mig tillräckligt att äta"
**"My only food is what you leave me"**
"Min enda mat är det du lämnar mig"
**"That was fine when I was a mouse"**
"Det var okej när jag var en mus "
**"But you have made me much larger"**
"Men du har gjort mig mycket större"
**"And it is not enough to fill my mouth"**
"Och det räcker inte för att fylla min mun"
**"OH your reverence, how I envy those monkeys"**
"Åh, ers vördnad, vad jag avundas de där aporna"
**"They jump about from tree to tree"**
"De hoppar från träd till träd"
**"They eat all sorts of delicious fruits!"**
"De äter alla möjliga läckra frukter!"
**"Please may reverence not get angry"**

"Snälla, må vördnaden inte bli arg"
**"I pray to be changed into a monkey"**
"Jag ber om att bli förvandlad till en apa"
**The sage was a very understanding man.**
Vismannen var en mycket förstående man.
**His heart was filled with patience.**
Hans hjärta var fyllt av tålamod.
**He was happy to grant his pet's wish.**
Han var glad att kunna uppfylla sitt husdjurs önskan.
**He threw some holy water on the dog.**
Han hällde lite vigvatten på hunden.
**And the dog instantly became a monkey.**
Och hunden förvandlades genast till en apa.

**Our monkey was at first wild with joy.**
Vår apa var först vild av glädje.
**She leaped from one tree to another.**
Hon hoppade från ett träd till ett annat.
**She sucked every luscious fruit.**
Hon sög på varenda läcker frukt.
**But her joy was short-lived again.**
Men hennes glädje blev återigen kortvarig.
**Summer had brought with it its drought.**
Sommaren hade fört med sig sin torka.
**Monkeys find it hard to climb down.**
Apor har svårt att klättra ner.
**So she couldn't drink from the river.**
Så hon kunde inte dricka ur floden.
**She saw how the wild boars lived.**
Hon såg hur vildsvinen levde.
**All day they splashed in the water.**
Hela dagen plaskade de i vattnet.
**She envied their life now.**
Hon avundades deras liv nu.
**"Oh how happy those wild boars are!"**
"Åh, vad lyckliga de där vildsvinen är!"
**"All day their bodies are cooled"**

"Hela dagen är deras kroppar nedkylda"
**"All day they are refreshed by water"**
"Hela dagen blir de uppfriskade av vatten"
**"How I wish I were a wild boar"**
"Vad jag önskar att jag var ett vildsvin"
**That night she went to the Rishi.**
Den kvällen gick hon till Rishi.
**She recounted her troubles to him.**
Hon berättade om sina bekymmer för honom.
**She told him all about the wild boars.**
Hon berättade allt om vildsvinen.
**"Oh how pleasant their lives must be"**
"Åh, vad deras liv måste vara ljuvligt"
**And she begged to be changed again.**
Och hon bad om att bli förändrad igen.
**"I pray to be changed into a wild boar"**
"Jag ber om att bli förvandlad till ett vildsvin"
**The sage's kindness knew no bounds.**
Vismannens vänlighet kände inga gränser.
**and he complied with his pet's request.**
och han efterkom sitt husdjurs begäran.
**He threw some holy water on the monkey.**
Han hällde lite vigvatten på apan.
**And the monkey instantly became a wild boar.**
Och apan förvandlades genast till ett vildsvin.


**Our boar was now very content.**
Vårt vildsvin var nu mycket nöjd.
**She kept her body soaking wet.**
Hon höll sin kropp genomblöt.
**Every day she went to the river.**
Varje dag gick hon till floden.
**She splashed about in her favorite element.**
Hon plaskade omkring i sitt favoritelement.
**But life is not safe for wild boars.**
Men livet är inte säkert för vildsvin.
**One day the king was out hunting.**

En dag var kungen ute på jakt.
**He was riding on an adorned elephant.**
Han red på en utsmyckad elefant.
**Only by luck did our wild boar escape.**
Bara av tur lyckades vårt vildsvin fly.
**She thought a lot about her experience.**
Hon tänkte mycket på sin upplevelse.
**She dwelt on the dangers of her life.**
Hon uppehöll sig vid farorna i sitt liv.
**And she envied the stately elephant.**
Och hon avundades den ståtliga elefanten.
**The elephant was more fortunate than her.**
Elefanten hade mer tur än henne.
**He got to carry the king on his back.**
Han fick bära kungen på ryggen.
**Now she longed to be an elephant.**
Nu längtade hon efter att vara en elefant.
**And at night she besought the Rishi.**
Och på natten bad hon Rishi.

**Our elephant was roaming the wilderness.**
Vår elefant strövade omkring i vildmarken.
**On her adventures she saw the king.**
På sina äventyr såg hon kungen.
**Our elephant went towards the king's suite.**
Vår elefant gick mot kungens svit.
**She had every intention of being caught.**
Hon hade all avsikt att bli tagen.
**The king saw the elephant from a distance.**
Kungen såg elefanten på avstånd.
**He couldn't help but admire her beauty.**
Han kunde inte låta bli att beundra hennes skönhet.
**He gave his orders to his servants.**
Han gav sina order till sina tjänare.
**"Catch and tame this elephant"**
"Fånga och tämja den här elefanten"
**Our elephant was easily caught.**

Vår elefant blev lätt fångad.
**She was taken into the royal stables.**
Hon fördes in i de kungliga stallen.
**And she was tamed without any trouble.**
Och hon tämjdes utan problem.

**One day the queen had a wish.**
En dag hade drottningen en önskan.
**She wished to go to the holy Ganges.**
Hon ville gå till den heliga Ganges.
**She wished to bathe in the holy waters.**
Hon ville bada i det heliga vattnet.
**The king wanted to accompany his wife.**
Kungen ville följa med sin hustru.
**So he made his orders to his servants.**
Så gav han sina befallningar till sina tjänare.
**"Bring us the newly caught elephant"**
"Ge oss den nyfångade elefanten"
**The king and queen mounted on her back.**
Kungen och drottningen steg upp på hennes rygg.
**Our elephant had gotten her wish.**
Vår elefant hade fått sin önskan uppfylld.
**Well... she seemed to have gotten her wish.**
Nå... hon verkade ha fått sin önskan uppfylld.
**The king had mounted on her back.**
Kungen hade satt sig på hennes rygg.
**But no, the elephant didn't get her wish.**
Men nej, elefanten fick inte sin önskan uppfylld.
**She looked upon herself as a lordly beast.**
Hon såg på sig själv som ett härligt odjur.
**She could not a woman riding on her back.**
Hon kunde inte ha en kvinna som satt på hennes rygg.
**It wasn't enough that she was a queen.**
Det räckte inte att hon var en drottning.
**She could not bear the idea of it.**
Hon stod inte ut med tanken på det.
**She felt she had been degraded.**

Hon kände sig förnedrad.

**She jumped up as violently as elephants can.**

Hon hoppade upp så våldsamt som elefanter kan.

**Both the king and queen fell to the ground.**

Både kungen och drottningen föll till marken.

**The king carefully picked up the queen.**

Kungen lyfte försiktigt upp drottningen.

**He took the queen in his arms.**

Han tog drottningen i sina armar.

**He asked her whether she had been hurt.**

Han frågade henne om hon hade blivit skadad.

**He wiped off the dust from her clothes.**

Han torkade bort dammet från hennes kläder.

**And he tenderly kissed her a hundred times.**

Och han kysste henne ömt hundra gånger.

**Our elephant witnessed the king's caresses.**

Vår elefant bevittnade kungens smekningar.

**And she scampered off to the woods.**

Och hon sprang iväg till skogen.

**She ran as fast as her legs could carry her.**

Hon sprang så fort hennes ben kunde bära henne.

**As she ran, she thought within herself;**

Medan hon sprang, tänkte hon inom sig;

**"I have experienced many different lives"**

"Jag har upplevt många olika liv"

**"And I have experienced different happiness"**

"Och jag har upplevt en annan slags lycka"

**"But those lives cannot be compared"**

"Men de liven kan inte jämföras"

**"A queen is the happiest creature of all"**

"En drottning är den lyckligaste varelsen av alla"

**"Of what infinite regard is she the object of!"**

"Vilket oändligt högaktning hon är föremål för!"

**"The king lifted her off the ground"**

"Kungen lyfte henne från marken"

**"And he carefully took her in his arms"**

"Och han tog henne försiktigt i sina armar"

**"He made many tender inquiries to her"**
"Han ställde många ömma frågor till henne"
**"And he wiped off the dust from her clothes"**
"Och han torkade bort dammet från hennes kläder "
**"And he kissed her a hundred times!"**
"Och han kysste henne hundra gånger!"
**"Oh, the happiness of being a queen!"**
"Åh, vilken lycka det är att vara drottning!"
**"I must ask the Rishi to make me a queen!"**
"Jag måste be Rishi att göra mig till drottning!"

**The sun was just about to set.**
Solen var precis på väg att gå ner.
**Our elephant made it back to the hut.**
Vår elefant kom tillbaka till stugan.
**The Rishi had just finished his devotions.**
Rishi hade just avslutat sina andakter.
**She fell on the ground at his feet.**
Hon föll ner på marken vid hans fötter.
**She was still the little mouse.**
Hon var fortfarande den lilla musen.
**And he was still the holy sage.**
Och han var fortfarande den helige vismannen.
**"What's the news?" inquired the Rishi.**
"Vad är nyheterna?" frågade Rishi.
**"Why have you left the king's palace!"**
"Varför har du lämnat kungens palats!"
**Our elephant thought about her words.**
Vår elefant tänkte på sina ord.
**"What shall I say to your reverence!"**
"Vad ska jag säga till er vördnad!"
**"You have been very kind to me"**
"Du har varit väldigt snäll mot mig"
**"You have granted every wish of mine"**
"Du har uppfyllt alla mina önskningar"
**"I was a mouse and you gave me speech"**
"Jag var en mus och du gav mig tal"

**"But as a mouse my life was in danger"**
"Men som en mus var mitt liv i fara"
**"You saved me by turning me into a cat"**
"Du räddade mig genom att förvandla mig till en katt"
**"But as a cat my life was no safer"**
"Men som katt var mitt liv inte säkrare"
**"And you helped me become a dog"**
"Och du hjälpte mig att bli en hund"
**"But as a dog I had not enough to eat"**
"Men som hund hade jag inte tillräckligt att äta"
**"You provided for me again"**
"Du försörjde mig igen"
**"And you turned my into a monkey"**
"Och du förvandlade mig till en apa"
**"I had all I could wish to eat"**
"Jag åt allt jag kunde önska mig"
**"But I had no way of cooling my body"**
"Men jag hade inget sätt att kyla ner min kropp"
**"You helped me with this too"**
"Du hjälpte mig med det här också"
**"And you turned me into a wild boar"**
"Och du förvandlade mig till ett vildsvin"
**"Wild boars have a comfortable life"**
"Vildsvin har ett bekvämt liv"
**"But they don't live without danger"**
"Men de lever inte utan fara"
**"And again you protected me"**
"Och återigen skyddade du mig"
**"And you turned me into an elephant"**
"Och du förvandlade mig till en elefant"
**"Being an elephant has increased my bulk"**
"Att vara en elefant har ökat min kroppsvikt"
**"But being an elephant has not increased my happiness"**
"Men att vara en elefant har inte ökat min lycka"
**"I have one more boon to ask of you"**
"Jag har ytterligare en välsignelse att be dig om"
**"It will be the last boon I ask for"**

"Det blir den sista välsignelsen jag ber om"
**"I see now who the happiest creature is"**
"Jag ser nu vem den lyckligaste varelsen är"
**"A queen is the happiest in the world"**
"En drottning är den lyckligaste i världen"
**"Holy father, please make me a queen"**
"Helige fader, snälla gör mig till drottning"
**"Silly child," answered the Rishi.**
"Dumma barn", svarade Rishi.
**"How can I make you a queen!"**
"Hur kan jag göra dig till drottning!"
**"Where can I get a kingdom for you!"**
"Var kan jag få tag på ett kungarike åt dig!"
**"Where would I find a royal husband!"**
"Var skulle jag hitta en kunglig make!"
**But the Rishi was still patient.**
Men Rishi var fortfarande tålmodig.
**"There is one thing I can do for you"**
"Det finns en sak jag kan göra för dig"
**"I can change you into a beautiful girl"**
"Jag kan förvandla dig till en vacker flicka"
**"You will be as beautiful as a queen"**
"Du kommer att bli vacker som en drottning"
**"You will possess all the charms you need"**
"Du kommer att besitta all den charm du behöver"
**"Your charms can captivate a prince's heart"**
"Din charm kan fängsla en prins hjärta"
**"But you must wait for what the gods decide"**
"Men du måste vänta på vad gudarna bestämmer"
**"They will grant you an interview"**
"De kommer att ge dig en intervju "
**"Tou will have your chance with a prince!"**
"Du ska få chansen med en prins!"
**Our elephant agreed to the change.**
Vår elefant gick med på ändringen.
**The beast was transformed by the Rishi.**
Odjuret förvandlades av Rishi.

**And now she was a beautiful young lady.**
Och nu var hon en vacker ung dam.
**The holy sage named her Postomani.**
Den heliga vismannen gav henne namnet Postomani.
**Her name meant 'the poppy-seed lady'.**
Hennes namn betydde "vallmofrönamma".

**Postomani lived in the Rishi's hut.**
Postomani bodde i Rishis hydda.
**She spent her time tending the flowers.**
Hon tillbringade sin tid med att sköta blommorna.
**And she watered the plants in the garden.**
Och hon vattnade växterna i trädgården.
**One day she was sitting at the hut.**
En dag satt hon vid stugan.
**The Rishi was at the holy Ganges.**
Rishi var vid den heliga Ganges.
**A richly dressed man came towards the cottage.**
En rikt klädd man kom mot stugan.
**She stood up to welcome the man.**
Hon reste sig upp för att välkomna mannen.
**And she asked the stranger who he was.**
Och hon frågade främlingen vem han var.
**"What have you come for?" she asked.**
"Vad har du kommit för?" frågade hon.
**"I have been on a hunt"**
"Jag har varit på jakt"
**"But we chased the deer in vain"**
"Men vi jagade rådjuren förgäves"
**"Now I am thirsty from the heat"**
"Nu är jag törstig av värmen"
**"I thought that a Rishi lives here"**
"Jag trodde att en Rishi bodde här"
**"I had come to ask him for water"**
"Jag hade kommit för att be honom om vatten"
**"But now I see you live here"**
"Men nu ser jag att du bor här"

**Postomani answered the stranger.**
Postomani svarade främlingen.
**"Look upon this hut as your own"**
"Se på den här hyddan som din egen"
**"I am sorry, but we are poor"**
"Jag är ledsen, men vi är fattiga"
**"We cannot offer you any entertainment"**
"Vi kan inte erbjuda er någon underhållning"
**"But let me make your visit comfortable"**
"Men låt mig göra ditt besök bekvämt"
**"Because, I believe you are a king"**
"För jag tror att du är en kung"
**"If I am not mistaken," she added.**
"Om jag inte misstar mig", tillade hon.
**The stranger smiled in recognition.**
Främlingen log igenkännande.

**Postomani then brought a pot of water.**
Postomani tog sedan med sig en kanna med vatten.
**She went to wash her royal guest's feet.**
Hon gick för att tvätta sina kungliga gästers fötter.
**But the visitor did not let her do this.**
Men besökaren lät henne inte göra detta.
**"Holy maid, do not touch my feet"**
"Heliga jungfru, rör inte vid mina fötter"
**"I am only a Kshatriya," he confessed.**
"Jag är bara en Kshatriya", erkände han.
**"And you are the daughter of a holy sage"**
"Och du är dotter till en helig vis man"
**"Noble sir;" Postomani begun to confess.**
"Ädle herre", började Postomani bekänna.
**"I am not the daughter of the Rishi"**
"Jag är inte Rishis dotter"
**"And am I not a Brahmani girl either"**
"Och är jag inte heller en brahminflicka?"
**"There is no harm in me touching your feet"**
"Det är ingen fara om jag rör vid dina fötter"

"Besides, you are my guest"
"Dessutom är du min gäst"
"And I am bound to wash your feet"
"Och jag är bunden att tvätta dina fötter"
"Forgive my impertinence," the king wished.
"Förlåt min oförskämdhet", önskade kungen.
"What caste do you belong to?" he asked.
"Vilken kast tillhör du?" frågade han.
"I only know what the sage told me"
"Jag vet bara vad den vise sa till mig"
"I heard my parents were Kshatriyas"
"Jag hörde att mina föräldrar var Kshatriyas"
The stranger wanted to know more.
Främlingen ville veta mer.
"May I ask whether your father was a king!"
"Får jag fråga om din far var kung!"
"You have an uncommon beauty," he said.
"Du har en ovanlig skönhet", sa han.
"And you possess a stately demeanor"
"Och du har en ståtlig uppträdande"
"These qualities cannot be worked for"
"Dessa egenskaper kan man inte arbeta för"
"It shows that you were born a princess"
"Det visar att du föddes som prinsessa"
Postomani avoided answering the question.
Postomani undvek att svara på frågan.
Instead she went inside the hut.
Istället gick hon in i stugan.
She brought out a tray of delicious fruits.
Hon tog fram en bricka med läckra frukter.
And she set the fruits before the king.
Och hon ställde fram frukterna för kungen.
The king, however, did not touch the fruits.
Kungen rörde dock inte frukterna.
He waited until his question was answered.
Han väntade tills hans fråga var besvarad.
"I only know what the holy sage says"

"Jag vet bara vad den helige vise säger"
**"He says that my father was a king"**
"Han säger att min far var kung"
**"But he was overcome in a battle"**
"Men han besegrades i en strid"
**"So he, with my mother, fled into the woods"**
"Så flydde han, tillsammans med min mor, in i skogen"
**"My poor father was eaten by a tiger"**
"Min stackars far blev uppäten av en tiger"
**"My mother closed her eyes as I opened mine"**
"Min mamma slöt ögonen när jag öppnade mina"
**"There was a bee-hive on the tree"**
"Det fanns en bikupa i trädet"
**"I lay at the foot of that tree"**
"Jag låg vid foten av det där trädet"
**"Drops of honey fell into my mouth"**
"Droppar honung föll ner i min mun"
**"The honey maintained the spark inside me"**
"Honungen behöll gnistan inom mig"
**"And then the kind Rishi found me"**
"Och sedan hittade den snälle Rishi mig"
**"The holy sage brought me into his hut"**
"Den heliga vismannen förde mig in i sin hydda"
**"This is the simple story of this wretched girl"**
"Detta är den enkla historien om denna eländiga flicka"
**"The girl who now stands before the king"**
"Flickan som nu står inför kungen"
**"Call not yourself wretched," replied the king.**
"Kalla dig inte eländig", svarade kungen.
**"You are the most beautiful of women"**
"Du är den vackraste av kvinnor"
**"And you are the loveliest of women"**
"Och du är den vackraste av kvinnor"
**"You would adorn the grandest palaces"**
"Du skulle pryda de ståtligaste palats"

**Postomani had gotten her interview.**

Postomani hade fått sin intervju.
**She fell in love with the king.**
Hon blev förälskad i kungen.
**And the king fell in love with her.**
Och kungen blev förälskad i henne.
**The Rishi joined them in marriage.**
Rishi gifte sig med dem.
**Postomani became the king's favourite queen.**
Postomani blev kungens favoritdrottning.
**And the former queen was in disgrace.**
Och den tidigare drottningen var i onåd.
**But Postomani's happiness was short-lived.**
Men Postomanis lycka blev kortvarig.
**One day as she was standing by a well.**
En dag när hon stod vid en brunn.
**She was overcome by a moment of giddiness.**
Hon överväldigades av ett ögonblick av yrsel.
**Fortune had her fall into the water.**
Fortune lät henne falla i vattnet.
**And she died in the water of the well.**
Och hon dog i brunnens vatten.
**The Rishi then came to the king.**
Rishi kom sedan till kungen.
**"O king, grieve not over the past"**
"O kung, sörj inte över det förflutna"
**"What is fixed by fate must come to pass"**
"Det som ödet bestämmer måste ske"
**"The queen drowned in your well"**
"Drottningen drunknade i din brunn"
**"But she was not of royal blood"**
"Men hon var inte av kungligt blod"
**"She was born to a family of mice"**
"Hon föddes i en mössfamilj"
**"Each evening she came to my hut"**
"Varje kväll kom hon till min hydda"
**"And I gave her the power of speech"**
"Och jag gav henne talförmågan"

"With speech she could express her wishes"
"Med tal kunde hon uttrycka sina önskningar"
"I changed her according to her wishes"
"Jag förändrade henne enligt hennes önskemål"
"As a mouse she feared the cat"
"Som en mus fruktade hon katten"
"And so I changed her into a cat"
"Och så förvandlade jag henne till en katt"
"As a cat she feared the dogs"
"Som katt var hon rädd för hundar "
"And so I changed her into a dog"
"Och så förvandlade jag henne till en hund"
"As a dog she had not enough to eat"
"Som hund hade hon inte tillräckligt att äta"
"And so I changed her into a monkey"
"Och så förvandlade jag henne till en apa"
"As a monkey she couldn't bear the heat"
"Som en apa stod hon inte ut med värmen"
"And so I changed her into a wild boar"
"Och så förvandlade jag henne till ett vildsvin"
"As a boar her life was not safe"
"Som vildsvin var hennes liv inte tryggt"
"And so I changed her into an elephant"
"Och så förvandlade jag henne till en elefant"
"That was the elephant you caught"
"Det var elefanten du fångade"
"But as an elephant she was not loved"
"Men som en elefant var hon inte älskad"
"And so I changed her one last time"
"Och så bytte jag henne en sista gång"
"I changed her into a beautiful girl"
"Jag förvandlade henne till en vacker flicka"
"That is the girl that you married"
"Det är flickan som du gifte dig med"
"And that is the girl that drowned"
"Och det är flickan som drunknade"
"Take into favor your former queen"

"Ta din tidigare drottning i gunst"
**"And don't worry for my daughter"**
"Och oroa dig inte för min dotter"
**"I will make her name immortal"**
"Jag ska göra hennes namn odödligt"
**"Let her body remain in the well"**
"Låt hennes kropp förbli i brunnen"
**"Fill the well up with earth"**
"Fyll brunnen med jord"
**"In her flesh there is a seed"**
"I hennes kött finns ett frö"
**"From her bones a tree will grow"**
"Från hennes ben skall ett träd växa upp"
**"We will name this tree after her"**
"Vi ska döpa det här trädet efter henne"
**"The tree shall be called 'Posto'"**
"Trädet ska kallas 'Posto'"
**"This means 'the Poppy tree'"**
"Detta betyder 'vallmoträdet'"
**"From this tree there will come a drug"**
"Från detta träd ska det komma en drog"
**"This drug will be called opium"**
"Denna drog kommer att kallas opium"
**"Opium will be a powerful drug"**
"Opium kommer att bli en kraftfull drog"
**"People will consume opium in every epoch"**
"Människor kommer att konsumera opium i varje epok"
**"Opium will either be swallowed or smoked"**
"Opium kommer antingen att sväljas eller rökas"
**"And opium will be a wonderful narcotic"**
"Och opium kommer att vara ett underbart narkotiskt medel"
**"Opium will be used till the end of time"**
"Opium kommer att användas till tidens slut"
**"You will recognize the opium smoker"**
"Du kommer att känna igen opiumrökaren"
**"He will have many different qualities"**
"Han kommer att ha många olika egenskaper"

"One quality for each of the animals"
"En egenskap för varje djur"
"The animals which Postomani had lived as"
"Djuren som Postomani hade levt som"
"He will be mischievous, like a mouse"
"Han kommer att vara busig, som en mus"
"He will be fond of milk, like a cat"
"Han kommer att tycka om mjölk, som en katt"
"He will be quarrelsome, like a dog"
"Han kommer att vara grälsjuk, som en hund"
"He will be filthy, like a monkey"
"Han kommer att vara smutsig, som en apa"
"He will be savage, like a boar"
"Han kommer att vara vild, som ett vildsvin"
"He will be confident, like an elephant"
"Han kommer att vara självsäker, som en elefant"
"And he will be high-tempered, like a queen"
"Och han kommer att vara upprymd, som en drottning"

# Strike, but Listen First
Slå, men lyssna först

**There was once a king who had three sons.**
Det var en gång en kung som hade tre söner.
**His royal subjects came to him one day and said;**
Hans kungliga undersåtar kom till honom en dag och sade;
**"Oh incarnation of justice! hear our plea"**
"O rättvisans inkarnation! hör vår vädjan"
**"The kingdom is infested with thieves and robbers"**
"Rike är hemsökt av tjuvar och rövare"
**"Our property is not safe from their thievery"**
"Vår egendom är inte säker från deras stöld"
**"We pray your majesty to catch hold of these thieves"**
"Vi ber Ers Majestät att gripa tag i dessa tjuvar"
**"We beg you punish them to the full extent of the law"**
lagens fulla utsträckning"
**The king said to his sons, "Oh, my sons, I am old"**
Kungen sade till sina söner: "Åh, mina söner, jag är gammal."
**"But you are all in the prime of manhood"**
"Men ni är alla i sin ungdoms ålder"
**"How is it that my kingdom is full of thieves?"**
"Hur kommer det sig att mitt rike är fullt av tjuvar?"
**"I look to you to catch hold of these thieves"**
"Jag förväntar mig att du ska gripa dessa tjuvar"
**The three princes then made up their minds.**
De tre prinsarna bestämde sig sedan.
**They were going to patrol the city every night.**
De skulle patrullera staden varje natt.
**They set up a watch out in the outskirts of the city.**
De satte upp en vaktpost i utkanten av staden.
**The early part of the night had arrived.**
Den tidiga delen av natten hade anlänt.
**So the eldest prince took on his duties.**
Så tog den äldste prinsen på sig sina plikter.
**He rode upon his horse through the whole city.**
Han red på sin häst genom hela staden.

But did not see a single thief anywhere he looked.
Men såg inte en enda tjuv någonstans han tittade.
He came back to the policing station.
Han kom tillbaka till polisstationen.
The middle part of the night had arrived.
Mitten av natten hade anlänt.
So the second prince took on his duties.
Så tog den andre prinsen på sig sina plikter.
And he too rode through every part of the city.
Och även han red genom varje del av staden.
But he did not see or hear of a single thief.
Men han såg eller hörde inte talas om en enda tjuv.
He came also back to the policing station.
Han kom också tillbaka till polisstationen.
The latter part of the night had arrived.
Den senare delen av natten hade kommit.
So the youngest prince took on his duties.
Så tog den yngste prinsen på sig sina plikter.
He went near the gate of his father's palace.
Han gick fram till porten till sin fars palats.
There he saw a beautiful woman leaving the palace.
Där såg han en vacker kvinna lämna palatset.
The prince asked the woman, "who are you?"
Prinsen frågade kvinnan: "Vem är du?"
"Where are you going at this hour of the night?"
"Vart ska du så här tidigt på natten?"
The woman answered the young prince.
Kvinnan svarade den unge prinsen.
"I am Rajlakshmi, the guardian deity of this palace"
"Jag är Rajlakshmi, detta palats skyddsgudom"
"The king will be killed this night"
"Kungen kommer att dödas i natt"
"I am therefore not needed here"
"Jag behövs därför inte här"
"And that is why I am going away"
"Och det är därför jag åker iväg"
The prince did not know what to make of this message.

Prinsen visste inte vad han skulle tycka om detta meddelande.
**After a moment's reflection he said to the goddess;**
Efter en stunds eftertanke sade han till gudinnan;
**"But, suppose the king is not killed tonight"**
"Men anta att kungen inte blir dödad i natt"
**"Have you any objection to return to the palace?"**
"Har du några invändningar mot att återvända till palatset?"
**"I have no objection," replied the goddess.**
"Jag har inga invändningar", svarade gudinnan.
**The prince then begged the goddess to go back.**
Prinsen bad sedan gudinnan att gå tillbaka.
**And he promised to do his best to protect the king.**
Och han lovade att göra sitt bästa för att skydda kungen.
**Then the goddess entered the palace again.**
Sedan gick gudinnan in i palatset igen.
**Within a moment she disappeared into the palace.**
Inom ett ögonblick försvann hon in i palatset.

**The prince went straight into the palace too.**
Prinsen gick också direkt in i palatset.
**And he went into the bedroom of his royal father.**
Och han gick in i sin kungliga fars sovrum.
**There his father lay immersed in deep sleep.**
Där låg hans far i djup sömn.
**The king had a second, younger wife.**
Kungen hade en andra, yngre hustru.
**This woman was the stepmother of our prince.**
Denna kvinna var styvmor till vår prins.
**She was sleeping in another bed in the room.**
Hon sov i en annan säng i rummet.
**There was a light that was burning dimly.**
Det fanns ett ljus som brann svagt.
**But then the prince saw something that surprised him!**
Men så såg prinsen något som överraskade honom!
**A huge cobra going round and round the golden bedstead.**
En enorm kobra som går runt, runt den gyllene sängbotten.
**The bedstead on which his father was sleeping.**

Sängen som hans far sov på.
**The prince with his sword cut the serpent in two.**
Prinsen högg ormen itu med sitt svärd.
**But he was not satisfied with killing the cobra.**
Men han var inte nöjd med att döda kobran.
**So he cut the cobra up into a hundred pieces.**
Så skar han kobran i hundra bitar.
**And he put the pieces of the cobra inside a pan.**
Och han lade bitarna av kobran i en kastrull.
**But while cutting the cobra a misfortune happened.**
Men medan man hugger kobran inträffade en olycka.
**A drop of blood fell on the breast of his stepmother.**
En droppe blod föll på hans styvmors bröst.
**The prince was in great distress by what had happened.**
Prinsen var mycket bedrövad över det som hade hänt.
**"I have saved my father, but killed my stepmother"**
"Jag har räddat min far, men dödat min styvmor"
**How could he remove the drop of blood from her breast?**
Hur kunde han få bort bloddroppen från hennes bröst?
**He wrapped round his tongue a piece of cloth sevenfold.**
Han lindade ett tygstycke sju gånger runt tungan.
**And with the cloth he licked up the drop of blood.**
Och med tyget slickade han upp bloddroppen.
**But his stepmother's sleep was not so deep.**
Men hans styvmors sömn var inte så djup.
**And in his attempt to save her he awoke her.**
Och i sitt försök att rädda henne väckte han henne.
**When opening her eyes she saw it was her stepson.**
När hon öppnade ögonen såg hon att det var hennes styvson.
**The young prince rushed out of the room.**
Den unge prinsen rusade ut ur rummet.
**The queen, hated her stepson, the youngest prince.**
Drottningen hatade sin styvson, den yngste prinsen.
**And she had every intention to ruin his reputation.**
Och hon hade all avsikt att förstöra hans rykte.
**She called out to her husband, "My lord, my lord"**
Hon ropade till sin man: "Min herre, min herre!"

**"Are you awake? are you awake? Rouse yourself up"**
"Är du vaken? Är du vaken? Vakna upp"
**"Here is a nice piece of news for you"**
"Här är en trevlig nyhet för dig"
**The king on awaking inquired what the matter was.**
När kungen vaknade frågade han vad som var i vägen.
**"What the matter is, my lord, let me tell you"**
"Vad det är som är fel, herre, låt mig berätta för dig"
**"Your worthy son was just here in this room"**
"Din värdige son var just här i det här rummet"
**"The youngest prince, of whom you speak so highly"**
"Den yngste prinsen, som du talar så högt om"
**"I caught him in the act of touching my breast"**
"Jag ertappade honom när han rörde vid mitt bröst"
**"I don't doubt he came with wicked intents"**
"Jag tvivlar inte på att han kom med onda avsikter"
**The king was horror-struck by what he heard.**
Kungen blev förskräckt av vad han hörde.
**The prince went back to where his brothers kept watch.**
Prinsen gick tillbaka till där hans bröder höll vakt.
**But he told them nothing of what had happened.**
Men han berättade ingenting för dem om vad som hade hänt.

**Early in the morning the king called his eldest son.**
Tidigt på morgonen kallade kungen på sin äldste son.
**"I entrust my life and my honor to men"**
"Jag anförtror mitt liv och min heder åt människor"
**"But what if one of these men prove faithless?**
"Men tänk om en av dessa män visar sig vara otrogen?"
**"How should such a man be punished?"**
"Hur ska en sådan man straffas?"
**The eldest prince replied to his father, the king.**
Den äldste prinsen svarade sin far, kungen.
**"Doubtless such a man's head should be cut off"**
"Utan tvekan borde en sådan mans huvud huggas av"
**"But first you should establish the facts"**
"Men först bör du fastställa fakta"

"You must see whether the man is really faithless"
"Du måste se om mannen verkligen är trolös"
"What do you mean?" inquired the king.
"Vad menar du?" frågade kungen.
"Let your majesty be pleased to listen"
"Må Ers Majestät behaga lyssna"
Once upon on a time there lived a goldsmith.
Det var en gång en guldsmed.
This goldsmith had a son who had a wife.
Denne guldsmed hade en son som hade en hustru.
His wife had the rare faculty of understanding beasts.
Hans hustru hade den sällsynta förmågan att förstå djur.
But she never told anyone about her uncommon gift.
Men hon berättade aldrig för någon om sin ovanliga gåva.
Not even her husband knew she could understand animals.
Inte ens hennes man visste att hon kunde förstå djur.
One night she was lying in bed beside her husband.
En natt låg hon i sängen bredvid sin man.
From the river by their house she heard a jackal howl.
Från floden vid deras hus hörde hon ett schakal yla.
"There goes a carcass floating on the river"
"Där flyter ett kadaver på floden"
"There's a diamond ring on the dead man's finger"
"Det finns en diamantring på den dödes finger"
"Will anyone take the ring and give me the corpse?"
"Vill någon ta ringen och ge mig liket?"
The woman understood the jackal's language.
Kvinnan förstod schakalens språk.
She got up from bed and went to the river-side.
Hon reste sig ur sängen och gick till flodstranden.
The husband had not been in deep sleep.
Maken hade inte sovit djupt.
So with his wife's movements he woke up too.
Så med sin frus rörelser vaknade han också.
And he followed his wife to see where she went.
Och han följde sin fru för att se vart hon gick.
But he kept his distance, so that he could observe her.

Men han höll sig på avstånd, så att han kunde observera
henne.
**The woman went into the water next to their house.**
Kvinnan gick ner i vattnet bredvid deras hus.
**She tugged the floating corpse towards the shore.**
Hon drog det flytande liket mot stranden.
**And she saw the diamond ring on the finger.**
Och hon såg diamantringen på fingret.
**She was unable to loosen the ring with her hand.**
Hon kunde inte lossa ringen med handen.
**Because the fingers of the dead body had swelled.**
Eftersom den döda kroppens fingrar hade svullnat.
**So she bit off the finger with her teeth.**
Så bet hon av fingret med tänderna.
**And she put the dead body upon land, for the jackal.**
Och hon lade den döda kroppen på land, åt schakalen.
**Then she returned to bed, where her husband already was.**
Sedan återvände hon till sängen, där hennes man redan låg.
**The young goldsmith lay almost petrified with fear.**
Den unge guldsmeden låg nästan förstenad av skräck.
**He was convinced he was lying next to a Rakshasi.**
Han var övertygad om att han låg bredvid en Rakshasi.
**He spent the rest of the night tossing in his bed.**
Resten av natten tillbringade han med att vrida sig i sin säng.
**And early in the morning spoke to his father.**
Och tidigt på morgonen talade han med sin far.
**"The woman thou hast given me is not a real woman"**
"Kvinnan du har gett mig är inte en riktig kvinna"
**"The woman thou hast given me to wife is a Rakshasi"**
"Kvinnan du har gett mig till hustru är en rakshasi"
**"Last night I was lying in bed with her"**
"Igår kväll låg jag i sängen med henne"
**"By the river I heard the howl of a jackal"**
"Vid floden hörde jag en schakals ylande"
**"My wife too, heard the howl of the jackal"**
"Min fru hörde också schakalens ylande"
**"Thinking I was asleep; she went towards the howl"**

"Trodde att jag sov; hon gick mot ylandet"
**"I was surprised to see her go out of bed alone"**
"Jag blev förvånad över att se henne gå upp ur sängen ensam"
**"Suspecting some sort of evil, I followed her outside"**
"Jag misstänkte något slags ondska och följde efter henne ut."
**"But she could not see that I had followed her"**
"Men hon kunde inte se att jag hade följt efter henne"
**"What did she do, do you think? O horror of horrors!"**
"Vad tror du hon gjorde? O fasansfulla fasor!"
**"From the stream she dragged a dead body out"**
"Ur bäcken drog hon upp en död kropp"
**"And what do you think she did with the dead body?"**
"Och vad tror du att hon gjorde med den döda kroppen?"
**"She wasted no time devouring the dead man!"**
"Hon slösade ingen tid på att sluka den döde mannen!"
**"All this I had the misfortune to see with my own eyes"**
"Allt detta hade jag oturen att se med egna ögon"
**"While she feasted on the carcass I went back to bed"**
"Medan hon kalasade på kadavret gick jag tillbaka och la mig"
**"In a few minutes she also returned to bed"**
"Om några minuter gick hon också tillbaka till sängen"
**"She bolted the door shut, and lay beside me"**
"Hon reglade igen dörren och lade sig bredvid mig"
**"Oh my father, how can I live with a Rakshasi?"**
"Åh min far, hur kan jag leva med en Rakshasi?"
**"She will certainly kill me and eat me up one night"**
"Hon kommer säkerligen att döda mig och äta upp mig en natt"
**You can imagine the shock of the old goldsmith.**
Du kan föreställa dig den gamle guldsmedens chock.
**Both father and son agreed about what should be done.**
Både far och son var överens om vad som skulle göras.
**The woman should be taken deep into the forest.**
Kvinnan borde föras djupt in i skogen.
**And she should be left for wild beasts to devoured.**
Och hon borde lämnas åt vilda djur att sluka.
**Accordingly, the young goldsmith spoke to his wife.**

Följaktligen talade den unge guldsmeden till sin fru.
**"My dear love," he said to his wife.**
"Min kära kärlek", sa han till sin fru.
**"You had better not cook much this morning"**
"Du borde inte laga så mycket mat i morse"
**"Boil a little rice and burn a brinjal"**
"Koka lite ris och bränn en aubergine"
**"Because today we are going to see your parents"**
"För idag ska vi träffa dina föräldrar"
**"Your mother and father are dying to see you"**
"Din mamma och pappa längtar efter att träffa dig"
**The woman was full of joy at the unexpected news.**
Kvinnan blev full av glädje över de oväntade nyheterna.
**She loved returning to her father's house.**
Hon älskade att återvända till sin pappas hus.
**And she finished the cooking in no time.**
Och hon var klar med matlagningen på nolltid.
**The husband and wife snatched a hasty breakfast.**
Mannen och hustrun åt en hastig frukost.
**And soon after breakfast they started their journey.**
Och strax efter frukosten påbörjade de sin resa.
**The way to her father's house was through dense jungle.**
Vägen till hennes fars hus gick genom tät djungel.
**It was the perfect place to abandon his wife.**
Det var den perfekta platsen att överge sin fru.
**She was bound to be eaten up by wild beasts there.**
Hon skulle säkert bli uppäten av vilda djur där.
**But while they were walking the woman heard a snake.**
Men medan de gick hörde kvinnan en orm.
**"Oh passer-by, in yonder hole there is a frog"**
"Åh, förbipasserande, i det där hålet finns en groda"
**"How thankful I would be if you caught the frog"**
"Vad tacksam jag skulle vara om du fångade grodan"
**"And the hole is full of gold and precious stones"**
"Och hålet är fullt av guld och ädelstenar"
**"Give me the frog, and take the treasure for yourself"**
"Ge mig grodan och ta skatten själv"

The woman forthwith went to the frog's hole.

Kvinnan gick genast till grodens hål.

And she began digging the hole with a stick.

Och hon började gräva hålet med en pinne.

The young goldsmith was now quaking with fear.

Den unge guldsmeden darrade nu av skräck.

He thought his Rakshasi-wife was about to kill him.

Han trodde att hans Rakshasi-fru skulle döda honom.

And then his wife called for him to help her.

Och sedan ropade hans fru på honom och bad honom hjälpa henne.

"Take all this gold and these precious stones"

"Ta allt detta guld och dessa ädelstenar"

The goldsmith did not understand her request.

Guldsmeden förstod inte hennes begäran.

Timidly he went to where she had dug the hole.

Blygsamt gick han till där hon hade grävt hålet.

But he was infinitely surprised by what he saw.

Men han blev oändligt förvånad över vad han såg.

The hole was full of gold and precious stones.

Hålet var fullt av guld och ädelstenar.

"How did you know there was a treasure here?"

"Hur visste du att det fanns en skatt här?"

And finally his wife told him of her gift.

Och slutligen berättade hans fru om sin gåva.

"I can understand all the beasts in the forest"

"Jag kan förstå alla djuren i skogen"

"Just over there, there is a snake coiled up"

"Precis där borta, det är en orm som är hoprullad"

"She had told me there was a treasure here"

"Hon hade berättat för mig att det fanns en skatt här"

The husband now felt very blessed with his wife.

Mannen kände sig nu mycket välsignad med sin fru.

"My love, it has gotten very late today"

"Min älskling, det har blivit väldigt sent idag"

"I don't think we will reach your father's house"

"Jag tror inte att vi kommer att nå din fars hus"

"Nightfall will catch us before we get there"
"Skymringen kommer att hinna ikapp oss innan vi kommer dit"
"If we stay we might be devoured by wild beasts"
"Om vi stannar kan vi bli uppslukade av vilda djur"
"I propose therefore that we both return home"
"Jag föreslår därför att vi båda återvänder hem"
You can imagine the wife's disappointment.
Ni kan föreställa er hustruns besvikelse.
But she agreed with her husband's assessment.
Men hon höll med om sin mans bedömning.
It took them a long time to reach home.
Det tog dem lång tid att komma hem.
They were laden with a large quantity of gold.
De var lastade med en stor mängd guld.
And they were carrying many precious stones.
Och de bar många ädelstenar.
But eventually the got close to their home.
Men så småningom kom de närmare sitt hem.
"My dear, go by the back door," said the goldsmith.
"Min kära, gå genom bakdörren", sa guldsmeden.
"I will go by the front door and see my father"
"Jag ska gå genom ytterdörren och träffa min pappa"
"And I will show him all this treasure"
"Och jag ska visa honom hela denna skatt"
So she entered the house by the back door.
Så gick hon in i huset genom bakdörren.
But the old goldsmith had reason to be there too.
Men den gamle guldsmeden hade också anledning att vara där.
He had gone there to collect a hammer.
Han hade gått dit för att hämta en hammare.
The old goldsmith saw his Rakshasi daughter-in-law.
Den gamle guldsmeden såg sin Rakshasi-svärdotter.
He concluded she had swallowed up his son.
Han drog slutsatsen att hon hade svalt hans son.
And he therefore struck her with the hammer.

Och han slog henne därför med hammaren.
**The blow immediately killed his daughter-in-law.**
Slaget dödade omedelbart hans svärdotter.
**At that moment the son came into the house.**
I samma ögonblick kom sonen in i huset.
**But it was too late for him to explain.**
Men det var för sent för honom att förklara.
**And so the eldest prince's story concluded.**
Och så avslutades den äldste prinsens berättelse.
**"You might have to cut a man's head off"**
"Du kanske måste hugga av en mans huvud"
**"But first you should establish the facts"**
"Men först bör du fastställa fakta"
**"You must see whether the man is really faithless"**
"Du måste se om mannen verkligen är trolös"

**The king then called his second son to him.**
Kungen kallade då sin andre son till sig.
**"I entrust my life and my honor to men"**
"Jag anförtror mitt liv och min heder åt människor "
**"But what if one of these men prove faithless?**
"Men tänk om en av dessa män visar sig vara otrogen?"
**"How should such a man be punished?"**
"Hur ska en sådan man straffas?"
**The second prince replied to his father, the king.**
Den andre prinsen svarade sin far, kungen.
**"Doubtless such a man's head should be cut off"**
"Utan tvekan borde en sådan mans huvud huggas av"
**"But first you should establish the facts"**
"Men först bör du fastställa fakta"
**"What do you mean?" inquired the king.**
"Vad menar du?" frågade kungen.
**"Let your majesty be pleased to listen"**
"Må Ers Majestät behaga lyssna"
**Once upon a time there reigned a king.**
Det var en gång en kung.
**This king was very fond of going out hunting.**

Den här kungen tyckte mycket om att gå ut på jakt.
**One day his horse took him into a dense forest.**
En dag tog hans häst honom med in i en tät skog.
**He went far from his followers, deep into the woods.**
Han gick långt ifrån sina anhängare, djupt in i skogen.
**He rode on and on through the endless, quiet forest.**
Han red vidare och vidare genom den oändliga, tysta skogen.
**He saw neither villages nor towns, only trees.**
Han såg varken byar eller städer, bara träd.
**On the long, lonely journey he became very thirsty.**
På den långa, ensamma resan blev han väldigt törstig.
**He could see no pond, nor lake, nor stream.**
Han kunde inte se någon damm, sjö eller bäck.
**But then he saw something dripping from a tree.**
Men så såg han något droppa från ett träd.
**He concluded it was rainwater resting in a cavity.**
Han drog slutsatsen att det var regnvatten som låg i en hålighet.
**He stood on horseback beneath the tree, cup in hand.**
Han stod till häst under trädet med koppen i handen.
**He caught the drops slowly dripping into the small cup.**
Han fångade dropparna som sakta droppade ner i den lilla koppen.
**The water, however, was not rain from the sky.**
Vattnet var dock inte regn från himlen.
**A huge cobra sat on top of the tall tree.**
En enorm kobra satt på toppen av det höga trädet.
**The snake had struck the tree in rage with its sharp fangs.**
Ormen hade slagit i trädet i raseri med sina vassa huggtänder.
**The snake's poison came out and fell downward in heavy drops.**
Ormens gift kom ut och föll nedåt i tunga droppar.
**The king thought the falling liquid was simple rainwater.**
Kungen trodde att den fallande vätskan var ren regnvatten.
**The horse sensed the danger and tried to warn him.**
Hästen anade faran och försökte varna honom.
**The cup was nearly filled with the deadly snake-poison.**

Koppen var nästan fylld med det dödliga ormgiftet.
**The king raised the cup and prepared to drink.**
Kungen lyfte bägaren och gjorde sig redo att dricka.
**But the horse moved wildly, with the king on its back.**
Men hästen rörde sig vilt, med kungen på ryggen.
**The cup fell from his hand, and the poison spilled.**
Koppen föll ur hans hand, och giftet spilldes ut.
**The king became angry and struck the horse's neck.**
Kungen blev arg och slog hästen i nacken.
**The blow from the sword immediately killed his horse.**
Svärdets slag dödade omedelbart hans häst.
**And so the second prince's story concluded.**
Och så avslutades den andre prinsens berättelse.
**"You might have to cut a man's head off"**
"Du kanske måste hugga av en mans huvud"
**"But first you should establish the facts"**
"Men först bör du fastställa fakta"
**"You must see whether the man is really faithless"**
"Du måste se om mannen verkligen är trolös"


**The king then called to him his third youngest son.**
Kungen kallade då till sig sin tredje yngste son.
**"I entrust my life and my honor to men"**
"Jag anförtror mitt liv och min heder åt människor"
**"But what if one of these men prove faithless?**
"Men tänk om en av dessa män visar sig vara otrogen?"
**"How should such a man be punished?"**
"Hur ska en sådan man straffas?"
**"Doubtless such a man's head should be cut off"**
"Utan tvekan borde en sådan mans huvud huggas av"
**"But first you should establish the facts"**
"Men först bör du fastställa fakta"
**"What do you mean?" inquired the king.**
"Vad menar du?" frågade kungen.
**"Let your majesty be pleased to listen"**
"Må Ers Majestät behaga lyssna"
**Once long ago there reigned a wise and noble king.**

För länge sedan regerade en vis och ädel kung.
**In his palace he kept a bird of Suka species.**
I sitt palats höll han en fågel av Suka-arten.
**One day the bird went out flying into the fields.**
En dag flög fågeln ut in i fälten.
**There he saw his father and mother calling from above.**
Där såg han sin far och mor ropa från ovan.
**They asked him to come visit them in their nest.**
De bad honom komma och besöka dem i deras bo.
**The nest was far away in a distant hidden land.**
Boet låg långt borta, i ett avlägset, gömt land.
**The Suka said, "I'll come if I get king's leave"**
Sukan sade: "Jag kommer om jag får kungens tillåtelse."
**"I'll speak to the king today and return tomorrow"**
"Jag ska tala med kungen i dag och återvända imorgon"
**"Please wait at this same spot in the morning"**
"Vänligen vänta på samma plats imorgon bitti"
**That very day, Suka spoke with the gentle, kind king.**
Just den dagen talade Suka med den milde, vänliga kungen.
**The king gave permission for the bird to leave.**
Kungen gav fågeln tillåtelse att ge sig av.
**Although he was sad to part with his bird.**
Även om han var ledsen över att skiljas från sin fågel.
**The next morning, Suka met his parents again.**
Nästa morgon träffade Suka sina föräldrar igen.
**He flew with them to their nest on a tall tree.**
Han flög med dem till deras bo i ett högt träd.
**The three birds lived together happily in peaceful joy.**
De tre fåglarna levde lyckliga tillsammans i fridfull glädje.
**They stayed like this for a fortnight of lovely days.**
De stannade så här i två veckor av härliga dagar.
**But even those quiet and pleasant days had to end.**
Men även de lugna och trevliga dagarna var tvungna att ta slut.
**Suka said, "Beloved parents, the king gave me two weeks"**
Suka sade: "Älskade föräldrar, kungen gav mig två veckor"
**"That time is now over, so I must return tomorrow"**

"Den tiden är nu över, så jag måste återvända imorgon"
**His father and mother agreed and blessed his decision.**
Hans far och mor höll med och välsignade hans beslut.
**They told him to carry a gift for the king.**
De sa åt honom att bära en gåva till kungen.
**After some talk, they chose some fruit as a gift.**
Efter lite prat valde de lite frukt som present.
**The fruit had grown from the Immortality Tree.**
Frukten hade vuxit från Odödlighetsträdet.
**Early the next morning, Suka went to the tree.**
Tidigt nästa morgon gick Suka till trädet.
**And he plucked a magical glowing fruit.**
Och han plockade en magisk glödande frukt.
**He held the fruit gently in his beak, full of care.**
Han höll frukten försiktigt i näbben, full av omsorg.
**The fruit was heavy and slowed his swift flying pace.**
Frukten var tung och saktade ner hans snabba flygande takt.
**He could not reach the city before night arrived.**
Han kunde inte nå staden innan natten kom.
**Suka stopped to rest in a tree along the way.**
Suka stannade för att vila i ett träd längs vägen.
**He feared the fruit might drop while he slept.**
Han var rädd att frukten skulle falla medan han sov.
**If he kept the fruit in his beak, it could fall.**
Om han behöll frukten i näbben kunde den falla.
**But he saw a hole in the trunk of the tree.**
Men han såg ett hål i trädstammen.
**He placed the fruit safely inside the dark tree.**
Han placerade frukten säkert inuti det mörka trädet.
**But inside the hole, there lived a poisonous black snake.**
Men inuti hålet bodde en giftig svart orm.
**In the night, the snake bit the fruit with venom.**
På natten bet ormen frukten med gift.
**And the fruit became smeared with deadly poison.**
Och frukten blev besudlad med dödligt gift.
**At dawn Suka took the fruit back in his beak.**
I gryningen tog Suka tillbaka frukten i sin näbb.

He flew again on his journey to the king's palace.
Han flög återigen på sin resa till kungens palats.
As he reached the palace the king was sitting with ministers.
När han kom fram till palatset satt kungen med ministrarna.
The king was overjoyed to see Suka return once more.
Kungen blev överlycklig över att se Suka återvända.
He greatly admired the beautiful, shining fruit gift.
Han beundrade mycket den vackra, glänsande fruktgåvan.
The fruit was lovely to look at and admire.
Frukten var vacker att titta på och beundra.
It was the finest fruit found across the earth.
Det var den finaste frukten som fanns på jorden.
And anyone who ate the fruit was granted immortality.
Och alla som åt frukten beviljades odödlighet.
The king was about to eat the beautiful fruit.
Kungen skulle just äta den vackra frukten.
But his ministers warned him the fruit might be poisoned"
Men hans ministrar varnade honom för att frukten kunde vara
förgiftad.
"It would be better to test the fruit before you eat it"
"Det vore bättre att testa frukten innan du äter den"
He threw the fruit to a crow sitting on the wall.
Han kastade frukten till en kråka som satt på väggen.
The crow ate from the fruit, and dropped dead instantly.
Kråkan åt av frukten och föll omedelbart död om.
The king, thinking Suka tried to kill him, grew furious.
Kungen, som trodde att Suka försökte döda honom, blev
rasande.
He seized the bird and killed him with his bare hands.
Han grep tag i fågeln och dödade den med bara händerna.
He ordered the seed to be planted outside the city.
Han beordrade att säden skulle sås utanför staden.
The seed became a tree with the same glowing fruit.
Fröet blev ett träd med samma lysande frukt.
The king feared the fruit would bring more death.
Kungen fruktade att frukten skulle orsaka mer död.
So he had the tree fenced off and guarded.

Så han lät inhägna och bevaka trädet.

**There lived in that city an old, poor Brahman man.**
I den staden bodde en gammal, fattig brahminman.
**He and his wife survived only on the town's charity.**
Han och hans fru överlevde endast på stadens välgörenhet.
**One day the Brahman mourned his long, miserable, life.**
En dag sörjde brahmanen sitt långa, eländiga liv.
**He said, "Instead of begging, I will eat poison fruit."**
Han sa: "Istället för att tigga ska jag äta giftig frukt."
**"I'll end my life beneath that deadly tree in silence."**
"Jag ska avsluta mitt liv under det där dödliga trädet i tystnad."
**That very night, he rose quietly and left his home.**
Samma natt steg han tyst upp och lämnade sitt hem.
**His wife suspected and followed behind in silence.**
Hans fru misstänkte och följde efter i tystnad.
**She had decided to die too, alongside her sad husband.**
Hon hade också bestämt sig för att dö, tillsammans med sin ledsne make.
**She loved him deeply and didn't wish to stay behind.**
Hon älskade honom djupt och ville inte stanna kvar.
**The palace guard was asleep that night, unaware of visitors.**
Palatsvakten sov den natten, omedveten om besökare.
**The Brahman reached the garden and plucked a hanging fruit.**
Brahmanen nådde trädgården och plockade en hängande frukt.
**He looked at it once and ate the entire fruit.**
Han tittade på den en gång och åt upp hela frukten.
**His wife cried, "If you die, my life becomes nothing"**
Hans fru ropade: "Om du dör, blir mitt liv ingenting"
**"I will also eat and die here with you now"**
"Jag ska också äta och dö här med dig nu"
**So saying she plucked a fruit and ate it.**
Så sa hon att hon plockade en frukt och åt den.

They thought the poison would act slowly through the night.

De trodde att giftet skulle verka långsamt under natten.

**So they both went home and quietly lay down in bed.**

Så gick de båda hem och lade sig tysta i sängen.

**They believed they would never again rise from sleep.**

De trodde att de aldrig skulle vakna upp ur sömnen igen.

**To their surprise, they woke up feeling full of life.**

Till deras förvåning vaknade de upp fulla av liv.

**Not only were they alive, but they were young again.**

De levde inte bara, utan de var unga igen.

**And they were strong and had new found energy.**

Och de var starka och hade nyfunnen energi.

**Neighbors hardly recognized them, so changed they looked.**

Grannarna kände knappt igen dem, så förändrade såg de ut.

**The old Brahman was now handsome and full of youth.**

Den gamle brahmanen var nu stilig och full av ungdom.

**His grey hair vanished, and had colour again.**

Hans gråa hår försvann och fick färg igen.

**His wrinkled cheeks turned smooth, and his skin shone.**

Hans rynkiga kinder blev släta och hans hud glänste.

**And as for his wife, she became extremely beautiful.**

Och vad hans hustru beträffar, så blev hon oerhört vacker.

**She looked as beautiful as any lady of the kingdom.**

Hon såg lika vacker ut som vilken annan dam som helst i kungariket.

**The king heard of their miraculous transformation.**

Kungen hörde talas om deras mirakulösa förvandling.

**He asked his guards to send the Brahman to him.**

Han bad sina vakter att skicka brahmanen till honom.

**And he asked the Brahman the source of his youth.**

Och han frågade brahmanen källan till hans ungdom.

**The Brahman told the king every detail of the story.**

Brahmanen berättade varenda detalj i historien för kungen.

**The king then wept for his poor, loyal pet bird.**

Kungen grät sedan över sin stackars, lojala husfågel.

**He deeply regretted killing his faithful bird.**

Han ångrade djupt att han dödat sin trogna fågel.
**And he wished he had known the bird's loyalty.**
Och han önskade att han hade känt till fågelns lojalitet.
**And so the second prince's story concluded.**
Och så avslutades den andre prinsens berättelse.
**"You might have to cut a man's head off"**
"Du kanske måste hugga av en mans huvud"
**"But first you should establish the facts"**
"Men först bör du fastställa fakta"
**"You must see whether the man is really faithless"**
"Du måste se om mannen verkligen är trolös"
**"I know Your Majesty suspects me of evil last night"**
"Jag vet att Ers Majestät misstänkte mig för ondska igår kväll"
**"Please allow me to explain myself before punishing me"**
"Låt mig förklara mig innan du straffar mig"
**"While making rounds I saw a woman leave the palace"**
"Medan jag gick runt såg jag en kvinna lämna palatset"
**"I stopped her, and she said her name was Rajlakshmi"**
"Jag stoppade henne, och hon sa att hon hette Rajlakshmi"
**"She claimed to be the guardian deity of the palace"**
"Hon påstod sig vara palatsets skyddsgudom"
**"She said she was leaving because death was near"**
"Hon sa att hon skulle gå eftersom döden var nära"
**"The king," she said, "would be killed later that night"**
"Kungen", sa hon, "skulle bli dödad senare samma natt"
**"I begged her to go back into the palace"**
"Jag bad henne att gå tillbaka in i palatset"
**"And I promised to do my best to protect you."**
"Och jag lovade att göra mitt bästa för att skydda dig."
**"I ran quickly into Your Majesty's chamber without delay."**
"Jag sprang snabbt in i Ers Majestäts kammare utan dröjsmål."
**"There I saw a cobra circling your golden bedstead."**
"Där såg jag en kobra cirkla runt din gyllene säng."
**"I fought the snake and killed it with my blade."**
"Jag kämpade mot ormen och dödade den med mitt svärd."
**"I chopped the body into many exactly one hundred pieces."**
"Jag högg kroppen i många exakt hundra bitar."

**"I placed those pieces inside the pan for proof."**
"Jag lade bitarna i pannan som bevis."
**"But something occurred as I was cutting up the snake."**
" Men något hände när jag höll på att stycka ormen."
**"A drop of blood fell onto the breast of your wife."**
"En droppe blod föll på din hustrus bröst."
**"I feared I had saved my father, but killed my stepmother."**
"Jag fruktade att jag hade räddat min far, men dödade min styvmor."
**"I wrapped my tongue tightly with cloth seven times."**
"Jag lindade min tunga tätt in i ett tygstycke sju gånger."
**"Then I licked up the drop of venomous blood."**
"Sedan slickade jag upp droppen giftigt blod."
**"While I was licking the blood, my stepmother awoke."**
"Medan jag slickade blodet vaknade min styvmor."
**"She saw me and opened her eyes with confusion."**
"Hon såg mig och öppnade ögonen förvirrat."
**"This is the truth of what I did last night."**
"Detta är sanningen om vad jag gjorde igår kväll."
**"If Your Majesty commands, then cut off my head now."**
"Om Ers Majestät befaller, hugg då av mitt huvud nu."
**The king, full of love and joy, embraced his son.**
Kungen, full av kärlek och glädje, omfamnade sin son.
**From that moment, he loved him more than ever before.**
Från det ögonblicket älskade han honom mer än någonsin tidigare.

www.ingramcontent.com/pod-product-compliance
Lightning Source LLC
Chambersburg PA
CBHW010430170726
48283CB00011B/3136